LOS QUE HABITAN EN TI

LOS QUE HABITAN EN TI

Juan Miguel Fernández

www.egarbook.com

Primera edición: Septiembre 2016

©Todos los derechos de edición reservados.
Editorial Egarbook
www.egarbook.com

Autor: Juan Miguel Fernández.
Colección: Novela
Maquetación: ©Egarbook.

Imagen de portada: Istockphoto.

Diseño de cubierta: ©Juan Jordano

ISBN: 978-84-945903-7-5

IMPRESIÓN: Egarbook.

IMPRESO EN ESPAÑA

El oro de las espigas que refulge en los campos, junto a la sangre que inflama los frutos de la tierra, esconde un secreto antiguo, una fuerza que palpita con cada resoplido del viento bajo el mazo de Helios. La senda árida puede conducirte por terrenos colmados de belleza, pero también de horror. Si lo deseas, puedes adentrarte y recordar conmigo.

EL CALOR Y LA PODREDUMBRE
LLEGAN A CIHUNDI

1

El verano desplegaba sus alas sobre aquella retirada villa y sus inmediaciones. Los campos de trigo y extensos viñedos exhibían sus encantos sin pudor alguno en las tierras colindantes. Aquel tono dorado de las espigas cobraba luminosidad bajo un cielo límpido, en contraste con el verde de las praderas. Pero mientras todo aquel espectáculo de colorido cobraba vida en la periferia, las calles de la villa permanecían solitarias. Los vecinos del lugar dormitaban en sus lechos o a la sombra de algún árbol. Buscaban un remanso de frescura que les protegiera del sol implacable. La brisa suave arrullaba a niños y a viejos. El abrazo del verano despertaba en sus mentes anhelos de viajes a alguna playa lejana. Todo estaba tranquilo aquella tarde en Cihundi; aquella apartada villa ubicada en medio de la llanura jaspeada de viñedos y campos de trigo, maíz y cebada. Nada hacía sospechar lo que estaba a punto de desatarse. Y todo a causa de unos despojos cárnicos que alguien había dejado en una esquina solitaria.

Un Mastín labrador de negro pelaje caminaba con aire perezoso, entre las solitarias calles de aquella zona del pueblo. Era la parte de Cihundi donde se encontraban las viviendas más lujosas, alineadas en armonía a lo largo de avenidas, con sus jardines a la entrada y algunas incluso con una pequeña piscina. El perro deambulaba entre aquellas casas. Su mandíbula se abría con languidez mientras se descolgaban de ella hilos de baba. Buscaba algo con lo que poder entretenerse. De pronto, un bulto sobre el suelo llamó su atención junto a la esquina de una caseta recién levantada; una especie de almacén no demasiado grande que habían construido con bloques de hormigón, sobre una explanada de tierra que había al final de la avenida de chalets. El perro arrimó su hocico, olfateando con curiosidad aquello que había allí desparramado. Luego comenzó a revolver esa pequeña masa de vísceras para comérselas con fruición, hasta que ya no quedó nada más que pudiera interesarle allí. Se marchó con los mismos andares pesados con los que había llegado. Desapareció tras una casa unos pocos metros más allá. A lo lejos sonaba el rugido de un tractor que avanzaba por alguna de aquellas pistas de tierra en los campos de las inmediaciones. Pero allí reinaban el silencio y la quietud. El verano extendía su manto soporífero, adormeciendo con sus dedos cálidos a los vecinos del lugar.

2

Álex se levantó aquel día con la pésima certeza de que no podría evitar salir de casa. Su refrigerador se había convertido en un auténtico erial desde hacía ya un par de días. No tenía casi nada para alimentarse. Ni siquiera contaba con comida rápida para hacer en el microondas. No podía postergar su salida por más tiempo. Había llegado, por tanto, la hora de enfrentarse otra vez a ese mundo que había al otro lado de los muros de su madriguera. Ese que tanto detestaba.

Lo cierto es que el hombre se había acomodado quizás demasiado con el paso de los años. Llevaba una existencia libre de ataduras laborales, carencias económicas o cualquier otro tipo de problema como aquellos que eran tan comunes en las personas de clase media. Siempre había tenido dinero. Mucho dinero. El suficiente como para dedicar su vida a aquello que tanto amaba: una pasión secreta que impulsaba cada uno de sus actos. Quizás por todo ello se había acentuado, con el tiempo, su carácter introvertido y una cierta misantropía.

Cuando se enfundó en su anticuado traje gris, y se miró en el espejo de su habitación, se dijo que había adelgazado durante las últimas semanas. Se dedicaba a su pasión con tanta entrega que a veces notaba cómo esto pasaba factura en su cuerpo y su estado de salud. Pero tampoco era algo que le importara demasiado. Se sentía muy satisfecho de sus logros. Estaba dispuesto a sacrificar cuanto fuera necesario para seguir avanzando en aquello que tanto amaba. Aún con todo, seguía siendo un tipo bastante atractivo. Su pelo castaño era todavía abundante. Se lo peinaba siempre con la raya a un lado, dejando que un juvenil flequillo cayera sobre su frente tersa. Sus ojos eran de color verde claro, y los labios formaban una delgada línea en aquel rostro cuyo gesto solía inspirar confianza.

Mientras bajaba por la escalera de caracol de fríos peldaños metálicos, en dirección al piso de abajo de su chalet, recordó que no podría guardar más tiempo aquel pollo en la nevera. Si quería atesorar sus pequeñas creaciones y al mismo tiempo tener sitio para la comida, tendría que comprarse un refrigerador adicional. Se dijo que lo miraría en internet cuando volviera de hacer la compra. O mejor, lo miraría ahora, antes de marcharse. Se regocijó con la idea mientras atravesaba el tramo de pasillo que en el piso de abajo conducía al amplio salón. No tenía hambre en esos momentos. Ya desayunaría cuando regresara del supermercado. Ahora quería ver si encontraba algún anuncio en internet sobre la venta de refrigeradores. Le costaría un poco tener que relacionarse con otros mortales, pero el premio bien merecería aquel esfuerzo. Cuando se lo proponía, podía aparentar unos modales exquisitos y una normalidad nada sospechosa.

Apartó el amargo recuerdo de aquella última creación suya. Cuando ya no había tenido sitio en la nevera para ella, tuvo que bajarla al sótano, con la esperanza de que si la guardaba en un sitio seco no se pudriría. Pero no fue así. A los pocos días se convirtió en algo informe y maloliente y tuvo que tirarlo. La noche que lo hizo habían quitado los contenedores de su lugar habitual y no le apeteció buscar dónde estaban ahora. Arrojó los restos allí mismo, en el suelo, pensando que estaban tan desfigurados que nadie advertiría de qué se trataba. Solo verían unas vísceras de alguna comida en mal estado o los restos de un pollo que alguien había tirado allí.

Eran muchas ya las «creaciones» de las que se había visto obligado a deshacerse. Demasiadas para no pensar en ellas. El que más tristeza suscitaba, de entre todos aquellos agridulces recuerdos, era el de aquel gato que había pertenecido a su madre. Tenía la certeza de que aún pasaría mucho tiempo antes de que pudiera encontrar algo digno con lo que superar aquella creación. Había demasiada gente en el mundo incapaz de comprender su arte. Por eso era muy arriesgado buscar buena materia prima sin levantar sospechas. Aquel gato supuso su obra culmen y hasta el momento no había sido capaz de superarla. Aunque, claro, sin buen material sobre el que trabajar, era muy difícil semejante tarea. Esto incrementaba la pena que sentía por haber tenido que deshacerse de ella, cuando ya no supo dónde conservarla.

3

La señora Pura, una anciana de noventa y un años de edad, se despertó aquella cálida madrugada con unos picores terribles por todo el cuerpo. Se rascó con fuerza la piel arrugada de los brazos, casi con saña, si tenemos en cuenta que se provocó algunas heridas en la piel. Encendió la luz de su dormitorio para mirar estupefacta aquellos sanguinolentos surcos que se había hecho con las uñas. Las marcas señalaban el lugar donde poco antes había sentido aquel picor que la sacara de su ligero sueño. Ahora el picor había remitido, pero se sintió muy molesta al comprobar que tendría que hacer otro esfuerzo para volver a conciliar el sueño. Dormía muy mal, como solía sucederles a muchas personas de su edad. Cuando miró aquel horrendo reloj despertador, más antiguo casi que ella misma, que tenía sobre la mesilla de madera maciza, comprobó que todavía eran las tres y cuarto de la madrugada. Si no se espabilaba mucho, puede que lograra conciliar de nuevo el sueño. Pero la fortuna no estaba de su parte aquella noche. Unos retortijones tremendos azotaron sus tripas como si acabaran de sajarle la barriga con un afilado sable. Se incorporó torciendo el gesto, mientras aferraba su vientre con la mano huesuda. Un cuadro del general Franco, que había a su izquierda, colgado de aquella pared recubierta con un insulso papel color crema, mostraba al dictador que en aquellos momentos parecía observarla con sus pequeños ojos cargados de determinación. La anciana se observó en el espejo que cubría la puerta de su armario, frente a la cama. Estaba bastante descolorida. Se dijo que tenía un aspecto un tanto desmejorado. Se preguntó si al fin habría llegado su hora.

Mientras iba camino del baño, por aquel largo pasillo que cruzaba el piso bajo de su chalet, sintió ladrar a su perro allá afuera. El animal estaba en el patio trasero de su casa. La anciana farfulló algo con el ceño fruncido. Recordó cómo el perro le había producido aquella tarde una herida en el brazo con una de sus patas.

Era una mujer cuyo rostro casi siempre se mostraba malencarado. Su expresión de enfado enterraba una belleza que había quedado muy atrás, en un pasado muy lejano. Desde que su marido la dejara hacía ya casi dos años para pasar a mejor vida, su carácter se había agriado de manera considerable. De la vida ya sólo aguardaba una cosa: la muerte. Estaba segura de que su marido la esperaba en el cielo, rodeado por los espíritus de hombres insignes que habían hecho prosperar aquella patria suya que ahora tanto se tambaleaba. Siempre habían formado un matrimonio virtuoso. Por eso estaba segura de que tendrían un lugar privilegiado en el cielo.

Antes de posar aquella mano surcada de gruesas venas, sobre la manilla de la puerta del baño, sintió una vez más aquellos picores recorriendo su cuerpo. Maldijo entre dientes, pensando que quizás hubieran vuelto a ensañarse con ella los mosquitos. Pero no, aquello era mucho más intenso. Cuando dirigió la vista hacia uno de sus brazos su expresión pétrea se deshizo para dar paso a una máscara de horror. A la luz débil de las lámparas que iluminaban el pasillo, observó sobrecogida cómo bajo su piel parecían estar moviéndose una especie de gusanos diminutos. Luego, por si fuera poco los retortijones que sentía, un acceso de vómito la hizo encogerse sobre sí misma. No pudo llegar a tiempo hasta la taza del inodoro. Echó allí mismo la cena hasta vaciar su estómago por completo.

La anciana tuvo que volver a su cama sin poder limpiar aquel vómito que había echado junto a la entrada del baño. Se sentía muy cansada. A pesar de que el calor estival apretaba con fuerza, un frío desconcertante atería su cuerpo y la hacía tiritar. Se tumbó con lentitud sobre su lecho, no sin antes dirigir una plegaria mirando al crucifijo que tenía sobre el cabecero. Al menos el sueño cerraba ya sus párpados con pesadez.

4

Mientras Marco terminaba de bajar las maletas de su coche, Tamara corría sonriente hacia su madre. Era una tarde de principios de verano. Acababan de llegar desde la costa este, recorriendo más de trescientos kilómetros y estaban un poco agarrotados por el viaje. Sin embargo, la joven de rubios cabellos cortados a la altura de los hombros, se movió con agilidad sobre el pavimento que había ante el edificio donde vivían sus padres.

—Pero que mona estás, hija mía. Te veo muy guapa y con un color saludable. Se ve que el clima fresco de ahí arriba te sienta estupendamente —le dijo su madre con sinceridad, mientras envolvía su cuerpo menudo con sus brazos y le besaba las mejillas. Ambas estaban muy felices de volver a verse después de tantos meses—. Dile a Marco que se espere un poquito con eso. Ahora mismo bajará tu padre para ayudarle. Seguro que el muchacho estará cansado de tanto conducir.

El joven de pelirrojos cabellos y cuerpo esbelto se giró para mirar con gesto afable a la mujer. Dejó la maleta que tenía en la mano sobre el suelo. Se acercó hasta la madre de su novia para saludarla como procedía. Los tres se encontraban en la acera que cruzaba ante el edificio de cinco plantas donde estaba el piso de los padres de Tamara. Era una calle luminosa y bastante transitada que conducía en línea recta hasta uno de los principales hoteles de la pequeña ciudad. Pero la joven pareja ya no tendría que reservar como antes una habitación en aquel hotel que había al lado de la rotonda decorada con un barril de grandes proporciones. Ahora que vivían juntos, hubiera sido absurdo que la familia de Tamara no les prestara una habitación durante sus días de vacaciones.

—Y tú tan alto como siempre, ¿no? —bromeó la mujer, al observar cómo el joven tenía que agacharse para besarle las mejillas—. ¿Qué tal os va todo por aquellas tierras, hijos míos?

—La verdad que bien —se adelantó la chica rubia, antes de que Marco pudiera abrir siquiera la boca—, no nos podemos quejar. Pero no sabes cuánto echaba esto de menos. Aquí todo es más familiar. No hay tanto bullicio todo el día. Se puede respirar aire del campo aunque sea una ciudad. Los Jarros lo tiene todo, madre.

Mientras decía aquello, una amplia sonrisa se dibujó en

su rostro de piel tersa y ojos claros. Admiró con deleite las calles limpias y luminosas de su ciudad natal. Soplaba una brisa que amenazaba en convertirse ya en viento moderado. Esto refrescaba un poco la mañana. Teniendo en cuenta lo que habían subido las temperaturas, aquello era de agradecer.

—Bueno, yo seguiré bajando las maletas mientras baja Alfredo, que estoy mal aparcado y no quiero que me multen —se atrevió a decir Marco con cierta timidez, aunque esbozando una sonrisa. No es que le desagradara aquella ciudad, que para él era más bien un pueblo grande, pero tampoco le encontraba el mismo encanto que su novia.

Había lugares en las inmediaciones que merecía la pena visitar, como por ejemplo el pueblo de Cihundi, donde la mayoría de sus habitantes eran gente acaudalada, terratenientes muchos de ellos, que habían hecho fortuna gracias a sus viñedos. Pero la pareja veraneaba allí desde hacía algunos años, y Marco conocía todos y cada uno de aquellos lugares. No esperaba encontrarse esas vacaciones nada nuevo, nada con lo que poder alejar el tedio que, estaba seguro, lo embargaría cuando llevara allí unos pocos días. De haber sabido lo que iba a pasar no dentro de mucho tiempo, habría deseado aburrirse con todas sus fuerzas.

5

En la amplia recepción del hotel que estaba al final de la calle, junto a una de las rotondas principales de la ciudad,

Jordán, un joven de unos veintiocho años, esperaba mientras la recepcionista acudía a la llamada del timbre.

El muchacho se repeinó el rubio cabello un poco crecido. Dejó su equipaje sobre el suelo de baldosas color crema. Aquello que llevaba en la abotargada bolsa de deporte y su mochila de montaña era todo cuanto se había traído. Siempre le había gustado mucho aquel lugar. Solía ir allí de vacaciones un par de semanas todos los años. Hacía tiempo que conocía el lugar gracias al trabajo que despeñaba como periodista. Había cubierto en él un artículo sobre una conocida marca de vinos al principio de su carrera profesional, no hacía demasiados años. Mientras se distraía, mirando el cuadro que había sobre la pared cercana al ascensor, donde un campo de vid mostraba sus recién podadas cepas, la recepcionista apareció por detrás de él. La mujer salía por la puerta del bar.

—Buenos días, señor Jordán —lo saludó sonriente la morena recepcionista. Era de piel aceitunada y cabellos lisos. Su acento delataba un poco su origen brasileño—. Así que te has animado a volver aquí para pasar unos días.

—Siempre es agradable abandonar un tiempo la contaminación y el bullicio de mi ciudad —corroboró él con gesto afable—. Y este verano parece que el tiempo acompaña mucho.

Lo cierto es que por aquellos lares el tiempo solía ser bastante bueno en la estación estival. Pero el joven no sabía muy bien de qué hablar. Estaba un poco anquilosado por el largo viaje en autobús.

—Pues no sabes cuánto me alegro de volver a verte por aquí. La temporada acaba de comenzar y empieza a haber trabajo en el hotel, pero aún hay pocos clientes y es bueno ver caras conocidas como la tuya.

Una vez la joven hubo comprobado sus datos y anotado los días que el muchacho permanecería hospedado, éste cogió su equipaje y se dirigió satisfecho hasta el ascensor. Empezaba a repasar mentalmente todo aquello que quería hacer en Los Jarros y sus inmediaciones. No pensaba desperdiciar un solo día. Cuanto menos tiempo permaneciera en la reconfortante habitación de aquel hotel, mejor aprovecharía sus horas de esparcimiento.

Pero ahora necesitaba descansar un poco, estirar sus miembros sobre el colchón de aquella cama. Una vez hubo dejado su equipaje sobre la otra cama que había en la habitación, puso en marcha el aire acondicionado. Luego encendió el pequeño televisor de pantalla plana que había sobre el mueble frente a la cama. Se desabrochó algunos de los botones de su camisa, para dejarse caer sobre el cómodo colchón.

En el noticiario local daban una noticia sobre un fertilizante nuevo que estaban poniendo en uso en algunos campos de las inmediaciones. El joven prestó atención escasos minutos a aquello que decían en la tele, pero pronto se dejó arrastrar por aquel dulce sueño que comenzaba a entrecerrar sus párpados.

6

En el cercano pueblo de Cihundi, Joel miraba la pantalla de su ordenador portátil con los ojos entornados. Trataba de concentrarse en aquella rutina que estaba desarrollando para el nuevo programa que su empresa pretendía vender a una conocida marca de vinos. No era algo demasiado complicado. Pero el programador de cuarenta y tantos años no se sentía aquella tarde muy inspirado. Aquella iba a ser una futura aplicación bastante novedosa que permitiría analizar el desarrollo de las cepas de vid, para luego optimizar el rendimiento de los campos. El programa haría una comparativa, observando los progresos añadidos que se obtendrían gracias al uso de un nuevo tipo de fertilizante que había comenzado a comercializarse hacía algunas semanas. Pero el hombre, de incipiente barriga y rostro atractivo donde comenzaba a asomar la sombra de una barba, adoptó un repentino gesto de indignación. Se mesó los espesos cabellos oscuros cuando algo le importunó.

—Otra vez con eso —rezongó el hombre entre dientes y con visible desesperación—. Mira que le tengo dicho que no lo ponga a todo trapo mientras estoy trabajando, narices.

Desde la habitación de su hija mayor, que era todavía una adolescente, comenzaron a llegar los acordes atronadores de un conocido tema musical. Mientras las guitarras progresaban con un riff demoledor para dar paso al estribillo, y Bruce Dickinson iba subiendo octavas de manera sublime, Joel se dijo que en buena hora había permitido que su hija adoptara aquel gusto musical que él mismo había alimentado. La joven gustaba siempre de hurgar entre los viejos discos de vinilo que todavía conservaba su padre de sus tiempos mozos. Aunque bueno, Joel pensó que era mejor que le incordiaran con aquellos ritmos antes que con algún repetitivo soniquete de esos que tanto se llevaban y sobre todo durante los días de verano.

Cuando abrió la puerta de la habitación de Judith, con el rostro arrebolado por la ira incipiente, la jovencita dio un bote sobre su cama. Tenía su portátil sobre las rodillas. Su padre pensó que hubiera sido muy beneficioso que su hija adoptara también su gusto por la lectura. Pero no, la muchacha desperdiciaba sus horas libres frente a la pantalla de su ordenador. Se dedicaba a coleccionar chismes que otros jóvenes vertían sobre los muros de sus redes sociales.

—Te recuerdo que estoy intentando trabajar —le advirtió Joel con mirada gélida y gesto serio—. Mejor sería que apagaras ese chisme y salieras a pasear y a tomar un poco de aire fresco. O también podrías aprovechar para estudiar un poco y preparar los exámenes de septiembre. Este año ha sido un desastre. Como no vea mejoras el curso que viene, te mando de cabeza a un colegio privado.

—Joder, papá. Si por lo menos no viviéramos en el culo del mundo, a lo mejor tendría alguien con quien poder relacionarme en persona —replicó la chica indignada. Aunque procuró, al mismo tiempo, bajar la música y adoptar un gesto un poco más obediente. Cuando su padre se ponía serio, llegaba a resultar intimidante. Además, el hombre era bastante alto y fuerte y su expresión solía ser un tanto hosca.

—Lo que necesitas —intentó replicar el hombre, aunque no sabía muy bien que agregar—. Lo que necesitas es relacionarte un poco con personas de verdad. Aunque sea un pueblo tranquilo y poco habitado, seguro que habrá gente de tu edad con la que puedas entablar amistad, hija.

Joel observó unos segundos aquel desorden que reinaba en la habitación. Las paredes estaban empapeladas con decenas de posters donde se hacía mención a varios grupos de Heavy Metal. No reprendió más a la joven. Sabía que en cierto modo ella llevaba razón. La decisión de irse a vivir hasta aquel apartado pueblo, llamado Cihundi, había sido de él. Pretendía encontrar un lugar donde hubiera tranquilidad para poder desarrollar sus programas informáticos. Pero claro, cuando tomó aquella decisión no había tenido demasiado en cuenta las necesidades del resto de su familia. Aquello era algo que a veces le hacía sentir culpable.

La chica se removió inquieta, ya otra vez sobre el colchón de su cama. Se atusó un poco los largos cabellos oscuros. Su padre observó que iba otra vez maquillada de manera un tanto excesiva. El hombre chasqueó la lengua, pensando que muy lejos quedaba ya aquella chiquilla de sus ojos que había sido Judith. Los hijos crecen muy deprisa. Uno a veces corre el riesgo de perderse muchas cosas, si anda demasiado absorto con asuntos menos importantes que la familia.

MARTES. UN EXTRAÑO HALLAZGO EN CIHUNDI

1

—¿Qué cojones es esta mierda?¿Cómo ha terminado aquí esta basura?

Álex miró aquella cosa asqueado. No podía asimilar lo que estaba viendo. Al principio pensó que algún tipo de ilusión óptica había engañado a su mente. Pero, tras observar un buen rato lo que tenía delante, se dijo que era algo muy tangible. Tangible y repugnante. ¿Cómo narices había llegado aquella cosa hasta su sótano?

El hombre no sabría catalogar con exactitud la naturaleza de aquello. Era una formación extraña y alargada que se había adherido a una de las esquinas del lugar, a la altura casi del suelo. Se trataba de algo de aspecto viscoso, blanquecino y maloliente. Sopesó la idea de tocar la blanda textura de la cosa con el palo de una escoba que tenía por allí. Cuando se decidió a hacerlo, tuvo que retroceder asustado. Su estómago se contrajo víctima de la repugnancia. Al apenas rozar la punta del palo con la gelatinosa superficie de aquella cosa, ésta se retorció de manera sensible. Luego lanzó al aire una especie de ventosidad. Enseguida se esparció por todo el lugar un olor penetrante, parecido al que siempre flota en las cuadras de los caballos.

El hombre estaba asustado. No sabía cómo actuar. No entendía por qué estaba aquello en su propio sótano. Empezó a barajar la idea de llamar a las autoridades, pero, sin que supiera bien porqué, sentía como si tuviera que esconder todo aquello. Además, no le agradaba nada la idea de que algún desconocido anduviera metiendo las narices en su sótano. No, aquella no era una opción en absoluto. No podía permitir que entrara nadie que no fuera él. Ni pensarlo. Seguramente husmearían demasiado, mucho más de lo que él creía conveniente.

Se sentía sucio ante aquella visión. Pensó que si alguien veía aquella cosa en el sótano de su casa, le tacharía de guarro enseguida. Se dijo que quizás hubiera descuidado la limpieza de esa parte de su hogar durante los últimos meses. Pero, ¿tanto como para que surgiera aquella horrible cosa? No podía ser. Tenía que haber alguna explicación más sensata. Por otro lado, también se preguntó si «eso» sería algún tipo de organismo vivo, algún hongo o algo por el estilo. Un escalofrío recorrió su cuerpo de arriba abajo. Su rostro de formas angulosas y atractivas palideció de inmediato.

—No puede ser, coño. Debo de estar soñando. En mi vida había visto algo tan asqueroso.

Observó de nuevo la nauseabunda aparición. Su alargado cuerpo parecía ramificarse a ambos lados en delgadas prolongaciones de aspecto esponjoso. La superficie principal estaba recubierta con una serie de anillos cartilaginosos. Entre ellos había segmentos más blandos, donde podían apreciarse una especie de poros que se abrían y cerraban sin parar. Todo el cuerpo se contraía como si estuviera respirando. En ambos extremos había una especie de cabezas redondeadas, provistas de ventosas y ganchos.

Luego se preguntó si todo eso habría salido de alguna de sus creaciones. Él había dejado muchas veces en el sótano los pollos con los que practicaba. Muchos se habían podrido allí mismo. Sólo de pensarlo le entraban sudores fríos.

—Mi arte... mi arte no puede generar esta porquería, narices. Esto tiene que haber salido por otro motivo.

Fue entonces cuando el sonido del teléfono le sacó de su estado de estupefacción. Justo antes de que la confusión diera paso al pánico dentro de él, el sonido hizo que pegara un bote sobre el suelo y saliera de su ensimismamiento. Al principio sopesó la idea de ignorar el insistente reclamo del aparato. Luego recordó que estaba esperando una llamada importante. Subió a los saltos las escaleras del sótano, tras sortear todos los trastos que tenía guardados, en dirección al salón de su casa.

—Hola, muy buenas, Álex, soy Sonia —escuchó decir a una voz un tanto familiar que le hablaba desde el otro lado de la línea—. Te llamo por lo del congelador, como seguro que recordarás. Si quieres, este mismo sábado te lo podemos llevar ya a casa sin problemas.

Álex sintió un nudo en el estómago. Durante unos segundos no supo qué contestar. Entonces la mujer que hablaba desde el otro lado de la línea se extrañó. Pensó que quizás pasaba algo raro en la misma, algún tipo de interferencia o interrupción.

—¿Hola?¿Álex, sigues ahí? —preguntó, un tanto confusa.

—Eh... sí, sí, sigo aquí. Perdona, es que pasaba algo raro en la línea. ¿Éste mismo sábado entonces? —Álex valoró todo con rapidez. Pensó que tendría que quitar cuanto antes aquella cosa que había salido en la pared de su sótano, para que pudieran traerle el electrodoméstico, pero lo necesitaba con urgencia y descartó, por tanto, posponer la recepción del mismo—. Sí, no hay problema. Nos vemos el sábado entonces.

2

A pocos metros de allí, en la calle, una ranchera Golf State aparcaba frente al portón de un garaje. Apenas el turismo hubo detenido su marcha, dos niños salieron por las puertas traseras. Saltaron sobre el pavimento que había frente al garaje y corrieron en dirección a la entrada de su casa excitados. Uno de ellos cargaba bajo el brazo una caja de color blanco con el logotipo azul de una conocida marca de videoconsolas. Sus padres acababan de comprarles aquel chisme y ellos estaban ansiosos por estrenarlo. Tras ellos bajó una chica joven, de unos dieciséis años. Mostraba un gesto hastiado y escuchaba música de su ipod sin prestar atención al resto del mundo. Vestía una camiseta negra con el logotipo de un grupo de Heavy Metal estampado en el pecho y un dibujo de algo parecido a un muerto viviente bajo él. Llevaba pantalones vaqueros ajustados, rasgados a la altura de las rodillas.

—Judith, vigila a tus hermanos —gritó su madre desde el asiento del copiloto. Sin embargo la joven no pudo escuchar su voz debido a que aún tenía los cascos en los oídos. Aunque el caso que le hubiera prestado, de no ser así, sería el mismo, es decir, totalmente nulo.

No es que su madre fuera una mujer que gozara de gran autoridad. La esposa de Joel era de temperamento débil, poco capaz de intimidar a nadie y menos a sus hijos. Era una mujer de aspecto moderno, como así constataban sus cabellos ondulados, teñidos de rojo sangre o su rostro siempre maquillado. Su carácter era bastante desenfadado. Pero en algunas ocasiones la actitud de su hija mayor la superaba.

Mientras tanto, el padre de la chica se posaba del coche lanzando una mirada desdeñosa en dirección a la casa de enfrente, al otro lado de la carretera. Se preguntó si en aquellos momentos el hombre que vivía allí estaría dentro de la vivienda. No le daba muy buena espina ese tipo, quien hacía poco que se había mudado al barrio, trayendo consigo aquella falsa sonrisa. Hacía gala de unos artificiales modales que quizás engañaran al resto, pero no a Joel. Lo cierto es que Álex, aquel nuevo vecino, tenía un porte elegante. Su carácter, a priori amable, le daba una apariencia que a muchos podría inspirar confianza. Pero este no era el caso de Joel. El huraño programador informático de casi cincuenta años, no se dejaba embelesar con facilidad.

El verano acababa de comenzar. Todavía no había muchas personas en aquella parte del pueblo. Las persianas de la mayoría de las viviendas permanecían bajadas y todo estaba en silencio, lo cual dotaba al lugar de un cierto aire fantasmal. Era lo que tenía vivir en una zona principalmente de chalets de veraneo, destinados a las familias acaudaladas que pudieran permitírselo. Pero a Joel, el hombre que ahora miraba con recelo la casa de Álex, le gustaba aquella tranquilidad. Por eso había decidido ubicarse en aquel lugar apartado del mundanal ruido. Aunque lo cierto es que empezaba a preocuparse de lo altanera y huraña que se estaba volviendo su hija mayor. Quizás a ella no le sentara bien vivir en un lugar tan solitario. Apartó aquellos pensamientos de su mente con un gesto de fastidio, y volvió a centrar su atención en la casa de enfrente.

—¿Qué coño es lo que harás todas las noches encerrado en tu sótano? —se preguntó entre dientes, mientras fruncía el ceño con desagrado. Joel había advertido cómo todas las noches la luz que se colaba al exterior, procedente de aquel sótano por el estrecho ventanuco que quedaba a ras de la calle, ponía de manifiesto que su nuevo vecino se pasaba las madrugadas allí metido. Y esto era algo que mosqueaba a un ya de por sí desconfiado Joel.

Unos segundos después Joel vio aparecer por la izquierda a uno de sus vecinos. Venía andando, con aire distraído, por la avenida flanqueada de chalets. Se trataba de Claudio, un inmigrante que se había venido hacía muchos años desde Argentina, para luego quedarse a vivir el resto de sus días en aquel apartado pueblo. Joel advirtió con fastidio que ya era tarde para esconderse en casa y esquivarle. Ahora tendría que soportar una nueva tormenta de palabras por parte de aquel pelmazo.

—¿Cómo lo *llevás*, amigo? —preguntó el viejo, con aquel acento que tanto detestaba Joel. Éste ya rumiaba alguna excusa con la que librarse del otro. Sin embargo, el argentino comenzó a hablar de algo que, por increíble que pareciera, le resultó interesante—. ¿Te enteraste de lo que le pasó la otra noche a la pobre Pura? Es horrible, ya no se puede estar tranquilo ni en un sitio como este. Acá siempre fue todo tranquilidad y buenos alimentos, y ahora pasan estas cosas que antes sólo pasaban en las ciudades.

Joel no tenía ni la más remota idea de qué era lo que le había pasado a la vieja chismosa de la que el argentino hablaba. Estuvo a punto de decirle que se dejara de alargar las palabras con aquel meloso acento para contarle de una condenada vez todo aquello, pero en un último momento consiguió controlarse. Era mejor abordar al hombre haciendo acopio de toda la paciencia que pudiera reunir.

—Suena preocupante, ¿qué fue lo que le pasó a la señora Pura? —preguntó al fin, fingiendo cordialidad y simpatía.

—¿Entonces no te enteraste todavía, che? La pobre se ha llevado un susto tremendo. Todos los que viven donde ella tuvieron que ir a su casa para tranquilizarla.

«Ve al grano de una puta vez, boludo» pensó Joel para sus adentros. Seguía forzando aquella mueca de amable interés, para que el otro no notara toda la repulsa que hervía en sus entrañas.

—Pues resulta que la noche del lunes, cuando la pobrecita iba a hacer sus necesidades al cuarto de baño, se encontró una cosa horrorosa sobre la tapa del WC. Nosotros la vimos y era algo asqueroso, como una especie de rabo baboso que se había estirado desde allá adentro, para posarse sobre la tabla del WC. Es horrible. Parecía que la cosa respiraba por unos poros que parecían como de esponja. Su cuerpo estaba cubierto por algo así como anillos de cartílago. Lo peor de todo es que olía fatal. Esto tiene que ser cosa de ese abono fertilizante que han estado probando estos días por los campos.

El argentino alargaba algunas sílabas al hablar y pronunciaba siempre el fonema z como si fuera una s.

—Bueno, Claudio, me parece que pensar eso es como poco un tanto precipitado. Pero sí que es raro todo lo que me cuentas. ¿Y nadie ha llamado a la policía para informar de esto? —preguntó estupefacto Joel. No terminaba de asimilar muy bien lo que acababa de escuchar. Aunque quizás se tratara de simples exageraciones de una vieja y algunos vecinos idiotas que habían visto alguna clase de... ¿alguna clase de qué? Aquella historia era en verdad ridícula.

Por otra parte el programador era muy consciente de a qué clase de fertilizante se refería el argentino. Durante las últimas semanas se había hablado mucho por aquellas latitudes del producto en concreto. No en vano, él mismo estaba trabajando en un software que luego se encargaría de hacer un seguimiento y evaluación de las mejoras de los campos bajo el efecto de ese potenciador químico.

—Ella no quiso que lo hiciéramos. Ya sabes cómo es la mujer. Bastante le costó ya dejar que nosotros entráramos en su casa. Desde que murió se esposo no quiere que nadie ande merodeando por su jardín o los alrededores de su chalet. Al final tuvimos que coger la cosa aquella con unas pinzas de cocina que ella nos dejó. Efrén, que también estaba con nosotros, nos dijo que teníamos que guardar aquella cosa para llevarla a analizar o algo. Pero nosotros no imaginamos dónde guardar una cosa tan fea y asquerosa. Al final la tiramos al vertedero que hay a dos kilómetros de aquí. Pero, che, le puedo asegurar que no fue fácil despegarla de allí. Al final tuvimos que hacer palanca entre su cuerpo pegajoso y la tabla del inodoro con una barra que la anciana nos dejó, antes de cogerla con las pinzas.

Joel no sabía si asombrarse más por la rocambolesca historia que acababa de escuchar o por la estupidez supina que habían mostrado los hombres al proceder de forma tan negligente. Encontrarse con algo tan raro y no dar parte a las autoridades no parecía una actitud muy inteligente. Sin embargo, luego pensó que quizás él hubiera actuado de igual modo. Después de todo, tampoco le agradaban las visitas inesperadas. Hubiera sido un engorro tener que dar parte de algo así. Se dijo que quizás todo tuviera una explicación mucho más sencilla. Puede que el argentino y los otros hubieran sacado conclusiones fuera de lugar.

—La verdad que me dejas un poco acojonado con semejante historia. Pero no sé, deberíais haber avisado a las autoridades. Seguro que alguien hubiera sabido catalogar enseguida ese bicho. Puede que a pesar del feo aspecto que tenía no fuera algo tan raro y desconocido. Bueno, Claudio, me pillas un poco liado. Si algún día sabes algo más de todo eso no dudes en comentármelo.

Dicho esto el programador se dispuso a dar media vuelta, dejando con aquel aire aún perplejo al argentino, por todo lo vivido días atrás. El viejo se rascaba la canosa perilla con aire meditabundo. Ni siquiera se dio cuenta de que Joel se estaba despidiendo de él.

3

Mientras ellos hablaban, la hija de Joel, que ya estaba en su habitación, husmeaba entre las rendijas de su persiana lo que pasaba afuera. Vio a su padre hablando con aquel pelmazo argentino y se preguntó qué sería lo que le contaba. Tenía que ser algo interesante para que su «viejo» no hubiera dejado al hombre con la palabra en la boca, tras mascullar alguna peregrina excusa, e irse a su casa. Mientras Judith ignoraba los fatigosos reproches que su madre le lanzaba desde la cocina, pidiéndole que «por favor abriera esa ventana y dejará entrar un poco de luz en su vida y en su habitación», ella dirigió su mirada un poco más allá, hacia el otro lado de la carretera solitaria que separaba las dos filas de chalets. Aquel hombre alto y repeinado, de figura esbelta y mirada extraña que hacía poco vivía en esa casa de enfrente, había suscitado la curiosidad de la chica desde el primer momento. Todos los días se sorprendía a sí misma escudriñando con disimulo en aquella dirección. No es que el hombre le gustara, ni mucho menos. Sencillamente le llamaba la atención su manera extraña de dirigirse a otras personas. Además, siempre iba vestido con aquel traje gris, viejo y feo hasta decir basta, corbata y zapatos relucientes. Pero el caso es que nadie sabía si trabajaba. Había rumores de que era un hombre acaudalado que no necesitaba un empleo.

Pero pronto se cansó de husmear. Decidió tumbarse un rato en la cama con el portátil. En aquel pueblo no es que hubiera mucha gente de su edad con la que relacionarse. Esto había propiciado aún más su carácter introvertido durante los últimos meses. Ahora lo único que hacía por las tardes era tumbar su pálido cuerpo sobre el colchón de la cama. Chateaba con personas igual de antisociales que ella que jamás había conocido en persona, mientras ponía la música a todo trapo para exasperación de sus padres. Hasta que Joel entraba hecho una furia para ordenarle que la quitara, claro. Entonces tenía que obedecer sin tentar más a la suerte.

Su habitación era su pequeña guarida. Aquellas paredes, repletas de posters con las fotografías de músicos melenudos y sudorosos, eran las fieles guardianas de su intimidad. Una intimidad que sin embargo luego no dudaba en violar, cuando llenaba su página de la red social favorita con cientos de imágenes donde aparecía con gestos lascivos y posturas sugerentes.

4

A la vez que todo esto sucedía en aquella parte de Cihundi, un joven forastero se aproximaba con aire cansado, pero feliz, hasta el lugar donde un puente de la época romana cruzaba el río del pueblo. Llevaba una mochila a sus espaldas. Estaba agotado tras la caminata que acababa de darse bajo el sol. Unos chorretones de sudor resbalaban por su frente y sus hombros. La camiseta que llevaba se adhería a su espalda bajo el peso de la mochila.

Cihundi era un lugar hermoso, se dijo Jordán. Una pequeña población apartada del mundanal ruido. Estaba ubicada en la llanura de campos que se extendía desde la cordillera más septentrional hasta otra que había más al sur. El lugar estaba habitado casi en su mayor parte por gentes acaudaladas. Por tanto, no tenía una actividad como cualquier otro pueblo o ciudad. La mayoría de viviendas eran confortables chalets. Sus puertas y ventanas permanecían cerradas a cal y canto durante gran parte del año. Suponían un lugar de esparcimiento para sus dueños, adonde prácticamente solo acudían en vacaciones. Aunque también había algunas casas más humildes, que servían como residencia a los empleados del ayuntamiento que mantenían el lugar adecentado y a gentes del campo que tenían terrenos por allí cerca.

Jordán, el caminante forastero, se maravilló ante la visión de aquel marco idílico. El joven periodista se dijo que había merecido la pena la caminata desde Los Jarros. Ahora estaba en una zona apartada de la villa, donde un riachuelo dividía otra franja de terreno donde había varias casas más y una pequeña taberna-restaurante al fondo del todo. Para llegar allí había que cruzar el puente de piedra.

El joven paladeó con deleite aquella imagen que retrotraía su imaginación hasta mundos perdidos y olvidados. A sus espaldas se levantaba un edificio de planta rectangular y paredes de piedra color pardo. Era una antigua abadía, como antes había podido leer en un cartel informativo destinado a los turistas, que había a los pies del edificio. Pero lo que más le reconfortaba era sentir aquella brisa suave meciendo sus cabellos, mientras escuchaba los sonidos cantarines del riachuelo. A su izquierda, bajando por un camino terroso, había una fuente de piedra con un caño metálico que vertía su chorro sobre una rejilla empotrada en la tierra. Bajo el puente romano había una zona donde el agua se estancaba un poco, para formar una poza profunda pero límpida, bajo el pronunciado arco de piedra.

Se respiraba un aire puro a naturaleza. Los brazos flamígeros de la estación estival no se notaban con tanta intensidad debido a esas suaves corrientes y a las sombras de los edificios cercanos.

Jordán se sobresaltó un poco. Tras una esquina, a su derecha, surgió un perro de aspecto famélico. Se trataba de un mastín grande y negro. Si bien el animal en otro tiempo habría resultado imponente, ahora parecía un tanto enfermo y demasiado delgado como para inspirar respeto. Aunque lo cierto es que a Jordán sí le causó miedo. El perro le ladró, acercándose a apenas dos pasos de él. Entonces el joven retrocedió un poco nervioso, sin saber qué hacer. Con las palmas de las manos apuntando hacia el suelo, trató de calmar al animal. Se preguntó si sería un perro callejero o simplemente su dueño era algún desaprensivo, un desgraciado que no había sabido cuidarle.

—Tranquilo, tranquilo, muchacho. Calma, no quiero hacerte nada —mientras mascullaba aquello, tratando de permanecer lo bastante relajado como para no excitar más al perro, observó el aspecto enfermizo que presentaba el hocico del animal. De su morro se descolgaban hilos de mucosidad. Tenía laceraciones extrañas por toda esa zona.

Echó una rápida mirada a los alrededores, a ver si había alguien cerca que pudiera ayudarle, o al menos explicarle de dónde había salido aquel perro tan raro. Justo entonces una pareja mayor cruzaba el puente de piedra en dirección hacia él.

—No te preocupes —le dijo el hombre de pelo cano y prominente barriga, aún todavía sobre el arco del puente—. Es el perro de la señora Pura. No hace nada, aunque parezca tan grande y fiero.

Por supuesto, Jordán no tenía ni idea de quién era la señora Pura. Pero se dijo que no era normal que su perro tuviera ese aspecto. Sin embargo, antes de que la pareja llegara junto a él, el animal dio media vuelta y se fue por donde había venido.

—Parecía bastante enfermo —les dijo a la pareja, quienes ya casi habían llegado junto a él. Se apartó el rubio flequillo con gesto extrañado por lo que acababa de pasar. El hombre de pelo cano le miró sin esconder cierta desconfianza. No sabía qué hacía allí aquel muchacho. Seguramente sería algún turista decidido a meter las narices en su pueblo, pues no era algo demasiado raro en verano. Aun así, seguían sin gustarle aquellos jóvenes entrometidos.

—Te puedo asegurar que su dueña lo cuida muy bien, muchacho —fue todo cuanto dijo el hombre de pelo canoso.

5

No muy lejos, la propia señora Pura no podía dejar de comer de manera compulsiva. No era capaz, por más que lo intentaba, de saciar su apetito con nada de lo que tenía en su casa. Y lo más extraño de todo es que al poco vomitaba toda la comida. Aquello no tenía sentido. En una ocasión se sorprendió intentando saciar su apetito con carne cruda. No sabía a qué vino aquel repentino impulso, pero los picores la estaban volviendo loca por completo. Estos se habían ido intensificando al mismo ritmo que su apetito se volvía más voraz. Sintió asco de sí misma cuando, llevada por aquel instinto que se había despertado en ella, llegó a planear, entre delirios, dar caza a uno de los gatos callejeros que merodeaban por las cercanías de su casa. Ella no sabía bien por qué, pero algo en sus entrañas vibraba anhelante cada vez que notaba la vida palpitando en aquellos animales.

La vieja se levantó de la silla que había ante la mesa de la cocina. Cada vez sentía más frío, a pesar de que afuera el sol calentaba con justicia. Quizás rondaran ya los cuarenta grados centígrados. Aquel pertinaz vacío de su estómago le hacía sentir como si un pozo sin fondo, imposible de llenar, hubiera tomado forma en sus entrañas. Un abismo que lo engullía todo pero que nunca llegaba a sentir el peso de nada.

Salió de la cocina y avanzó encorvada y muy despacio por el pasillo. Sus piernas varicosas, embutidas en unas medias grises, temblaban. Su rostro había perdido todo el color en apenas unos días. Un buen puñado de capilares habían estallado en sus pómulos formando sanguinolentos racimos. Toda ella no era ahora mismo una imagen muy agradable de observar.

Una vez a la semana recibía la visita de sus hijos. Pero desde que todo comenzara no había tocado el turno de la misma. Hasta el momento se había valido por sí misma. Sus hijos tan sólo hacían aquellas visitas por pura cortesía. Bueno, por eso y por interés. La anciana era poseedora de unos jugosos ahorros que harían las delicias de aquel que los heredara.

Por la mente de la anciana ahora desfilaba una y otra vez el mismo pensamiento. Comida. Comida. Comida. Pero no cualquier tipo de comida. Se había obsesionado con alimentarse de algún ser mientras este todavía conservara el calor de la vida en sus entrañas. Había visto a aquel gato por la mañana, en la parte trasera de su casa. Fue cuando había ido a ver cómo estaba su perro, que por lo visto había desaparecido sin dejar rastro. Entonces vio allí, encaramado en el muro de su jardín trasero, a aquel gato gris. Su latido vital parecía estar reclamándola desde lejos.

La anciana procuró apartar aquel sucio pensamiento de su mente. Al recapacitar sobre lo que había estado rumiando se dio asco a sí misma. Pero había cosas últimamente que no podía controlar. Una de ellas era aquel tipo de pensamientos tan extraños y repulsivos. Luego estaban los malditos picores, que no dejaban de atormentarla día y noche, intensificándose cada vez más. Pero cuando se rascaba, siempre creía ver aquellas cosas desplazándose bajo su piel. Todo se estaba transformando en una pesadilla para ella. Y no podía dejar de pensar en lo mismo. Comida. Comida. Comida.

6

En el único bar que había en todo Cihundi, el dueño del local miraba con gesto aburrido el televisor. El aparato estaba al otro lado de la barra, en lo alto de la esquina y al fondo de la larga estancia. Dos hombres bastante mayores tomaban sus sol y sombra sentados frente a una mesa. Hablaban, con aire soporífero, sobre el tiempo y poco más. Afuera el sol calentaba con fuerza. El verano ya comenzaba a golpear con furia, caldeando el asfalto y los campos de la periferia.

Efrén, aquel camarero malencarado, de cuerpo orondo y rostro adornado por un espeso bigote, parecía no prestar mucha atención a aquellos anuncios que daban por la tele. Todavía le daba vueltas a aquel raro asunto del hallazgo que hicieran el otro día en casa de la señora Pura. Se preguntaba de dónde podía haber salido aquella cosa tan repugnante y si habían hecho mal en no dar parte a las autoridades. Aunque Efrén no era muy culto ni solían interesarle los temas que no estuvieran relacionados con el fútbol, recordó haber visto algo parecido a esa cosa hacía tiempo, en una revista científica. Lo recordaba porque entonces pensó que la naturaleza a veces no parecía tan sabia como dicen, o tan maravillosa. No entendía cómo podían existir aquellas cosas espeluznantes. Y es que lo que el camarero había visto en aquella ocasión, era un parásito intestinal conocido popularmente con el nombre de «solitaria». Él no lo recordaba ya, pero el nombre científico de ese parásito era «Tenia echinococcus». Un nombre sin duda adecuado para un organismo tan repugnante. Aquel ser alargado de cuerpo blancuzco y superficie viscosa, que habían visto sobre la tapa del retrete de la anciana, se parecía bastante a la foto que viera hacía años en la cabecera del artículo científico. O quizás no tanto. Aquella cosa tenía como dos cabezas, una en cada extremo de su cuerpo, en lugar de una sola. Además era como si unos agujeros como diminutas bocas respiraran sobre la superficie esponjosa que asomaba entre los discos cartilaginosos. Mientras pensaba en ello, un escalofrío recorrió todo su cuerpo. Pero ninguno de los dos viejos que había esa tarde en el bar advirtieron su reacción. Efrén no era un tipo que se dejara atormentar por las preocupaciones. Procuraba llevar una vida fácil y sin demasiadas emociones. Pero desde que aquella noche acudiera, junto con algunos vecinos más del lugar, hasta la casa de Pura, no podía dejar de recordar aquello que se encontraran.

Durante unos segundos pudo apartar aquellos pensamientos de su mente cuando alguien más entró en su bar. Dirigió la mirada a su derecha, hacia la puerta del establecimiento. Agustín, el alcalde de la villa, era quien en esos momentos atravesaba el umbral.

—Buenas tardes, Efrén —le saludó éste. Caminaba con pesadez hacía la barra, mientras aprisionaba entre sus labios un puro. Allí todos sabían que, aunque las leyes lo prohibían, podían fumar dentro del local. Eso sí, siempre que no hubiera cerca ningún miembro de la policía o de la guardia civil. Había confianza entre todos los vecinos. Bueno, al menos entre los que residían desde toda la vida en el lugar—. ¿Qué novedades me cuentas? ¿Ya has preparado el local de la plaza para la fiesta de la semana que viene? Este pueblo es muy aburrido en verano. Nos salva la fiesta de la «Virgen de los riscos». Si no fuera por eso, mi nieta se moriría de aburrimiento todos los años. A veces a sus padres les cuesta mucho seguir convenciéndola de venir a veranear aquí.

—Ya lo tengo casi todo listo, Agustín. Sólo me falta que ese chaval de los «Socorridos» me ponga la luz de una vez. El hijo de Pedro es más vago que la chaqueta de un guardia. Estoy hasta las narices ya de decirle que se dé un poquito de prisa. Pero ya sabes cómo es tratar hoy en día con la juventud —los Socorridos era el mote que le habían puesto a los padres del mencionado muchacho. Era otra de las acaudaladas familias que residían en el lugar.

Efrén mostraba su peculiar mirada cansina. Apoyaba de manera lánguida su cuerpo sobre la barra, sosteniéndose en los codos. Sin embargo Agustín creyó ese día entrever un brillo distinto en sus ojos. Si no le conociera bien, diría que algo preocupaba al camarero del bar. Pero decidió no hacer ningún comentario al respecto. Había otra cosa de la que quería hablar con el hombretón.

—Cambiando de tema, me han dicho unos cuantos vecinos que estos días el chucho de la señora Pura anda suelto por ahí, vagabundeando solo como un perro callejero. Me extraña mucho. La vieja nunca deja que el perro de su difunto marido salga solo de casa. ¿No estará enferma o algo así? Hace días que nadie sabe nada de ella. Como tú vives muy cerca de ella, pensé que igual sabías algo. Tampoco tengo noticia de que sus hijos hayan venido hace poco a visitarla, como suelen hacer todas las semanas.

Al alcalde del pueblo no se le pasó desapercibido el gesto de sorpresa que, de forma fugaz, cambió la expresión del camarero. No era común que algo hiciera alterar de forma alguna el comportamiento del hombre. Eso, junto con lo que antes había creído percibir en su mirada, le hicieron pensar que algo ocultaba el hombre.

—Yo he visto al perro esta mañana meando junto al río —intervino de improviso uno de los viejos que había en el local, sentados frente a la barra, al otro lado del estrecho pasillo que formaban las mesas y aquella—. También me extrañó mucho ver al chucho andando por ahí solo. Además, tenía una pinta bastante mala. No estuve seguro de que era el perro de Pura hasta que vi su collar rojo de siempre. Está flaco como una sardina. Algo debe pasarle a ese animal.

Ante aquellas palabras Efrén sintió cómo un escalofrío volvía a recorrer sus entrañas desde la boca del estómago hasta la base del cuello. ¿Tendría aquello relación con lo que sucediera la pasada noche del lunes? Sin embargo, prefirió no mencionar el suceso ante los otros. En lugar de ello trató de desviar la conversación por otros cauces. Mencionó de nuevo lo de la fiesta que preparaban. Pronto los viejos siguieron a lo suyo sin más, mientras que él planificaba cosas con el alcalde del pueblo.

7

Marco y Tamara caminaban con tranquilidad por el arcén de la carretera. Iban por un tramo recto de casi un kilómetro. A su derecha se extendía un campo de trigo. Las doradas briznas crujían bajo el calor inclemente.

—Sólo a ti se te ocurre que salgamos a pasear cuando más pega el sol —masculló la chica, que entornó los ojos para que la luz no entorpeciera demasiado su visión—. Tengo los pies cocidos. ¿No crees que ya sería hora de volver a casa? Tengo unas ganas terribles de quitarme las deportivas y tirarme en el sofá como una marmota.

—Bueno, por hoy ya está bien. Mañana daremos otra vuelta. Me hubiera gustado llegar por lo menos a Cihundi, ya que estamos tan cerca. Tampoco es que haya mucho que ver en tu pueblo precisamente. Me gusta más andar perdido, merodeando por ahí, que estar todo el día aburridos en Los Jarros —Marco lanzó aquel comentario sin ánimo de herir los sentimientos de su novia. Todos los veranos iban a pasar allí los días de vacaciones. La familia de ella residía en aquella pequeña ciudad muy cercana a Cihundi y ella no soportaba que él dijera aquellas cosas de su antiguo hogar—. No quiero decir que sea... o sea que no es que... —trató de disculparse al momento, sin demasiada fortuna.

—Sí, sí, pero ya lo has dicho —contestó ella un tanto ofendida.

—Joder, mira, ya nos están fumigando otra vez —cambió de tema Marco, mientras señalaba hacia el cielo despejado. Allí arriba se podían ver dos franjas de estela blanca dejadas por sendos aviones hacía algunos minutos. Los rastros vaporosos formaban una enorme equis sobre el cielo azul.

—Ya estás tú otra vez con tus estúpidos chemtrails. No hay manera de hacerte ver que eso sólo son tonterías —replicó ella con fastidio, advirtiendo al mismo tiempo cómo él había intentado cambiar de tema con habilidad, para no seguir hablando sobre lo aburrido que le resultaba Los Jarros.

La cálida brisa meció sus lisos y rubios cabellos, arremolinándolos sobre su rostro salpicado de pecas. Tenía unas facciones bellas y lozanas que la hacían parecer más joven de lo que era. Pronto cumpliría los veintiseis años, pero apenas aparentaba unos diez y ocho. Su cuerpo era esbelto y no tenía una gran estatura. En verano solía llevar los hombros desnudos, que ahora estaban un poco tostados por el sol, aunque su piel era bastante blanca durante la mayor parte del año. Su novio, que ahora caminaba despacio para adaptarse a su ritmo, era un chico apenas dos años más joven que ella. Era alto y delgado como una vara, pero de músculos fibrosos y mirada vivaz de ojos azules bajo un espeso cabello anaranjado. Formaban una pareja de lo más peculiar.

—Tú puedes pensar lo que quieras, pero yo te digo que todos esos aviones no tienen por qué andar esparciendo esas redes de nubes sobre nuestras cabezas. Hay expertos que dicen que en realidad nos fumigan con cosas nocivas que empeoran bastante el estado de nuestra salud, para que luego tengamos que comprar a las grandes farmacéuticas las medicinas que nos aliviarán esas dolencias. También he escuchado otras versiones donde se asegura que pueden alterar las condiciones climáticas de manera que...

—Sólo son nubes de condensación, Marco, nubes de condensación y nada más. Ya me has contado todas esas tonterías un montón de veces y no vas a convencerme de que son otra cosa —lo cortó ella de golpe. Se mostraba algo irritada, tanto por el calor de la tarde como por la insistencia de su novio en aquellas chorradas. Entonces Tamara advirtió algo extraño. Su novio, en lugar de contraatacar, esgrimiendo las mismas chorradas de siempre para defender sus estúpidas teorías sobre chemtrails, se quedó callado.

—Mira ese perro, Tami. Ese que viene hacía aquí por el otro lado de la carretera. ¿No te parece que tiene una pinta horrible? —le dijo Marco extrañado. Tamara dirigió su mirada hacia donde su novio decía. En efecto, había un perro grande y flacucho, de negro pelaje, que se dirigía hacia ellos con andares pesados y erráticos.

—Pobrecillo, parece que está enfermo —constató la chica al poco, cuando el animal ya estaba mucho más cerca de ellos—. Jolín, pero si parece que tiene la sarna o algo así. Mira su cuerpo, está lleno de sarpullidos rojos y tiene el hocico como lleno de mocos.

Entonces se detuvieron. Cuando el animal estaba a apenas seis metros de la pareja, cruzó la carretera acelerando el paso. Comenzó a gruñirles con aire amenazador y ellos empezaron a sentir el miedo.

—No te asustes, Tami. Si no mostramos temor se marchará —musitó el chico, más para tranquilizarse a sí mismo que para calmar a su novia. Mientras decía aquello, miró a los ojos del animal. Trató de calmar el nerviosismo que nacía en su estómago haciendo que sus manos temblaran.

8

Ese mismo jueves algo muy extraño tuvo lugar en las cercanías de Cihundi. El señor Pérez era un comercial de telefonía móvil e internet que iba casa por casa ofertando las prestaciones de su compañía. Las personas solían atenderle de muy diversas formas. Aunque por lo general se limitaban a decir que se encontraban muy ocupadas en aquellos momentos o que ya estaban contentas con el servicio de su actual compañía. Alguna vez le había abierto la puerta alguna persona con cara de muy pocos amigos o alguien a todas luces enfadado. Sin embargo nunca antes, durante los más de dos años de servicio que llevaba en aquel puesto, le había pasado lo que esa misma mañana.

El mordisco que le propinó en la mano aquella anciana de aspecto enfermizo, a cuya casa llamó a eso del mediodía, era algo que no terminaba de asimilar. De vez en cuando le echaba un vistazo fugaz a la herida. Conducía con prudencia por una de aquellas solitarias carreteras que iban de Cihundi a Los Jarros. Era un mordisco profundo y la zona sanguinolenta le palpitaba mucho. Con frecuencia, una punzada aguda en aquella zona le hacía adoptar una mueca de dolor.

—¿Cómo coño dejan vivir sola a una vieja tan loca? —se preguntó, mientras contraía su rostro en una nueva mueca de dolor—. La muy jodida estaba como una puta cabra y encima tenía pinta de estar enferma, coño.

—Deberías ir a que te miraran eso —añadió su compañero de trabajo, señalando hacia la fea herida de la mano—. La vieja tenía los dientes sucios y es un mordisco bastante profundo. Yo que tú iría a un médico antes de que te entre algo muy chungo. Encima no dejas de rascarte desde hace más de una hora.

—Ya sé que debería ir a que me viera un médico, joder. Pero habrá primero que llegar hasta Los Jarros. Que yo sepa es la única ciudad por aquí cerca donde tienen un servicio de urgencias en condiciones —replicó el primero, mientras mantenía su concentración en la carretera.

El comercial mordido era un tipo alto, fuerte y atractivo. Lucía espesos cabellos oscuros, que solía peinar hacia atrás con una buena dosis de gomina. El otro era más bajito, pero aún así tenía también un porte elegante. El cabello de éste era rubio pajizo, lo que le daba un cierto aire exótico, como de extranjero del este. Ambos maldecían entre dientes siempre que llegaba la estación estival y tenían que seguir llevando aquellos trajes que eran su indumentaria de trabajo. La corbata les ahogaba. Apenas podían aflojar un poco el nudo de la misma cuando el calor les hacía sudar. Para colmo siempre tenían que hacer gala de un forzado buen humor ante los clientes potenciales que se dignaban atenderlos. Pero aquello que le había ocurrido al comercial más alto, esa misma mañana, era algo nuevo y sorprendente para ellos.

—Oye, pues mira, ahí hay un camping a mano izquierda —se percató el comercial bajito. Señaló hacia ese lado, según avanzaban por la carretera—. Tienen que tener sin duda un botiquín donde puedan hacer algo con esa herida. No sé, darte los primeros auxilios o algo así.

—Bueno, no sé... tampoco nos queda tanto para llegar a Los Jarros. Aunque puede que no fuera mala idea parar aquí. Me está empezando a picar y palpitar de lo lindo. De todas formas iba a parar para que condujeras tú. Esto empieza a ser bastante insoportable.

El Opel Astra de color caoba aminoró la velocidad a la altura de un desvío que había a la izquierda de la carretera. Se internó por aquella pista de tierra, acondicionada para los vehículos. Avanzó por ella hasta llegar al camping. Luego lo rodeó para acceder a la zona trasera del mismo, donde se encontraba la piscina. En esos momentos había mucha gente bañándose. El hilo musical vomitaba canciones de verano desde la zona del bar y los vestuarios. Otras personas se relajaban sobre sus toallas bajo un sol imponente.

—Tú espera aquí con el coche. No me fío un pelo de lo que pueda pasar en estos lugares tan apartados. Yo iré a ver qué pueden hacer con esta puta herida —sentenció el comercial mordido.

—Joder, macho, hay gente de sobra que puede ver lo que pasa desde la piscina. No creo que vaya a venir nadie a robar el coche mientras tanto —protestó el otro con gesto de fastidio.

—Están a lo suyo, hombre. No creo que les interese lo que pasa aquí afuera. Si te aburres ponte un poco la radio y ya está.

Dicho esto el comercial herido salió del coche alisándose un poco la camisa del traje. Como no iba con intención de vender nada, ni mucho menos, prefirió no ponerse la chaqueta. Se arremangó con un gesto de dolor hasta el codo. Luego puso rumbo a la entrada más cercana del camping, mientras sus relucientes zapatos hacían crujir los guijarros del suelo y comenzaban a llenarse de polvo. El otro comercial lo vio alejarse, adoptando un gesto de fastidio y resignación. El monótono sonido de la tarde comenzó a envolverle con su sedante cadencia.

Unos cinco minutos después, mientras el comercial rubio, quien se había quedado a esperar en el coche, escuchaba al líder político de la oposición despotricar de manera enconada sobre aquel nuevo fertilizante que estaban usando en la zona, arguyendo que éste podría ser altamente tóxico, el joven pudo escuchar las primeras voces. Estaba medio adormecido escuchando la radio, cuando una algarabía de gritos le hizo espabilarse por completo.

—¿Qué coño está pasando ahí adentro? —se preguntó en voz alta el hombre. Echó un vistazo por la ventanilla del copiloto en dirección a la piscina.

Entones pudo ver algo que le dejó boquiabierto. No supo reaccionar. Su mente no era capaz de asimilar aquello que contemplaba. Su compañero corría dando gritos histéricos por todos lados. Llevaba la corbata medio desanudada. Un reguero de sangre resbalaba desde su boca, bajaba por su barbilla y manchaba toda la parte central de su camisa. Había varias personas con claras muestras de haber sido agredidas con violencia. A una de ellas le faltaba un buen trozo de mejilla y se tambaleaba sangrando profusamente, al borde del desvanecimiento. Un socorrista musculoso, de piel bronceada, se había quedado paralizado ante aquella dantesca visión. Podía apreciarse una mancha de orina en su ridículo tanga. Sus piernas temblaban de miedo. No supo reaccionar cuando una mujer algo mayor se le acercó por detrás, sangrando por una fea herida que alguien había abierto en su cuello. En lugar de ayudarla el hombre le dio un empujón, asustado, para arrojarla al agua de la piscina. Momentos después la mujer se ahogaba sin nadie que la ayudara en medio de aquella confusión. Tenía el cuello abierto de un mordisco que le propinara el comercial contagiado.

El joven que estaba en el coche observó toda aquella sangre. El fluido teñía de rojo las azules baldosas y el terreno verde que rodeaba la piscina. En el agua de la misma también se podían ver espumarajos y grandes franjas sanguinolentas. Las personas que tomaban el sol se habían levantado asustadas. Todos corrían para escapar de aquel hombre enloquecido. El individuo lanzaba mordiscos a todo aquel que estuviera a su alcance. Una joven de piel morena se lanzó hacia las verjas que delimitaban por ese lado el perímetro del camping. Mientras se aferraba, con manos crispadas, a la tela enrejada, el comercial herido le dio caza allí mismo. El joven de rubios cabellos pudo ver desde el coche, cómo la chica lanzaba sus últimos estertores al aire cálido de la tarde.

Por fin, un hombre bastante corpulento puso fin a aquella locura. Descargó una serie de golpes contundentes con una barra de las que se usan para subir y bajar toldos de establecimientos públicos. Tras dos potentes garrotazos sobre la nuca, el hombre dejó seco a quien fuera compañero del joven que observaba perplejo desde afuera. Este último alcanzó a escuchar, en un último momento, como su camarada decía entre gritos histéricos unas últimas palabras.

—¡Tengo mucha hambre, joder, no puedo aguantar estos malditos picores! ¡Me arden las putas trispas!

Aquello puso fin a tan esperpéntico y horroroso suceso. Aunque lo cierto es que la cosa no había hecho más que empezar.

SÁBADO. EL CONGELADOR

1

La mujer pensó, mientras sorbía con disimulo su café, que el hombre se había mostrado raro durante toda la mañana. Ahora estaban los tres en el amplio salón de la casa de éste. Descansaban un poco tras el esfuerzo de haber bajado el congelador al sótano de Álex. Sonia se dijo que aquel hombre escondía algo. Parecían confirmarlo sus manos, algo temblorosas, así como su mirada huidiza y aquella capa de sudor que perlaba su frente. Ahora no estaba ante el mismo hombre que había creído conocer apenas unos días atrás; aquel que se pusiera en contacto con ellos para interesarse por el electrodoméstico que el matrimonio había anunciado en una página de ventas de segunda mano de internet. Aunque hasta esa mañana nunca se habían visto en persona, por teléfono el hombre se había mostrado amable y muy normal.

—Está en perfectas condiciones —comenzó a explicar su marido tras carraspear un poco, incómodo por el extraño silencio que se había formado—. Es un poco viejo, pero estoy seguro de que no te dará problemas. Esos cacharros antiguos funcionan mucho mejor que los que hacen ahora. En estos tiempos todo lo fabrican para que se estropee y así nos puedan vender más.

—Sí, es verdad. Ahora los aparatos están pensados para que se fastidien al poco de comprarlos. No ganan mucho haciendo cosas que funcionen para siempre —corroboró Álex, que intentaba disimular su nerviosismo sin demasiado éxito. Aunque lo más difícil ya estaba hecho, aún seguía con el corazón agitado.

Un acuciante sentimiento de asfixia recorría sus entrañas. Se preguntaba si ellos habían visto algo ahí abajo. Creía haber disimulado aquella cosa bastante bien. Pero no pudo, por más que lo intentó, arrancarla de allí. Aún recordaba con repugnancia el mal rato que había pasado cuando quiso despegar la extraña formación de la esquina del sótano. No lo había conseguido ni haciendo palanca con una barra de uña, ni introduciendo el canto de una espátula bajo su cuerpo palpitante y bulboso ni con ninguna otra herramienta. Al final había tenido que optar por esconderlo de la vista de posibles visitantes como los que ahora tenía en el salón. Rezaría para que nadie lo viera hasta que lograra encontrar la forma de deshacerse de ello.

—Bueno, nosotros no podemos quedarnos mucho tiempo más. Tenemos... tenemos cosas que hacer —continuó el marido de Sonia. Por supuesto, era mentira. Tenían todo el tiempo del mundo y nada les reclamaba aquel sábado. Pero estaba cada vez más nervioso por el extraño comportamiento del hombre que acababa de comprarles el congelador. Deseaba salir de allí cuanto antes. Álex le miró con disimulo, al tiempo que escondía un secreto recelo hacia aquel hombre bajito y un poco rechoncho.

Sonia, sin embargo, cuya naturaleza curiosa la hacía una persona mucho más atrevida que su marido, no quería irse tan pronto. Le había intrigado mucho el comportamiento de Álex. Varias preguntas flotaban en su mente, aguijoneando con fuerza su espíritu curioso. Observó el salón con disimulo. Todos los armarios eran bastante viejos. La estantería de color marrón, de baldas y puertas de conglomerado, era sin duda de los años setenta. Sus padres habían tenido una idéntica a esa cuando ella era niña. Qué diablos, los padres de todos los niños de aquella generación la habían tenido en sus casas. Era un armario de una época donde reinaban los colores deslucidos y la tortilla de patatas, los domingos en la playa y los televisores de tubos de rayos catódicos cuyas botoneras parecían detonadores. Las largas cortinas, un tanto polvorientas, que cubrían la ventana que tenía a su lado derecho, la negra mesita que sustentaba la televisión de enfrente o el sofá y los butacones de cuero marrón y duros cojines, tan viejos como aquella estantería, le hicieron pensar que aquel hombre no debía relacionarse mucho con otras personas. Se preguntó si habría heredado la casa de sus padres. Tal vez no se había decidido aún a cambiar el mobiliario. O quizás era un tipo extraño que no sintiera incomodidad por aquel tipo de cosas.

—¿Y para qué vas a usar el congelador? —la pregunta

57

brotó de sus labios casi sin que pudiera evitarlo. Una vez formulada, se dio cuenta de lo indiscreta que acababa de ser. Su marido le lanzó una mirada reprobadora con aquellos ojos grises en ocasiones tan lacerantes, bajo sus gafas de gruesa pasta. Aunque lamentó haber hecho la pregunta de forma tan descarada, ya no había remedio. Decidió esperar la respuesta fingiendo normalidad.

—Es para la carne —contestó Álex sin más. Al decirlo adoptó un gesto que rayaba en lo cómico. El hombre no había pensado que pudieran preguntarle algo así y por eso no había inventado ninguna explicación. Lo único que se le ocurrió en esos momentos era lo más obvio. Debido a ello Sonia se sintió un tanto estúpida. Tal como había formulado su pregunta la respuesta sonaba tan evidente que la hacía parecer tonta. Lo que en realidad había querido preguntar es: ¿Por qué necesitas un refrigerador tan grande si vives solo?

Sonia guardó silencio durante unos segundos. Su marido se ruborizó ante lo embarazoso de aquella situación tan extraña. Desde que habían terminado la operación de bajar al sótano el pesado refrigerador, la conversación entre ellos y su anfitrión se había tornado espesa y absurda. No sabían bien de qué hablar mientras tomaban sus tazas de café. Para colmo el hombre se mostraba de lo más raro. No era sólo que se le notara nervioso a la legua, sino que además ahora, al contrario que cuando hablaran por teléfono, parecía atontado, quizás ido.

Al notar cómo las miradas de sus invitados destilaban cierto aire sospechoso, Álex comenzó a tener la incómoda certeza de que sí habían visto algo. A pesar de ordenar todo abajo durante los últimos días, de tapar la esquina con un armario viejo y de camuflar con un ambientador el fétido olor que esparcía aquella cosa que allí había pegada, seguramente hubieran notado algo raro en la atmósfera del sótano. Aquel pútrido hedor era quizás demasiado fuerte. Demasiado intenso como para ser camuflado sin más, con un simple aerosol.

—Tengo... tengo mucha carne —continuó diciendo el extraño hombre. Su nerviosismo se notaba a la legua. El marido de Sonia se sentía cada vez más inquieto—. Tengo un familiar que a veces hace matanza y me regala demasiada carne. Ya no sabía qué hacer para que no se estropeara cada vez que me la manda y por eso decidí comprar un refrigerador adicional.

Aquella mentira era absurda, pero el hombre no supo pergeñar otra cosa.

—Claro, entiendo —concedió Sonia, cada vez más fascinada por la conducta del anfitrión—. A veces los familiares son tan generosos que no se dan cuenta que uno no tiene sitio para todo en su casa. Aunque veo que la tuya es muy... espaciosa. Amplia. La verdad es que tienes un chalet muy bonito.

Álex no podía soportar la sola idea de que hubieran visto o notado algo. Si así era, ello significaba que podrían irse de la lengua. Quizás extendieran por toda la región el rumor de que en su sótano olía raro. Entonces, tarde o temprano alguien iría a meter allí las narices. El que encontraran aquella cosa extraña que había salido en las paredes no era lo que más le preocupaba. Ni siquiera sabía si era él el culpable de ello o si la repugnante cosa tenía relación alguna con lo que hacía cada noche a escondidas. Durante los últimos días le había dado muchas vueltas al asunto cuando se iba a acostar, siempre poco antes que rayara el alba. Por supuesto, barajó también la posibilidad de que el pestilente organismo, si es que en verdad era tal, hubiera surgido como consecuencia de sus «actos secretos».

—¿Y hace mucho que vives aquí? —la pregunta formulada por la entrometida mujer le rescató de sus divagaciones. Miró hacia ella, con aquellos ojos que, de no ser por las marcadas ojeras y el brillo psicótico que reflejaban, hubieran podido encandilar a cualquier fémina. De hecho, siempre se le había considerado un hombre atractivo. Pero las preocupaciones de los últimos días habían deteriorado su aspecto de forma notable.

—He vivido en este pueblo desde que era pequeño. Pero hace poco que me mudé a esta casa. Antes vivía en la que hay junto al cementerio. Mi padre trabajó allí casi toda su vida. Luego le tocó la lotería y no tuvo que trabajar nunca más —explicó él, casi de manera mecánica. Sonia notó cómo apartaba la mirada al contar lo de su progenitor.

—Sonia, cariño, creo que estás incomodando a nuestro amigo con tantas preguntas —intervino el marido de la mujer. Tenía el rostro arrebolado por la vergüenza y su creciente estado de enfado—. No se lo tomes a mal, Álex. Es un poco curiosa y a veces no se da cuenta de que puede llegar a resultar algo entrometida.

Sonia lanzó una mirada reprobadora a su marido. Con aquellas palabras la dejaba en bastante mal lugar. Se refería a ella como si se tratara de una chiquilla traviesa y no de una mujer hecha y derecha.

Álex no dijo nada. Se quedó mirándolos en silencio, mientras pensaba que formaban una rara pareja. Él era bajito y feo, un poco robusto sin llegar a ser gordo y de mirada alelada bajo las lentes de gruesa pasta. Ella, por el contrario, irradiaba vitalidad y era atractiva. Tenía el cabello oscuro y ensortijado, cortado a la altura de los hombros. Su cuerpo menudo exhibía un moreno natural que le daba un aspecto exótico. Su voz atiplada parecía encajar con aquel rostro de nariz roma y mejillas salpicadas de pecas. Álex fantaseó con la idea de pasar una tórrida noche enredado entre las mismas sábanas que ella. Después de todo, su marido era un tipo feo y aburrido y no entendía qué diablos hacía con él. Pero Álex apartó aquellos pensamientos de su mente. Eso no era pare él. Aquel tipo de cosas tan sólo le alejaban de su meta en la vida, de su devota dedicación.

La innata curiosidad de la mujer hizo que sintiera nue-vamente deseos, a pesar de lo embarazoso de semejante si-tuación, de preguntarle a Álex al respecto del oficio de su padre. Le había llamado mucho la atención aquello que men-cionara el hombre sobre el cementerio del lugar y ardía en deseos por saber qué empleo habría desempeñado allí su padre. Se preguntó si quizás habría sido el enterrador o algún encargado de mantenimiento. De cualquier modo, todo aque-llo le parecía de lo más interesante. Nunca había conocido a nadie que trabajara en un campo santo. En verdad tuvo que hacer un gran esfuerzo para reprimir sus preguntas. No quería molestar más al hombre y su marido tampoco estaba muy cómodo ante las impertinencias de ella.

Y entonces Álex la sorprendió. Le ahorró el mal trago de volver a mostrarse indiscreta o de tener que ahogar todas sus preguntas bajo una palada de resignación.

—Mi padre era tanatopráctico —soltó el hombre de golpe. Los otros creyeron percibir en su mirada un cierto orgullo hacia su progenitor, empañado por algún tipo de amargura que no alcanzaron a comprender—. Uno de los mejores tanatoestéticos que han existido nunca. Muchas personas no comprenden todo el arte que hay tras un oficio como ese. Pero yo sí sabía apreciar la maestría de mi padre. Si no fuera porque él se empeñó en que tenía que estudiar una carrera, a mí también me habría gustado seguir sus pasos.

Sonia adoptó un gesto de interés mientras el hombre contaba aquello. Estaba fascinada. Nunca antes oyera hablar a alguien con tanta devoción por un oficio como era el de maquillador de cadáveres. Ella no veía nada malo en este empleo, por su puesto, pero le pareció llamativo que alguien pudiera llegar a considerarlo un arte tan grandilocuente.

Álex se dio cuenta de que se había dejado llevar por la pasión. Aquella mujer le había hecho hablar demasiado. No entendía si la curiosidad de ella estaba alimentada por algún tipo de sospecha que naciera en el sótano, o si simplemente era su naturaleza. De lo que sí estaba seguro es de que sus nervios, junto con el extraño magnetismo que percibía en aquella joven, le habían traicionado. Se dijo que quizás aquel otro hombre estuviera al fin sacando conjeturas peligrosas. Cuando miró su rostro, ahora marcado por una mal disimulada mueca de asombro, pensó que no podía permitirse ya más imprudencias. Todo tenía que ser culpa de aquella cosa del sótano. Antes Álex era mucho más cauto y seguro de sí mismo. Una persona imposible de sondear con éxito. Un tipo bien protegido por una apariencia de normalidad que se había fabricado a lo largo de los años. Pero desde que en su lugar favorito de la casa surgiera aquel palpitante organismo, se sentía débil y vulnerable. Se dio cuenta de que eso le dejaba indefenso ante el resto de personas que le rodeaban.

—¿Y no te da yuyu eso de maquillar a una persona muerta? —ante la pregunta de su mujer el marido de Sonia abrió los ojos como platos. Conocía muy bien su carácter extrovertido y curioso. Pero aquella mañana se estaba sobrepasando. Miró hacia Álex y se hundió cada vez más en el sofá de cuero, mientras éste adoptaba un gesto de recelo. El dueño de la casa estaba sentado en un butacón a su izquierda, que miraba en dirección al televisor apagado.

—En realidad... en realidad nunca he llegado a trabajar de ello como mi padre —contestó el hombre, molesto ante la pregunta de la joven—. Ya lo he dicho antes. Pero no, no hubiera sentido ningún «yuyu». Es una profesión muy digna y respetable.

—Oh, lo siento, no quería decir que no lo fuera. Es que a mí siempre me ha parecido que... yo no podría trabajar en algo...

—Pues yo lo hubiera hecho muy gustosamente —la cortó Álex tajante. Por un momento se había erguido sobre la butaca. Estiró su espalda todo lo larga que era y apartó sus preocupaciones a un lado para defender aquello que siempre había considerado como una pasión.

—Siento que mi mujer te haya ofendido, amigo. Puedes estar seguro de que no era su intención. Ahora creo que sería mejor si nos fuéramos ya. Tenemos... tenemos que devolver a mi padre la camioneta con la que vinimos y se nos... se nos hace un poco tarde. Por otro lado, estoy convencido de que tienes muchas cosas que hacer y no querríamos suponer una molestia. Te estamos muy agradecidos por la compra y encantados de haberte conocido y visitar este pueblo —intervino el marido de Sonia de manera atropellada. Deseaba salir de aquel lugar de una vez por todas. Aquel hombre tenía algo que le ponía nervioso.

Ellos ya habían cumplido. Le habían llevado el dichoso congelador tras recorrer con la camioneta de su padre más de cien kilómetros. Luego le habían ayudado a bajar el pesado electrodoméstico hasta el sótano. Por supuesto, ya tenían en su poder el dinero recibido a cambio de todo ello, tanto por el aparato como por el servicio. No entendía por qué ahora su mujer tenía que revolver porquería en la vida de aquel hombre. Ella y su manía de querer saberlo todo iban a traerles problemas algún día. Sólo esperaba que ese día no hubiera llegado ya.

—No os preocupéis. No pasa nada. Es sólo que todavía recuerdo cómo algunas personas trataban a mi padre como a alguien inferior, creyendo en su ignorancia que ellos desempeñaban trabajos más dignos para la sociedad. Menudos idiotas, ¿verdad? Hay gente que se cree mucho y en realidad no son nada —le tranquilizó Álex, que bajó la mirada con gesto triste. Se encogió de nuevo en su butaca, mientras las hombreras de su chaqueta gris quedaban huecas sobre su delgadez.

2

A unos diez kilómetros de allí, un joven que trabajaba como jardinero en Cihundi salía en esos momentos de un burdel de carretera. El muchacho, de unos treinta años, corpulento y con una graciosa coleta de pelo oscuro, se iba satisfecho por aquella puerta que iba a dar a la zona de aparcamientos. Era su día libre y lo había comenzado tarde pero bien. Ahora sólo quedaba volver a su aburrido pueblo para dejar que el resto del día transcurriese con monotonía, mientras él se bebía una cerveza detrás de otra. Era su forma de ahogar un poco el tedio que solía gobernar su vida.

Apartó del parabrisas de su furgoneta una hoja que tenía impreso el logotipo de un restaurante. Luego abrió la puerta para sentarse al volante, estrujó con gesto ceñudo la hoja y bajó la ventanilla para lanzarla por allí.

Segundos después avanzaba con su Renault Kangoo por aquella solitaria carretera flanqueada de campos. El joven aprisionaba un cigarrillo entre sus labios carnosos, mientras observaba el paisaje. Era un tipo malencarado, poco hablador y nada apasionado. Gozaba de pocas amistades y ninguna afición en particular. Se sentía satisfecho con tener un trabajo que le permitiera costearse sus borracheras semanales y sus prostitutas. Todo lo demás lo consideraba una pérdida de tiempo y un esfuerzo inútil.

Mientras recreaba en su mente todo lo que le había hecho esa tarde «La Tindi»; su prostituta favorita, de pronto algo hizo que su expresión reflejara cierta perplejidad. Había visto algo extraño a un lado de la carretera y estuvo a punto de dar un frenazo demasiado brusco. Luego, sin embargo, aminoró la velocidad hasta detenerse.

—¡Su puta madre! —escupió entre dientes, aún con aquel cigarrillo entre los labios—. ¿Pero qué cojones...? Eso es un puto perro y parece que se va cayendo a cachos. ¡Qué susto me ha dado el muy hijo de puta! Casi estampo la furgo contra los matorrales, cojones.

El joven de carnosas mejillas observó a través del retrovisor lateral la figura de aquel perro que avanzaba alejándose al lado de la carretera. El jardinero se percató de que algo informe se balanceaba ante el animal, como si llevara algo entre las fauces.

—Que me jodan si no es un puto gato muerto eso que lleva ese perro entre los dientes —masculló estupefacto el joven jardinero. Era un tipo que acostumbraba a expresar sus pensamientos en voz alta cuando estaba solo.

En esos momentos sintió una arcada revolviendo sus entrañas. Pero la imagen del animal desapareció entre las altas mazorcas del maizal que había a ese lado. Antes de que pudiera pensar algo, el jardinero escuchó el sonido de otro vehículo acercándose al lugar. Cuando miró al frente observó una voluminosa y amarilla furgoneta ya muy cerca de su posición. Se percató enseguida de que se trataba de un puesto ambulante de helados. Justo al llegar a su altura, el vehículo se detuvo. Un hombre de mediana edad y pelo canoso, nada gordo en contra de lo que quizás pudiera uno esperar encontrar en un vehículo así, se asomó al momento a la ventanilla del conductor.

—¿No habrás visto por casualidad a un chucho grande y negro, con pinta de tener la sarna, merodeando por aquí? —preguntó el hombre de pelo canoso en tono amable. Su voz era dulce. Parecía un buen tipo.

—Acabo de ver a ese animal pasando por aquí cerca, para luego meterse en ese maizal. No me ha gustado un pijo la pinta que tiene. Y lo más raro es que creo que llevaba un gato entre los dientes. O eso me ha parecido. ¿No será tuyo el perro?

—Oh, no, que va. Lo del gato es nuevo para mí. Lo acabo de ver hará cosa de cinco minutos un poco más allá, tirando hacia Cihundi. Me pareció que estaba bastante enfermo. En buena hora se me ocurrió parar la furgoneta para ayudarlo. Me dio un mordisco que no veas en el brazo. Sólo quería advertírtelo para que si lo ves no te pares a ayudarlo. Lo mejor es que si tienes un teléfono móvil encima, llames a la policía. Yo no tengo móvil y creo que un perro así por ahí suelto puede ser muy peligroso.

—Bueno... la verdad es que yo tampoco llevo móvil encima —mintió el jardinero. Lo último que deseaba era complicarse la vida con asuntos de aquella naturaleza. Si el perro estaba rabioso que se las apañase otro con él—. Pero llamaré a la policía en cuanto llegue a Cihundi.

—Yo voy a Los Jarros, pero en cuanto vea un bar de carretera o algo así me pararé para dar aviso. Muchas gracias, amigo.

El joven asintió con un gesto de falso agradecimiento y al hacerlo se percató por vez primera del aspecto pálido que presentaba su interlocutor. Parecía estar enfermando por algún motivo. Cuando ya pisaba el acelerador para salir de allí, el heladero alzó el brazo de improviso y mostró aquel mordisco del que ya hablara.

—¡Joder, macho! Más te vale que te dejes de tonterías y vayas a que te vea un médico. Eso tiene muy mal aspecto. Te va a entrar una infección de narices como no lo controles a tiempo, colega.

3

Cuando Sonia y su marido llevaban más de diez minutos en la carretera, éste último advritió que se habían olvidado algo. Una sensación de agobio recorrió al instante sus entrañas. Sonia estaba hablándole en esos momentos, pero el hombre, un poco pálido ante lo que acababa de recordar, no prestó atención a sus palabras. Ahora tendrían que dar la vuelta y volver a la casa de aquel hombre tan extraño. Por un momento barajó incluso la posibilidad de seguir su camino hacia el hogar. Pero era absurdo, después de la paliza que se habían pegado aquel día, dejar allí algo tan valioso para él.

—Maquillar muertos —escuchó por fin que decía su mujer. Ella seguía con la mirada llena de fascinación ante aquella perspectiva, a su juicio un tanto morbosa. La mujer tenía los ojos clavados en la carretera, pero su mente estaba en otra parte. Recreaba con la traviesa imaginación cómo podría ser aquello de maquillar a una persona muerta.

—¡Mierda, joder! —escuchó exclamar a su marido. Le miró con sorpresa, con un gesto interrogativo en la mirada—. Nos hemos olvidado de pedirle esa vieja cafetera que formaba parte del trato. Ahora tendremos que volver a por ella y la verdad es que no me apetece estar otra vez cara a cara con ese chiflado.

—Bueno, cariño, sólo es una cafetera vieja. Ya nos ha pagado el dinero que nos prometió. Creo que podremos pasar tranquilamente sin ese trasto que formaba parte del trato.

—No, joder. Se la había prometido a mi padre a cambio de que nos dejara la camioneta. Ya sabes lo aficionado que es él a esos trastos viejos. Le gustan mucho las antiguallas, ¿no has visto cómo tiene el garaje lleno de ellas? Me jodería bastante no llevársela después de que nos haya prestado la camioneta todo el día.

—Bueno, pues para y da la vuelta. Esta vez no tendremos que entrar en su casa. Se la pides y ya está —concluyó la chica con gesto tranquilo. Opinaba que su marido a veces

69

hacía una montaña de un grano de arena. Tampoco le parecía para tanto tener que volver a ver al extraño Álex.

—Sí, claro. Pero esta vez no empieces a darle palique como antes ni a preguntar cosas todo el rato. Antes las he pasado canutas. Anda que... Además, si no fuera por lo nervioso que me pusiste con tantas tonterías, seguramente no me habría olvidado de la maldita cafetera —mientras soltaba todo aquello, el marido de Sonia buscaba algún lugar donde poder cambiar de sentido sin peligro. Aunque lo cierto es que la carretera, recta en muchos tramos, no presentaba una gran afluencia de tráfico. Los campos de trigo y vid se alternaban a los flancos del asfalto, extendiéndose como alfombras de colores secos hasta las suaves colinas que se veían en lontananza. Un poco más allá podía contemplarse la aguja de la torre de una iglesia, cuya estructura se alzaba con aire gallardo sobre las achaparradas casas de algún pueblo.

—Sí, claro, claro, como siempre tendré yo la culpa de todo. Anda, cariño, da la vuelta aquí mismo ahora que no viene ningún coche. Y no saques las cosas de quicio, que no es para tanto. Volvemos a por la bendita cafetera y ya está. No hay por qué dramatizar —en muchas ocasiones Sonia se mostraba muy tranquila, a pesar de tener un espíritu inquieto. Solía afrontar los problemas manteniendo la calma y era muy difícil hacer que la mujer se enfadara.

El sol seguía calentando aquel sábado estival. No había una sola nube en el cielo, tan sólo los rastros difusos de las estelas que dejaban los aviones a su paso. Por fortuna, la Citroen Jumper disponía de aire acondicionado y gracias a ello el hombre no chorreaba de sudor. Su cuerpo transpiraba con mucha facilidad, sobre todo cuando estaba irritado, como ahora era el caso. A veces se decía que no era justo con su esposa. Ella no merecía ser siempre el blanco de su ira. Además, le asombraba la filosofía de la atractiva mujer a la hora de encajar las críticas y los ataques. Pero le resultaba difícil admitir, cuando estaba enfadado, que ella llevaba la razón. Durante un largo trecho ambos guardaron silencio. Tenían ganas de llegar nuevamente a casa de aquel extraño, pero tan sólo para poder marchar de ella cuanto antes, con la bendita cafetera ya en su poder.

La carretera seguía solitaria. Apenas se habían cruzado hacía algunos minutos con un coche. Aquel verano prometía ser largo y soporífero.

—¿Y tú serías capaz de trabajar como maquillador de cadáveres, si tuvieras que hacerlo para comer? —dijo ella al fin, rompiendo el denso silencio que se había creado en la camioneta.

—¿Qué clase de pregunta es esa, cariño? —contestó él, sin dejar de mirar a la carretera.

—Vamos, venga, no seas aburrido. Siempre tienes que estar pensando con lógica. Nunca usas la imaginación. Déjate llevar un poco, hombre. Intenta imaginar cómo sería una vida si no tuvieras otro remedio que ser maquillador de cadáveres.

—Me buscaría cualquier otra cosa, Sonia. Hay miles de trabajos y formas de ganarse la vida. ¿Por qué iba a tener que ser obligatoriamente maquillador de muertos?

—Es sólo una pregunta. Sólo tenía curiosidad por saber si serías capaz de hacerlo. Joder, Leonardo, a veces eres más aburrido que las ostras.

Era en ocasiones como aquella, cuando la mujer se planteaba por qué había terminado casándose con alguien tan aburrido como él, quien nunca hablaba de algo que no formara parte de lo cotidiano. A Leonardo le parecía una pérdida de tiempo utilizar su imaginación. Solía afrontar las dificultades de la vida con mentalidad cuadriculada. Quizás por ello nunca había llegado a ser nada. Aunque, bueno, quizás nunca se había planteado destacar en nada. Puede que se conformara con ser un mediocre más de tantos como llenaban el planeta.

Inmersa estaba Sonia en aquellos pensamientos, cuando de pronto su corazón se aceleró. Ni siquiera le dio tiempo a gritar para avisar a su marido. De todas formas, éste ya había advertido también que algo se había internado en el asfalto, ante su camioneta blanca. Tuvo que dar un frenazo para intentar no atropellar aquello. Se trataba de un cuerpo negro que se había interpuesto en su trayectoria. Sin embargo, no pudo evitar golpear al animal.

—¡Joder, puto perro de mierda! —escupió el hombre a voz en grito. La inesperada irrupción del animal le había acelerado el corazón y provocado que una dosis de adrenalina recorriese su torrente sanguíneo. Entre más maldiciones, se apeó del vehículo hecho una furia. Sonia le siguió, pero en lugar de ira sentía miedo por lo que hubiera podido pasarle al pobre animal.

Cuando ambos estaban frente al morro de la camioneta, comprobaron que el perro había sido golpeado por el mismo en uno de sus lados. Ahora yacía sobre el asfalto, con las patas estiradas y casi debajo del vehículo. Sonia se agachó preocupada, para ver si el impacto había sido mortal.

—Oh, dios mío. Este animal tiene una pinta horrible —constató, mientras observaba las llagas que recorrían el lomo y el hocico del negro animal—. Creo que está enfermo. Seguramente por eso deambulaba por ahí medio ido y no nos ha visto llegar.

—No lo toques, Sonia —le ordenó su marido, ahora ya menos presa de la ira, pero bastante asustado por lo que veía—. Joder, mira su hocico, está lleno de mucosidad y heridas.

—No podemos dejarlo aquí, así. Tenemos que llevarlo a una perrera o a un veterinario. No sé, a algún sitio donde se hagan cargo de él.

—Es un animal vagabundo, Sonia. No podemos ir por ahí haciéndonos cargo de todos los chuchos famélicos que andan sueltos, esparciendo sus enfermedades por todos lados —masculló el hombre, mientras su rostro se contraía en una mueca de asco. Aquel perro olía bastante mal. Era un hedor penetrante y nauseabundo que enseguida se esparcía allá por donde iba—. Además, no tenemos todo el día. Hay que ir a por la dichosa cafetera y volver a casa para devolverle la camioneta a mi padre.

—Seguro que se las apaña sin ella. Es sábado, no tiene que trabajar. Vamos, Leonardo, no puedes ser tan inhumano.

Sonia estaba perdiendo la paciencia. Era raro verla enfadada, pero el comportamiento de su marido a veces era demasiado egoísta para ella. Sin embargo, antes de que la joven pudiera hacer nada, de pronto el perro alzó su testa. Les observó durante unos segundos con aquella extraña mirada de ojos velados por una especie de telilla blancuzca. Ambos se apartaron de él, más por puro instinto que por cualquier otra cosa. Sin que ninguno tuviera tiempo de reaccionar, el famélico mastín se alzó del suelo, sacudió su cuerpo moteado de llagas y salió corriendo en dirección a uno de los campos.

4

Álex escrutó la calle tras apartar un poco los largos visillos de la ventana del salón. Estaba cada vez más preocupado. La nefasta certeza de que había hablado demasiado se acrecentaba por momentos. Ahora ya no sólo se trataba de que pudieran haber visto u olido algo en su sótano, aquel matrimonio conocía cosas muy íntimas de él. Cosas que había guardado con recelo en la habitación más oscura de su mente durante muchos años. Intentaba convencerse de que no había hecho o dicho nada sospechoso, pero su desmejorado estado de salud no ayudaba mucho. Durante los últimos días se había sentido bastante mareado y unas marcadas ojeras pesaban bajo sus párpados como dos gotas de petróleo. Él siempre había sido de mucho trasnochar. Solía dormir por las mañanas y permanecer despierto por las noches, entregando las horas de su vida a su pasión. El sótano era el lugar donde se desarrollaba la mayor parte de su vida, pero esto no era algo que le hiciera entristecer. Al contrario. Si no tuviera que satisfacer sus humanas necesidades, entregaría hasta el último segundo de su existencia en aquello que tanto amaba. Agotaría cada aliento, cada gota de energía por lograr sus metas.

—Como esos idiotas se entretengan por ahí contando chismes sobre mi casa o sobre mí, juro que les haré tragar sus palabras. ¿Por qué habré dicho nada? Maldita sea la hora en que esa mujer me hizo desatar la lengua. Es una maldita entrometida que ha sabido buscar mis puntos débiles y me ha engañado con su falsa amabilidad. Jodida zorra.

Luego estaba aquella pertinaz sensación de hambre. Por más que comía, el hombre no lograba satisfacer su apetito. Había empezado a cocinar la carne muy poco hecha, cada vez menos, hasta que decidió, sin que supiera muy bien por qué, terminar comiéndosela cruda.

Algo muy raro le había sucedido en presencia de sus visitantes aquella misma tarde. Durante unos instantes, se sorprendió a sí mismo evaluando el aspecto rechoncho de aquel hombre. Había fantaseado acerca del sabor que podrían tener aquellos grandes muslos. Eso no era propio de él, pus nunca le había gustado jugar con su potencial materia prima.

—¿Qué es lo que me está pasando?¿Por qué narices imaginaré todas esas cosas tan raras? Tengo que centrarme, joder. Delirar con todo eso no me hará más que perder el tiempo. Y necesito todo el tiempo del mundo si quiero crear algo que me inmortalice de verdad, algo que toda la humanidad recuerde para la eternidad.

Mientras meditaba con nerviosismo sobre todas aquellas cosas, se dio cuenta de que su vecina de enfrente le miraba. Intentaba ocultarse, al igual que él, tras los visillos de su ventana. Cuando la muchacha, aquella adolescente de actitud rebelde y roqueros atuendos, se percató de que él también la veía, se retiró al interior de su habitación, intentando aparentar normalidad. La ingenua jovencita trató de disimular, como si hubiera sido casual el que estuviera allí. Pero Álex no había nacido ayer. Adoptó un gesto de indignación al sentirse observado.

—Lo que me faltaba ahora —rezongó entre dientes—. Otra entrometida que quiere meter las narices donde nadie la llama. ¿No tendrá otra cosa que hacer esa mocosa de las narices?

Por otro lado, le resultó un tanto chocante que la joven le mirara. Lo veía más normal viniendo de una de esas viejas chismosas que solían buscar un poco de entretenimiento en sus aburridas vidas. Aquellas ancianas solían alimentarse de las vivencias ajenas, aparentando indignación ante las cosas que hacía la juventud, cuando en realidad estaban ávidas de historias mundanas. Pero no creía frecuente algo así en una joven como aquella. Mientras se preguntaba, alarmado, qué habría llamado la atención de la chica, qué podría encontrar en él que suscitara su interés, escuchó el sonido de un motor. Reconoció enseguida aquella camioneta que se aproximaba a su casa por la solitaria avenida de chalets.

—Mierda, son ellos de nuevo.

¿Qué estaría haciendo otra vez aquella pareja en el pueblo?¿Habrían decidido dar la vuelta porque sospechaban algo raro? Esto era absurdo. De ser así hubieran avisado a las autoridades. Sin embargo, la mente alterada de Álex comenzó a hacer conjeturas ridículas, mientras sonaba una voz de alarma en su cabeza. Se retiró hacia el interior de la sala, notando cómo se le aceleraba el corazón. Tenía que poner solución cuanto antes a todo aquel asunto.

5

Jordán había decidido hacer una última ruta por aquellas tierras, antes de volver al bullicioso regazo de la urbe. Sus días de vacaciones estaban a punto de terminar y pronto tendría que regresar a la capital. Aquella tarde del sábado, antes incluso de que Sonia y su marido dieran la vuelta en busca de la cafetera que se habían olvidado en casa de Álex, el joven caminaba por la carretera comarcal en dirección a Cihundi. Se había desviado de las pistas de tierra yerma que atravesaban los campos de viñedos y trigo. Quería ver si podía llegar otra vez a aquel pueblo que había visitado el martes pasado. Le había encandilado la armoniosa belleza de aquel lugar. Deseaba visitarlo de nuevo, antes de que sus días de esparcimiento terminaran. El joven periodista encontraba un gran placer explorando lugares bucólicos y apartados. De esta manera se llevaba, en forma de recuerdos, una valiosa porción de su existencia, que luego no dudaría en rememorar durante las grises jornadas de trabajo en su desangelada ciudad.

Todo iba bien. A pesar de que el sol pegaba con fuerza, unas blanquecinas lenguas nubosas proyectaban en la tarde sombras que hacían más llevadero el soporífero calor. Pero a Jordán, de todas formas, no le importaba achicharrarse un poco bajo el sol. Le merecía la pena sentir la brisa cálida en su rostro, el asfalto bajo sus pies y el sudor resbalando por sus sienes. Le gustaba mucho aquella tierra de suaves colinas y extensas llanuras repletas de campos y salpicadas de pueblos encantadores. A su derecha, una cordillera rocosa establecía los límites fronterizos.

Entonces ocurrió algo extraño cuando se había vuelto a adentrar por una de las anchas pistas que recorrían los campos. El joven observó algo muy raro a unos metros a su izquierda. Entre las crecidas briznas de trigo pudo ver tendido el cuerpo de un hombre. Bueno, al principio no estaba seguro de ello, pero poco a poco verificó que así era. Se detuvo al momento, entornando los ojos mientras hacía visera con su mano para otear lo que había en el campo. Era, en efecto, un hombre tendido sobre uno de sus costados. Permanecía inmóvil mientras el sol calentaba su cuerpo. Entonces un escalofrío recorrió el cuerpo de Jordán, al pensar que quizás pudiera tratarse de un cadáver. Pero, ¿qué hacía allí y en qué circunstancias había muerto aquel hombre? Quizás no estuviera muerto. Tal vez le hubiera dado un golpe de calor que lo había dejado tendido. De cualquier modo, Jordán se dijo que no podía ignorar su presencia sin más. Estaba claro que, de estar vivo, el hombre necesitaba ayuda inmediata.

Mientras atravesaba el campo en dirección al cuerpo, y las duras briznas crujían bajo sus deportivas y acariciaban sus manos, su ritmo cardiaco se aceleró de forma considerable. Empezó a sentirse acuciado por el miedo. Aunque más que miedo era una sensación creciente de alarma. No era de extrañar, tenía ante sí lo que podría ser un muerto o quizás un hombre en graves apuros.

Cuando estaba a unos diez metros del caído, una vaharada pestilente golpeó con fuerza su sentido del olfato y tuvo que detenerse de golpe. El corazón comenzó a latirle con más fuerza, casi como si se le fuera a salir del pecho. Ahora pensó que sin duda estaba frente al cuerpo de un hombre muerto.

Nunca en su vida había estado ante un cadáver. Sin embargo, aunque sabía que los gases de la descomposición de un cuerpo esparcían un olor harto desagradable, jamás imaginó que ese hedor pudiera llegar a ser tan insoportable como el que ahora percibía. Una vez hubo retrocedido lo suficiente como para que la peste le dejara respirar de nuevo, se quitó la mochila con rapidez. Cogió el teléfono móvil que llevaba allí guardado. Con manos trémulas por el nerviosismo comenzó a marcar el teléfono de la policía, pero sus dedos nunca llegaron a surcar todos los botones. Una voz, inesperada y estridente, hizo que perdiera los nervios por completo. El aparato se le cayó al suelo terroso donde crecían las doradas espigas.

—¡Necesitamos ayuda, por favor! Alguien tiene que ayudarnos, esto es una pesadilla. Me estoy volviendo loca.

6

El ocaso teñía de bermejo el horizonte cuando en casa de Joel comenzó a sonar el timbre de manera insistente. El programador cascarrabias se levantó de su escritorio, farfullando algo malhumorado. No entendía quién podía llamar a esas horas a su puerta y por qué lo hacía. Que rompieran su concentración mientras trabaja, o que invadieran su intimidad, eran cosas que le hacían enfurecer sobremanera.

Cuando fue a ver quién era, se encontró a Claudio. Aquel pesado argentino, que vivía dos calles más allá, esperaba con gesto de preocupación ante la entrada. En el interior del pequeño jardín las sombras de los rosales y demás plantas comenzaban a alargarse sobre el césped recortado. Era, en apariencia, un típico anochecer estival como otro cualquiera, con su sofocante aliento aflojando un poquito y esa sensación de arrulladora tranquilidad flotando en el ambiente.

—¿Qué es lo que pasa? —disparó Joel entornando los ojos, al mismo tiempo que el otro notaba cómo esta vez el hombre no se esforzaba por disimular su antipatía.

—Siento mucho molestarle, amigo. Pero es que necesitamos su ayuda. Es la vieja Pura. Algo le pasa y no sabemos qué hacer.

—¿Y por qué narices te piensas que yo puedo seos de ayuda? Si le pasa algo grave deberíais llamar a las autoridades cuando antes. O a una ambulancia si es que está herida o enferma. Yo sólo soy un informático, y además hoy tengo mucho trabajo.

—No podemos. Todos estamos muy nerviosos y no sabemos qué hacer —comenzó a explicar el viejo, visiblemente alterado—. Hemos pensado que usted quizás podría ayudarla. Es el hombre más inteligente del pueblo y seguro que podrá pensar con más calma que nosotros. Venga conmigo, por favor. Luego le explicaremos lo que pasa.

Joel adoptó una mueca de fastidio ante la insistencia del hombre. A pesar de ser un tipo huraño y cascarrabias, su conciencia a veces no le permitía ignoran ciertas cosas. Resoplando con fastidio, indicó al hombre que le esperara unos segundos afuera y se marchó a prepararse un poco para salir en dirección a la casa de la anciana.

—No tarde mucho por favor —imploró el otro con insistencia, en un estado que al programador se le antojó de pura histeria—. Le juro que la cosa es muy seria y hay que hacer algo cuanto antes o se nos irá de las manos.

7

Ahora ya estaba todo hecho. No había marcha atrás. Álex había tomado una decisión con la premura fruto del miedo. Hubiera sido esta demasiado precipitada o no, ya no había lugar para el arrepentimiento. Tendría que apechugar con sus actos. No podía hacer otra cosa sino seguir adelante.

El sótano olía muy mal otra vez, cuando aquel anochecer terminó de trasladar el cuerpo del hombre allí adentro. Aquella cosa que se aferraba a una de las esquinas del lugar esparcía de nuevo aquellos gases pestilentes desde el otro lado del viejo armario que Álex había puesto para ocultarla.

Cada vez se daba más cuenta de que estaba perdiendo el control. Desde hacía unos días no era capaz de pensar con claridad. Algo obnubilaba su mente.

—El muy jodido pesa de narices —masculló malhumorado, una vez hubo terminado la ardua labor—. Debía de pasarse los días comiendo basura de supermercado y con el culo sentado en el sofá de su casa. Menudo saco de grasa estaba hecho, joder. Aún así, creo que servirá. Ya lo creo que servirá. Como decía mi padre: no hay mal que por bien no venga. Estos dos me han venido que ni pintado.

No tenía ni remota idea de qué iba a hacer con la chica. Lo que sí sabía era el uso que iba a darle al cuerpo del hombre. Sería un excelente modelo para sus trabajos. Nunca jamás había tenido uno tan fresco y ahora que disponía de aquel congelador, podría conservar su cuerpo durante días quizás. No sabía a ciencia cierta cuánto tiempo podría mantenerlo en buenas condiciones, era algo que ignoraba por completo. Pero alimentó la esperanza de que fuera un lapso de tiempo lo bastante grande como para llevar a cabo su mejor obra.

—Esta vez tengo que aplicarme a conciencia. No hay que

dejarse llevar por las prisas y el ansia. Sólo espero que nadie se haya dado cuenta de que venían por este pueblo. Me pareció que antes dijeron que salieron solos por la mañana de su casa y que no le comentaron a nadie, ni siquiera al dueño de la furgoneta, adónde se dirigían. Bueno, de cualquier forma ya habrá tiempo para pensar cómo esquivar las investigaciones sobre su desaparición. Ya se me ocurrirá algo. Ahora debo centrarme en la obra nada más.

Una de las cosas que más le preocupaba en esos momentos, era la camioneta blanca del matrimonio. Era demasiado voluminosa y llamativa como para dejarla aparcada afuera, junto a su propia casa y durante mucho tiempo. No quería atraer a más curiosos hasta su hogar. Otra cosa que le inquietaba demasiado era la chica. No sabía qué iba a hacer con ella. Algo extraño le había impedido quitársela de en medio cuando salió aquella tarde preparado hasta el recibidor de su casa.

Cuando la pareja le había indicado a lo que venían otra vez, Álex les invitó a pasar a su recibidor. Les dijo que esperaran allí un momento, resguardados del tórrido calor, mientras él iba a por la mencionada cafetera. Pero en lugar de eso, lo que llevó consigo era algo muy letal. Jamás pensó que se le diera tan bien terminar con la vida de alguien. Pero en aquella ocasión actuó como un autómata, casi sin pensar. O quizás sin pensar en absoluto. Lo que primaba ahora era su seguridad. Veía a aquellas dos personas como una amenaza flagrante que podía ponerla en peligro y al mismo tiempo como un tesoro inesperado que acababa de caer en sus manos.

Mientras aquel hombre terminaba con la vida de su marido de una forma rápida y espantosa, Sonia se quedó anquilosada, al borde del estado de choque, durante los primeros segundos de tan terrible escena. La sangre regó todo el suelo del recibidor en cuestión de segundos. Una voz de alarma tronó en la mente de la chica. Era todo tan surrealista que por un momento temió haberse vuelto loca. El tipo había acabado con la vida de su esposo a base de fieros mordiscos y cuchillazos, uno de los cuales le seccionó la yugular. Cuando por fin pudo ser dueña otra vez de sus actos, se abalanzó sobre aquella mala bestia para intentar defender a su ya maltrecho marido. Pero Álex la apartó con su brazo, haciendo gala de una fuerza insospechada. Ella salió expulsada hacia atrás y chocó contra la zapatera que había a ese lado, mientras sus pulmones exhalaban de golpe todo el aire que contenían. Antes de que pudiera gritar, el hombre corrió hacia ella y le partió el labio inferior de una patada. Aunque llevaba zapatillas de andar por casa, cosa que contrastaba con aquel traje gris que vestía, el impacto de su pie contra su boca fue lo bastante fuerte como para hacerla sangrar y abrirle el labio por la mitad. Sonia comenzó a llorar de dolor. Álex actuaba rápido. Antes de que pudiera darse cuenta ya la estaba amordazando para que no pudiera dar la voz de alarma. Ella intentó resistirse, se revolvió con furia para impedir que la inmovilizara, pero el hombre hacía gala de una fuerza considerable. Antes de que pudiera siquiera asumirlo, ella estaba atada de manos y amordazada. La sangre de su marido se adhirió a su tobillo y a una de sus deportivas blancas. Ella observaba con dolor y espanto cómo el hombre aún se convulsionaba con los últimos estertores, desangrándose sobre el suelo del recibidor.

—Menudo estropicio le hice a la entrometida en la boca —murmuró Álex, que ahora evocaba con una sonrisa maliciosa lo acontecido poco antes.

Todo aquello había ocurrido hacia la mitad del atardecer. Ahora la noche había caído sobre Cihundi, sumiendo con su oscuridad el hasta entonces tranquilo lugar. Pero Álex, por más que lo intentaba, todavía no era capaz de recordar cómo diablos había acabado con la vida de aquel hombre. Era algo que le tenía atormentado.

Notaba que su cuerpo actuaba de manera cada vez más autónoma. A ratos no era capaz de recordar lo que había hecho un momento antes. Era consciente de haber entrado en la cocina en busca de algo, mientras la pareja esperaba en el recibidor. Pero desde ahí hasta el momento en que atara a la joven, había una laguna mental desquiciante. No sabía qué había pasado con exactitud durante ese lapso de tiempo. De lo único que estaba seguro es de que había matado al hombre y capturado a la mujer. Era algo que había planeado con rapidez, acuciado por la preocupación de que supieran algo. De eso estaba seguro. Pero el acto en sí, era casi como si no lo hubiera perpetrado él. Aunque el hecho de tener la boca manchada de sangre le daba una pista bastante clara sobre ello. Eso, y el cuchillo tirado en el suelo del recibidor, con la hoja tinta en sangre.

8

Joel se preguntó qué sería lo que le había pasado ahora a la condenada vieja. Claudio y él caminaban a paso ligero por la avenida flanqueada de chalets. El sonido distante de algún tractor llegó envuelto en el aire cálido del crepúsculo. Unas voces acompañaban aquel rugido lejano. Pero Joel sabía que eran hombres de piel curtida que regresaban del campo, hablando entre ellos de aquella forma tan peculiar, alzando siempre la voz como si estuvieran medio sordos. Por lo demás Cihundi permanecía tranquila y silenciosa. Era la primera vez en mucho tiempo que a Joel le molestaba aquella quietud.

—¿Y no me vas a contar de una vez qué es lo que le pasa a la señora Pura? Te juro que tengo un montón de trabajo pendiente y no quiero que esto nos lleve más de lo estrictamente necesario. Así que, vamos, ya estás hablando —le preguntó al argentino, tras coger una profunda bocanada de aire con la que trató de acallar su temperamento.

—La pobre mujer se ha puesto como rabiosa. El alcalde ha ido esta tarde junto con el dueño del bar «Parada» hasta la casa de la señora, para ver si le pasaba algo raro. Hacía días que nadie la veía por el pueblo. Desde el lunes, para ser exactos, que fue cuando le pasó aquello. Ya sabe, cuando apareció esa cosa horrorosa en su inodoro. Hay muchas personas que dicen haber visto a su perro vagabundeando por ahí, medio enfermo y todo flaquito. Es todo muy raro y por eso Agustín y el camarero se fueron a ver qué le pasaba. Pero tuvieron que abrir la puerta a empujones, che. La anciana no respondía a sus preguntas ni a sus insistentes llamadas. Cuando entraron en la casa todo olía fatal. Yo puedo asegurarlo, porque luego también corrí hacia allí, cuando sentí unos gritos que me pusieron los pelos de los brazos como escarpias. Entonces vi cómo la vieja, todavía allí dentro, desnuda por completo, atacaba al pobre alcalde. Parecía una bestia rabiosa, amigo. Y no puede imaginar lo mal que olía allí dentro, dios mío. Era como si hubiera una docena de gatos muertos. No sé qué boludeces chillaba la vieja mientras atacaba al otro, porque hablaba con una voz muy pastosa y un timbre que casi me revienta los tímpanos.

—Pero sigo sin entender por qué acudís a mí en lugar de llamar a la policía, como sería lo lógico, ¿no? Vamos, digo yo—. Insistió Joel un tanto exasperado. Aunque ahora, mientras veía ya la puerta entreabierta de la casa de Pura, comenzó a sentir un poco de miedo.

—Pero, che, no es tan sencillo. Tenemos que ayudar al pobre camarero. Él intentó defender a su amigo cuando la señora lo estaba atacando a mordiscos, con tan mala suerte que debió desnucar a la pobre anciana. No podemos llamar sin más a las autoridades. La policía no ha visto lo que estaba pasando ahí. Se pueden pensar que ha sido el pobre desgraciado quien la mató sin más. Igual se creen que la estaba robando o algo así.

Ante aquellas palabras Joel frenó en seco y lanzó una mirada asesina al argentino. No podía creer lo que escuchaba.

—¿Me estás pidiendo que os ayude a encubrir una muerte? Lo que tenéis que hacer cuanto antes es llamar a la policía y explicarles todo esto. Os vais a meter en un lío muy gordo. Allanamiento de morada, homicidio involuntario, encubrimiento... yo qué sé qué puede terminar pasando como sigáis así.

—Pero, che, no pretendemos encubrir nada. Sólo necesitamos ayuda para decidir qué vamos a hacer ahora. Si la policía viene sin más, se puede pensar que nosotros tres la agredimos por cualquier otro motivo.

—Claro, y lo ideal es involucrarme a mí también —agregó con resquemor el otro—. Hay testigos de lo que ocurrió. Agustín es el alcalde del pueblo. No creo que piensen que tres idiotas como vosotros os habéis compinchado para robar a una vieja.

—No hace falta insultar, amigo. ¿Cómo vamos a explicar que el otro día nos encontramos aquella cosa y no avisamos a nadie? Hay que pensar con calma lo que vamos a hacer. Tarde o temprano llamaremos a la policía, pero primero quiero que nos ayude a pensar con más calma.

—Te repito que sólo soy un programador. No sé por quién me habéis tomado, pero no pienso entrar en vuestro juego. Si no llamáis vosotros a la policía lo haré yo cuanto antes.

En ese momento un grito desgarrador interrumpió la conversación. Joel dio un bote sobre el suelo, asustado ante lo que acababa de oír. El sonido procedía del interior de la casa de la señora Pura.

9

—Ya sé que la cosa no estuvo todo lo bien meditada que debería —declaró Álex en tono compungido. Se mesó los cabellos mientras trataba de explicar aquello, como quien busca calma en medio de una situación descontrolada e implora un poco de comprensión. Caminaba adelante y atrás a lo largo del sótano, con las manos enlazadas a la espalda en actitud que era mezcla de reflexión y nerviosismo—. Pero tienes que darte cuenta de que ahora tenemos la oportunidad que tanto hemos anhelado durante estos años. Si lo pensamos bien, en el fondo esto ha sido un golpe de suerte.

El hombre se detuvo unos segundos e irguió su porte cuan largo era. Arrugó el entrecejo y entornó los ojos en actitud pensativa. El sótano olía a cerrado y había polvo por todas partes. Por más que lo intentaba no era capaz de mantener el orden y la limpieza que hubiera deseado. Se entregaba con tanto ahínco a su pasión que le restaban pocas horas para todo lo demás. Ni siquiera había encontrado tiempo para cambiar la iluminación por una más potente y muchas veces terminaba con la vista cansada después de todas esas horas de trabajo.

—Pienso que hay que aprovechar los golpes de suerte que nos brinda el destino, querida mía. No podemos derrochar más nuestro tiempo. Sabes que mi lugar en el mundo y en la historia debe ser junto a los grandes. No puedo ni pensar que no estaré a la altura. La existencia no tendría ningún sentido para mí.

Álex observó con una mueca implorante aquel rostro de plástico que le observaba desde una silla que había frente al montón de trastos apilados junto a una esquina. Era el semblante hierático de un maniquí con forma de mujer vestida de novia, que tenía los ropajes impregnados de sustancias de naturaleza artificial entremezcladas con las costras de fluidos orgánicos que habían ido a parar ahí a lo largo de los años.

La rigidez del muñeco se transformaba en pura animación bajo la mirada demente del hombre, quien se dirigía a ella con toda naturalidad, como si en realidad tuviera ante sí a una persona.

—Sabes muy bien que siempre he agradecido cuanto has hecho por mí; el que te hayas prestado a ser mi modelo y te esforzaras por parecer tan... muerta. Pero eres tan consciente como yo de que en realidad lo que nos hace falta es algo que... Ya sabes, tú estás llena de vida y no estoy dispuesto a sacrificar tu existencia para ello. No me malinterpretes, no es que no te considere digna, es simplemente que te necesito a mi lado. Eres la única persona que ha sabido comprender mi arte, la única que ha permanecido a mi lado todo este tiempo y ha perseverado hasta el final.

Álex extendió su mano temblorosa hacia los dedos fríos de la representación. Acarició la superficie de aquellas uñas artificiales con un destello de ternura en la mirada.

—Ahora debo volver a guardarte, pequeña mía. Ya sé que no es justo, pero por desgracia vivimos en un mundo que no comprende nuestra condición. No podemos permitir que ocurra otra vez como cuando madre nos descubrió aquella vez en su dormitorio. Hay demasiadas cosas que esta sociedad tan atrasada no alcanza a entender en su ceguera. Pero te prometo que pronto, cuando al fin haya deslumbrado al mundo como mi gran obra, nada nos impedirá mostrar a todos nuestro amor.

—Si me lo permites, tengo mucho que hacer con todo esto —añadió en actitud mucho más calmosa.

LA SALA DE LOS HORRORES

1

Aquella tarde del sábado, antes de que tuviera lugar el extraño suceso en el que Joel se vio involucrado de manera casi fortuita, y bajo un marco estival de temperaturas tan elevadas como hacía años que no se vivían, la vida del jardinero de coleta cambió de manera drástica. Había ido hasta un descampado a las afueras de Cihundi para comprar algo. Se había citado allí con su proveedor de cannabis. Lo que no esperaba encontrar fue aquello con lo que se topó de bruces.

El joven por entonces había olvidado el encuentro que había tenido poco antes en la carretera, cuando se cruzó con ese perro de aspecto enfermizo y luego con el heladero herido por el animal. Ahora sólo pensaba en satisfacer algunos de sus insaciables vicios. Así transcurría siempre su vida. Danzaba de un vicio a otro de manera casi constante. Las únicas cuestiones que le importaban eran las concernientes a aspectos puramente lúdicos o primarios. Era un verdadero adicto al sexo más epidérmico, aquel que estaba desligado por completo a cualquier otra emoción que no fuera la carnal. Asimismo le gustaban las drogas de estilo más depresivo, nada que le agitara demasiado. Fumaba una media de ocho porros al día, consumía pornografía, videos y más videos que bebía directamente de internet de forma compulsiva y se iba de putas cuando tenía el suficiente dinero ahorrado.

Y esa tarde, por supuesto, no iba a ser distinta. Al menos, esa era su sencilla intención. Pero se había quedado sin marihuana. Por eso había dado un toque a su camello particular. Decidieron quedar donde todas las veces y ahora el joven rechoncho caminaba a las afueras de Cihundi bajo un sol inclemente.

Así fue como la fatalidad se cruzó en su camino por segunda vez en un mismo día.

Antes de que el vendedor llegara, por uno de los extremos del descampado apareció la figura de un hombre de unos cuarenta años. Venía con andares extraños, renqueante y con la cabeza ladeada de forma llamativa. El joven retrocedió por instinto, al ver cómo gruñía aquel tipo.

—¿Le pasa algo, señor? —Gritó al hombre, entornando los ojos pero sin poder reconocerlo todavía.

El otro no respondió. Por el contrario siguió avanzando entre gruñidos hacia él, cada vez más deprisa. Extendió sus brazos, crispando los dedos como en un deseo de aferrar desde lejos la cabeza del jardinero. Éste comenzó a recular cada vez más deprisa, alarmado ante el extraño comportamiento del intruso.

Más se agravó la preocupación del grueso muchacho, cuando se dio cuenta de aquella mancha de sangre que había ensuciado el pecho del hombre. Parte de su boca y su barbilla estaban impregnadas por el vital fluido. Al principio había pensado que se trataba de una rara corbata. Pero no. Era sangre.

El hombre avanzó más rápido e intentó alcanzar al jardinero, quien se dio la vuelta y comenzó a correr alarmado para huir de aquel tipo de aspecto amenazante. Se internó en los campos crecidos de trigo, corriendo tanto como pudo. Pero al mirar atrás, descubrió asustado cómo el otro iba cada vez más deprisa, a pesar de la falta de coordinación que mostraba.

Esta vez pudo escuchar cómo balbucía algo apenas inteligible.

—¡Mi cuerpo... me pica... me pica por todas partes!¡Tengo que comer... comer... comer! Este picor es insoportable. Algo se mueve dentro de mi piel. Ayúdame, cabrón. Necesito comida para lo que tengo aquí debajo.

Aquel tipo parecía querer aplacar el instinto de algo que portaba en las venas.

De pronto el jardinero se tropezó de bruces con alguien. Al mirar al frente se dio cuenta de que quien le obstruía el camino era ni más ni menos que su vendedor de cannabis.

—¡Joder, qué susto me has dado! —exclamó con las pulsaciones descontroladas.

Entonces su rostro reflejó un desconcierto absoluto. Aquel que siempre le había vendido la droga, ahora tenía la horrenda huella de un arañazo sobre la cara. Las uñas de alguien se habían clavado allí con saña, levantando unos surcos profundos de aspecto espantoso. El hombre sangraba con profusión y el jardinero se preguntó entonces cómo no se había dado cuenta al principio de aquello.

Sin darle casi tiempo de reaccionar, el hombre, más alto que él, lanzó sus manos hacia la garganta del jardinero. Escupió un gruñido a la vez que de su boca surgían unos cuajarones de sangre oscura.

—Lo llevo... dentro. Está dentro de mí y necesita comer —balbució con un deje de voz inhumano.

—¿Qué cojones estáis diciendo?¿Os habéis vuelto locos los dos y queréis que juegue a vuestras mamonadas? —declaró el jardinero, casi al borde del llanto.

El jardinero pudo escapar por muy poco de aquel nuevo ataque. Se echó a un lado con toda la rapidez que pudo. Luego siguió corriendo monte a través. Cuando miró hacia atrás, se dio cuenta desconcertado de cómo le seguían media docena de hombres y mujeres con visibles muestras de rabia o algo parecido. Todos tenían feas heridas en el cuerpo y corrían como posesos. Lanzaban gritos furiosos al aire cálido, mientras agitaban los brazos en un frenético gesto.

El jardinero pensó que no lo conseguiría jamás. El campo tenía más de dos kilómetros de largo antes de dar paso a las primeras pistas que llevaban a Cihundi. Era un tipo bastante gordo y ya empezaba a resollar a causa del cansancio. Sintió el flato como una gruesa aguja que lacerara su costado, mientras aquellas bestias le ganaban terreno. Divisó una acequia con un muro alto detrás, muy a lo lejos. Pudo ver que había dos personas allí reunidas, hablando de algo. Parecían gentes sanas y cuerdas y no dudó en seguir corriendo hacia ellas. Quiso pedirles auxilio pero de su garganta tan sólo surgió un débil gemido.

2

A esa misma hora, cuando todavía no cayera la tarde, un joven de rubios cabellos cuyo único crimen había sido intentar convencer, junto a su compañero de trabajo, a una vieja de Cihundi para que contratara los servicios de cierta compañía de teléfonos móviles e internet, era interrogado de forma severa por unos tipos nada agradables. Desde el jueves pasado no había podido salir de aquel lugar. Los intensos interrogatorios se sucedían, minando su moral y agravando su ya desmejorado estado de salud. Tan sólo le habían dejado hablar un par de veces, y siempre por teléfono, con algunos familiares. Ni siquiera sabía de qué se le estaba acusando. Si es que se le acusaba de algo.

Cuando aquella mañana entraron dos tipos con aspecto de pocos amigos en la sala impoluta, el hombre se estremeció de miedo y desesperación. Allí sólo había una mesa y dos sillas, además de una cristalera a uno de los lados que desde el interior parecía un gran espejo.

—Por dios, déjenme salir de aquí de una vez. Les repito que yo no he hecho absolutamente nada. Lo único que quería era realizar mi trabajo como todos los días e irme a mi casa a descansar lo antes posible —suplicó el joven con rostro ojeroso, desplomándose casi sobre la mesa ante la que estaba sentado.

—Le dejaremos salir en cuanto nos diga la verdad —replicó con gesto severo un agente de la policía. Era un tipo de rostro inexpresivo y anguloso donde un espeso bigote le dotaba de cierto aire rudo.

El policía se sentó con semblante ceñudo ante el joven, al otro lado de aquella mesa que estaba en medio de la sala.

—Ya se lo he contado todo docenas de veces —protestó con desesperación el joven, al tiempo que desinflaba sus pulmones de golpe. No veía el final de todo aquel tortuoso asunto que le mantenía allí prisionero—. Mi compañero fue mordido por una señora bastante mayor y de aspecto desaseado cuando el jueves pasado intentábamos hacer nuestro trabajo en Cihundi. Deliraba como una energúmena y no paraba de decir cosas raras. Pasadas unas horas mi amigo empezó a sentirse mal y a tener picores por todo el cuerpo. Al final decidió parar a ver si alguien podía ayudarle. Lo hizo en un camping que había a unos cuantos kilómetros de Cihundi. Luego pasó todo lo que ustedes ya saben. No sé, supongo que le entró algún tipo de rabia extraña. Yo no puedo serles de gran ayuda. Tan sólo sé lo que les he contado un millón de veces.

Mientras el tipo de bigote escuchaba todo aquello con rostro hierático, el otro agente, mucho más corpulento, permanecía en pie detrás de ellos. Su gesto parecía inmutable, como si vigilara toda la situación.

—¿Y no puede detallarnos el aspecto de aquella anciana? Tenemos fundadas sospechas sobre los estragos que puede estar causando un determinado producto de abono que han puesto en circulación hace poco, con el beneplácito del actual gobierno, y creemos que es lo que pudo hacer enloquecer, tanto a la señora mayor, como a su compañero de trabajo. También necesitamos que nos facilitara más datos. Necesitaríamos que nos dijera dónde está ubicado el hogar de la anciana: calle, número, cualquier otro detalle que nos ayude a localizarla de inmediato. Hemos estado investigando por aquella zona, pero no encontramos a ninguna señora mayor que encaje con la escueta descripción que nos ha dado de ella.

—Dios, ya les he dicho que no recuerdo nada más. Creo que no puede ser tan difícil encontrar a una señora así en un pueblo tan pequeño. Si me sacan de aquí yo mismo les acompañaré hasta la puerta de su casa. Pero ahora no recuerdo ni el número ni la calle ni nada más. Esto que están haciendo va contra la ley. Tengo derecho a un abogado. No pueden retenerme aquí tantos días sin siquiera presentar una triste acusación —protestó el joven, con gesto atormentado.

Para mayor desconsuelo de éste, el agente se levantó sin mediar más palabras. Salió de allí junto con su compañero, ignorando por completo las súplicas del muchacho.

—¡¿Ya está?! ¿Me van a dejar otra vez aquí metido sin que pueda llamar a un abogado o salir a estirar las piernas y tomar un poco de aire. Por dios, ni siquiera he probado bocado desde hacer horas y las tripas me rugen como un maldito carburador. Esto que hacen es un crimen y les juro que será denunciado en cuanto tenga la ocasión.

La puerta se cerró con fuerza y el joven quedó a solas una vez más.

Mientras ambos agentes caminaban por un largo pasillo muy limpio y bien iluminado, y el sonido de sus pasos resonaba a todo lo largo del mismo, el quejido de una sirena comenzó a sonar en alguna parte. Los hombres ni se inmutaron. Aquello era algo normal allí adentro. Sabían, por el tono de la sirena, qué era lo que ésta ponía de manifiesto.

—¿Entonces van a seguir con el asunto hasta el final? —Preguntó el agente más corpulento a su camarada de rostro inexpresivo y espeso bigote.

—Dicen que a pesar de este contratiempo aún tienen todo bajo control. La vieja está localizada. Pero se empeñan en saber con precisión milimétrica qué es exactamente lo que sabe este testigo. La pena es que cuando capturamos a su compañero ya estaba muerto y la muestra que tenía en su interior no pudo sobrevivir lo suficiente. Quieren encontrar uno de los organismos vivo en alguien contagiado por un ser humano y no por un perro, para comprobar la evolución del mismo tras varios días. Han cogido a varios infectados en la piscina y los han puesto en cuarentena. Por supuesto, varios familiares ya han empezado a hacer preguntas al respecto y la opinión pública no tardará en reflejar todo el desconcierto. Pero eso es lo mejor de todo. Los de arriba tienen una buena cabeza de turco con todo eso del nuevo abono industrial.

Aunque el agente de bigote exponía todo aquello con gesto impávido y aparente frialdad, la verdad es que dentro de su pecho habían comenzado a despertarse ciertas sensaciones antagónicas. Algo le había convertido hacía tiempo en una especie de máquina insensible; alguien capaz casi de cualquier cosa con tal de llevar una vida metódica, siempre a las órdenes de sus superiores, eso era cierto. Pero también lo era que, por aquel entonces, había empezado a plantearse si no estaría rozando una cota de inhumanidad demasiado mezquina. Puede que la vida le hubiese golpeado muy duro en el pasado, pero, ¿era justo haberse dejado arrastrar por aquella completa desvinculación casi total de sus sentimientos más humanos?

—Y, ¿en alguno de los puestos en cuarentena se ha desarrollado el organismo ya por completo? Y otra cosa que no entiendo, ¿por qué narices, si quieren ver cómo evoluciona eso, no lo han experimentado ellos mismos en los laboratorios, antes de propagarlo de forma controlada en una población pequeña como Cihundi? Como hemos visto, la cosa puede irse de las manos en cualquier momento —preguntó el otro con visible excitación.

—¿Que si se ha desarrollado? Tendrías que verlo, amigo. O mejor, podrás verlo ahora mismo. Con respecto a lo otro, no sé, supongo que tenían mucha prisa por ver cómo se desarrollaba todo en un entorno menos artificial. El tiempo juega en nuestra contra. Tenemos que averiguar cuanto antes cómo funciona todo esto, antes de que nadie descubra el experimento.

Los dos supuestos agentes penetraron en una zona muy controlada que había al final del pasillo. Cruzaron varias puertas de seguridad. Estas se abrieron a su paso después de que se identificaran repetidas veces, haciendo uso de sus pases especiales. Llegaron a una sala de control que había ante una inmensa cristalera blindada. En aquella estancia aislada tenía lugar, en esos momentos, una escena digna del mismísimo infierno.

Al otro lado de aquella protección transparente, había varios seres humanos con claras muestras de que algún agente patógeno invadía sus organismos. La piel de estas personas había adquirido un tono enfermizo. Algunos mostraban bultos extraños bajo la piel. Sus cabellos se habían marchitado sobre una cabeza llena de horribles pústulas y laceraciones. Gritaban al aire, corriendo por todas partes como en busca de algo. El agente más corpulento se dio cuenta de que se empujaban entre ellos, furiosos. Crispaban sus manos ante la carencia de algo que necesitaban con premura.

—El organismo que llevan dentro todavía no ha llegado a su fase final. Para ello han de alimentarse mucho más y encontrar un terreno lo suficientemente propicio —les explicó un hombre de unos sesenta años, de pelo cano y que iba en silla de ruedas motorizada. El hombre estaba frente a la cristalera. Observaba todo aquello con un brillo de fascinación en la mirada—. Están muy furiosos porque no encuentran alimento y lo que llevan dentro les obliga a seguir buscándolo a toda costa. Ya han terminado con los que llegaron con ellos desde el camping. Esos picores son un reclamo que les

102

obliga a seguir buscando comida. Aunque quizás algunos no lo sepan, ese alimento que anhelan no es para ellos, sino para lo que llevan dentro.

El hombre de pelo cano señaló al suelo de aquella otra estancia. Entonces los agentes pudieron constatar, un tanto asqueados, cómo los infectados allí prisioneros habían terminado con la vida de aquellos que no habían desarrollado en sus entrañas el horrible parásito. Había rastros de sangre y vísceras a lo largo de toda la estancia. Al parecer, los seres infectos habían desgarrado las entrañas de aquellos hombres y mujeres.

En una esquina apartada, uno de los infectados se afanaba con desesperación en roer hasta el último trozo de un hueso ya por completo mordisqueado.

—En algunos anfitriones el organismo se desarrolla con mucha mayor rapidez que en otros —continuó explicando el tipo de pelo cano que iba en silla de ruedas—. Por ejemplo, hay muchos aquí que en apenas unas horas ya han comenzado a dar muestras de lo que llamamos «el hambre galopante», durante la segunda fase de desarrollo del agente patógeno. Incluso tenemos fundadas sospechas de que, cuando el contagio es de cánido a hombre, puede haber variaciones de tiempo en distintos huéspedes.

—Pero... ¿Cómo vamos a conseguir mantener todo esto bajo control, profesor? —Preguntó con aire incrédulo el policía de bigote.

—De eso se tendrán que ocupar los de arriba. Yo tan sólo me encargo de los aspectos científicos —fue la escueta contestación del hombre de la silla de ruedas, que siguió mirando con aire embelesado aquella horrible escena que tenía lugar al otro lado del cristal blindado.

3

En efecto, el heladero mordido hacía algunos días por un perro en medio de la carretera, no había tardado tanto tiempo como la anciana de Cihundi en dar muestras de estar bajo el dominio de ese «hambre galopante». En esos momentos paraba su amarilla furgoneta en la carretera. Iba de camino a Cihundi, por su ruta habitual de todos los días en época estival. Venía de Los Jarros y comenzó a sentirse muy mal. Unos picores tremendos recorrían su cuerpo, atormentándolo y haciendo que gritara de dolor. Se apeó en el mismo asfalto, en aquella carretera secundaria muy poco frecuentada. Sentía palpitar su cabeza mientras un vacío inmenso hacia que su estómago se contrajese. No recordaba haber tenido tanta hambre en su vida. De pronto se sintió aterido, a pesar de todo el calor que hacía. Sus manos se crisparon y su mente se quedó en blanco. A partir de ese momento ya no era una persona, sino un cuerpo humano dominado por algo que no era su mente racional.

—No entiendo qué me pasa. Tengo frío y hambre. Me mareo y veo todo borroso —rezongó, en una especie de letanía y con la palidez de la muerte decolorando su semblante—. No puedo conducir más. Alguien tiene que llevarme hasta... alguien tiene que recogerme.

Cuando el primer coche con que se encontraba detuvo su marcha cerca de la furgoneta, y sus ocupantes se apearon para ver qué le pasaba, éste se abalanzó sobre ellos.

—¿Pero se puede saber qué le ocurre, hombre? —bramó aquel individuo que había detenido su vehículo cerca e iba con intención de ayudarle. Aún no era consciente de la gravedad del asunto y todo le pilló con la guardia baja—. He visto que se encontraba mal y sólo quería echarle una mano. No sé por qué narices me ataca.

—¡No grites tanto, maldita sea! —exclamó el heladero, en un estado tan enfebrecido que hizo recular al otro al instante—. Mi cabeza, me palpita sin parar y el cuerpo me pica como si se me hubiera metido un puñetero hormiguero bajo la piel. Tengo hambre... necesito... necesito alimentar esto que...

—Tranquilícese de una vez y respire con calma —inquirió el otro con desesperación.

—Mario, por favor, vayámonos de aquí ahora mismo —suplicó su esposa con la voz tomada por el pánico y a unos metros por detrás de su posición, junto a los dos hijos que la flanqueaban con expresión cada vez más hostil—. Este hombre no está en sus cabales y nos hará daño.

—¡Que os calléis todos de una maldita vez! —bramó el heladero.

Lanzó sus manos con torpeza hacia el cuello del hombre que trataba de calmarlo y éste cayó abatido sobre el suelo. No tuvo tiempo de defender su vida. Aquel hombre le lanzó un furioso bocado sobre la cara para arrancarle de cuajo un buen trozo de mejilla. Los gritos de histeria preñaron el aire parado y se elevaron como un relámpago de agonía.

Entre gemidos de dolor y desesperación, el hombre tendido en el asfalto apenas pudo entrever cómo su familia trataba de ayudarle. Pero su mujer no fue capaz de hacer nada contra aquel furioso heladero. Sus dos hijos, ambos ya bastante fuertes y mayores, trataron de quitar de encima de su padre al furioso hombre.

—¡Déjalo en paz, jodido demente! —le espetó uno de ellos, quien mostraba un físico bastante robusto y gesto de enajenación.

—Este tío esta desequilibrado del todo —rugió su hermano con odio.

Pero el heladero se giró hacia ellos y les arañó el rostro. Luego introdujo sus dedos en las cuencas oculares de uno de ellos, mientras el otro y la mujer le golpeaban sin resultados en espalda y cabeza. Pero el individuo parecía poseer la fuerza de diez hombres juntos y no daba muestras de dolor.

Al final sólo la mujer pudo salir de allí. Lloraba desconsolada. Sangraba con profusión por aquella herida que tenía allí donde el heladero la había mordido. Su marido y sus hijos eran despedazados por aquel hombre enloquecido. No pudo evitar ver, a través del retrovisor de su coche y ya mientras escapaba, cómo éste extraía las vísceras del cuerpo de su marido con manos crispadas y torpes. Dejó atrás los pedazos maltrechos de su familia, que aquel lunático enfervorizado se afanaba en quebrar con salvajismo, mientras el llanto más amargo surcaba sus mejillas y el vientre se le encogía con el alma derramada sobre el lecho del estómago.

4

Cuando el jardinero llegó casi hasta donde la acequia ponía fin a los extensos campos que delimitaban por ese lado el perímetro de Cihundi, se dio cuenta de que aquellos individuos que le perseguían estaban demasiado cerca. Pudo sentir su respiración jadeante a escasos metros de y le pareció que se ahogaba a causa del esfuerzo y el terror. Dos de ellos se habían adelantado al resto del grupo y estaban a punto de dar alcance al desgraciado jardinero.

—¡Me están retorciendo las tripas por dentro! —creyó entender que decía uno de ellos con voz gangosa.

El jardinero pudo distinguir en ese momento a los que estaban junto a la acequia. Se trataba de un tipo llamado Javier que trabajaba como conserje en la biblioteca pública y una joven que era compañera de faenas del mismo jardinero que corría hacia ellos. Éste pensó que estarían allí intimando un poco, lejos de posibles escrutinios no deseados. Entonces agitó sus brazos. Trató de alertarles, sin ser capaz de pronunciar palabra. Resollaba y le dolía el flato. Los otros le observaron sorprendidos, sin comprender lo que pasaba. Aquellos individuos que corrían tras el orondo jardinero parecían fuera de sí. Además presentaban un aspecto demacrado y enfermizo. Los gritos exacerbados que proferían fueron lo bastante alarmantes como para que los dos que allí estaban comenzaran a correr en busca de refugio. Un poco más allá de la acequia se encontraba un muro elevado. En uno de sus extremos colindaba con una vieja caseta de transformación ya en desuso y vacía. Tanto el hombre llamado Javier como la chica que era compañera de trabajo del jardinero pudieron parapetarse ahí arriba mediante rápidos y ágiles movimientos. Sin embargo el chico orondo sintió crecer el pánico dentro de él. Se dio cuenta de que no sería capaz de la misma proeza que los otros.

El jardinero miró hacia atrás alarmado. Aquellos dos energúmenos estaban demasiado cerca como para que intentara correr más lejos y adentrarse en Cihundi. Observó cómo los ojos de aquellos hombres estaban medio velados por una capa blancuzca y repulsiva. El olor fétido que desprendían sus cuerpos le hizo contraer el rostro con una mueca de asco.

Cuando estaban a dos escasos metros de su presa, los seres comenzaron a lanzar dentelladas al aire, como si tantearan al orondo jardinero. Este retrocedió de espaldas hasta que su carnoso trasero chocó contra el muro de hormigón. Sintió ganas de llorar y a punto estuvo de hacerlo. Observó el aspecto enfermizo de los hombres. Su piel estaba cubierta de pústulas y costras de tono rosado o amarillento. En algunas partes la piel se mostraba tirante de lo consumidas que tenían las carnes. Los tendones se marcaban en las articulaciones.

El más alto se abalanzó sobre el jardinero y extendió los brazos con las manos crispadas. En un último momento el chico se apartó y su atacante cayó de morros sobre el muro, destrozándose la boca sobre la dura superficie del mismo. La sangre salpicó todo alrededor. Varios dientes saltaron sobre la tierra como si fueran los dados de una partida de parchís. Pero el hombre se reincorporó entre gruñidos, impulsado su cuerpo como por un resorte que le hacía parecer una grotesca marioneta. Arañó el aire con gesto frenético. Sin embargo el jardinero ya había corrido hasta la caseta y esta vez iba espoleado por el pánico. Entre eso y que los de arriba le ayudaron a subir, pudo al fin ponerse a salvo de sus atacantes.

—Vamos, sube con nosotros, que esos no están muy bien de la cabeza —lo exhortó quien le ayudaba a trepar.

—¡Ya los sé, maldita sea!¿Crees que no me he dado cuenta? Y eso es lo que estoy intentado, subir ahí arriba de una puta vez.

En el último momento el ser más cercano cerró una de sus manos en torno al amplio tobillo del jardinero. Aproximó su boca abierta como la de una bestia salvaje, con intención de hundir sus dientes en la carne. El muchacho gordo chillaba en un tono tan agudo que más bien parecía una chica histérica. Pero su atacante ya no tenía dientes y nada pudo hacerle.

UN ATARDECER Y UNA NOCHE DE VERANO EN CIHUNDI

1

Volviendo a lo ocurrido ya durante el anochecer de ese mismo sábado...

Cuando Álex hubo terminado de bajar al sótano el cuerpo del que fuera marido de Sonia, para luego introducirlo en el congelador que el matrimonio le vendiera, tuvo que sentarse unos minutos sobre la tapa del electrodoméstico. Resollaba como si hubiera corrido una maratón. Aquello había sido un trabajo de titanes. Aun así, le extrañó haberlo podido bajar él solo. Cargar con un peso muerto, —nunca mejor dicho—, no es algo fácil. No es fácil en absoluto. Al principio le había parecido que aquel cadáver era como un muñeco de trapo resbaladizo. Se escurría huidizo entre sus brazos. Por si ello fuera poco, el hombre pesaba lo suyo. Debía de superar los ochenta kilos con creces, a pesar de su escasa estatura. Todavía le parecía imposible que hubiera podido bajarlo él solo hasta ahí para luego encima tener que izar todo su peso e introducirlo en el congelador. Por supuesto, había tardado lo suyo arrastrando el cadáver desde el recibidor hasta el sótano, cogiéndolo por los tobillos.

Quizás todo se explicara de una manera psicológica. Había oído decir que una madre en una situación extrema, como era la de ver a su hijo en peligro, podía llegar a desarrollar una fuerza diez veces superior a la que tendría en condiciones normales. Por supuesto, ese no era el mismo caso, pero tal vez hubiera algún tipo de paralelismo entre ambas situaciones. Aquel día él estaba muy nervioso y asustado por lo que pudieran descubrir. De hecho, durante todo el duro proceso no había podido dejar de pensar en la mujer, a quien aún tenía atada y amordaza en el salón de su casa.

Mientras cogía aliento, se dio cuenta de que estaba empapado en sangre. Una vez muerto, las heridas del hombre habían dejado de sangrar con profusión debido al paro de su sistema circulatorio. Aun así Álex lo había dejado todo perdido con el rojo fluido. Sus ropas, el suelo del recibidor y el salón, el tramo de pasillo hasta la puerta del sótano y las escaleras de éste. Todo estaba sucio por un rastro escarlata que hacía pensar en un matadero o algo similar.

Empezó a preguntarse, alarmado, cómo iba a borrar todos aquellos rastros con lo cansado que estaba. Tendría que dormir primero para reponer energías. Pero tampoco sabía si sería capaz de ello, con la certeza de que su casa estaba marcada por el rojo de la muerte y con la excitación de saberse en poder de nueva «materia prima». Podía tener alguna visita inesperada en cualquier momento y entonces todo se iría al garete. No es que recibiera muchas, pero cabía aquella posibilidad. Álex además se estaba volviendo cada vez más paranoico con aquellas cosas.

Para colmo pudo oír los gemidos, ahogados por la mordaza, que Sonia intentaba proferir con desesperación desde arriba. Decidió ir de una vez adonde ella. Empezó a pensar qué podía hacerse en su caso. Aunque lo cierto es que ya había estado barruntando con su mente enloquecida. Él no quería admitirlo, pero en parte, si no la había matado como al otro era por algo muy concreto. Algo que se hacía paso en su mente enmohecida cada vez con más claridad.

Ahora tenía materia prima. Pero siempre había querido tener otra cosa. Desde que hacía ya muchos años comenzara a dar rienda suelta a la pasión que le absorbía por completo, fue adquiriendo ciertas dotes para ello. Alguna vez había pensado que sería una pena que nadie heredara esas mismas aptitudes. No quería que su arte muriese con él para siempre.

Cuando subió hasta el salón y se plantó frente a la chica, cuyo cuerpo había tendido junto al sofá, la miró con ojos extasiados. Ella abría los suyos como platos, desbordando por ellos un horror y un odio inenarrables. Había apoyado la espalda de la mujer contra el sofá de cuero, sentándola en el suelo alfombrado. Las manos las tenía inmovilizadas a la altura de sus caderas y por la parte de atrás. Las venas del cuello se le hinchaban cada vez que intentaba lanzar un grito a través de aquella mordaza que estrangulaba su voz. No podía asimilar todo aquel horror que la había envuelto entre sus garras. Era como si estuviera sumida en una pesadilla.

—No deberías intentar gritar, eso me pone muy furioso, ¿sabes? —le indicó Álex con la languidez propia del agotamiento—. Antes ya te has comportado de una forma muy indiscreta conmigo y me llevaste a desatar la lengua. Aunque trato de aparentar lo contrario cuando la situación lo requiere, en el fondo soy un tipo muy introvertido y me cuesta mucho abrirme a los demás. A veces pienso que ni siquiera merece la pena, ¿para qué complicarse la vida con relaciones humanas que no llevan a nada? Tú has querido violar mi intimidad con preguntas muy personales y yo fui tan estúpido como para entrar en el juego. Soy muy sensible con todo eso y pienso que te has aprovechado de mi hospitalidad.

El hombre del traje gris, que ahora para ella no era un ser humano sino un monstruo sin identidad, se le puso enfrente con gesto indescifrable. No imaginó qué sería lo que le iba a hacer. No se leía deseo en su mirada. Al menos ella no lo percibía. En esos momentos no sabía si se encontraba ante un maniático sexual cuyo anhelo fuera violarla hasta cansarse de ella, para luego darle muerte, o si era alguien que disfrutaba matando sin más. Lo cierto es que la había dejado con vida mientras que a su marido lo había asesinado al instante, sin dudarlo si quiera.

Entre tanto, Álex se maldijo por haber sido tan descuidado con todo. La sangre que había manchado los tobillos de la chica había dejado un rastro también sobre la alfombra del salón. Iba a tener que trabajar mucho para limpiar todas aquellas pruebas. Y lo cierto es que se sentía cada vez más cansado.

—Lo único que merece la pena en esta vida es el trabajo duro, ¿sabes? Hay que procurar dejar un legado de algo que merezca la pena y yo me he propuesto plasmar mi huella en este mundo a través de mi arte. Un arte que hoy día muchos serían incapaces de comprender porque son estúpidos y no saben apreciar la verdadera hermosura.

Ella le miró con espanto y desesperación crecientes. Su corazón palpitaba con tal intensidad que creyó que le estallaría en el pecho.

—Tú serás mi aprendiz —fue todo cuanto agregó el hombre, con aquel rostro descolorido y aquella vacua mirada carente de sentimientos. Luego cayó desplomado sobre el suelo y a punto estuvo de darse un buen golpe con la mesita de cristal que había en el medio, rodeada por el sofá y los viejos butacones.

2

—No tengo cobertura, joder —mascullaba en esos momentos un malhumorado Joel, mientras comprobaba la barra de la señal. Había intentado llamar un par de veces a la policía. Él no lo sabía, pero durante el transcurso de aquel mismo sábado habían ocurrido muchas cosas en Cihundi. Muchas más de las que pudiera llegar a sospechar en esos momentos—. Mira a ver si tú tienes cobertura y es cosa de mi operadora o de que justo ahora se ha caído la condenada señal en todo el pueblo.

Aunque Claudio se mostró reticente al principio; aún seguía empecinado en no llamar tan pronto a las autoridades, ante la mirada severa que le lanzó el otro, no tuvo más remedio que sacar su móvil del bolsillo del pantalón para comprobar si tenía cobertura.

—Algo debe pasar, boludo. Yo tampoco tengo cobertura en el celular —verificó de inmediato, un tanto confuso por lo inoportuno de la situación. Bueno, aunque quizás para ellos fuera algo más apropiado, pues así tendrían la excusa perfecta para ganar un poco más de tiempo y pensar qué iban a decirle a las autoridades.

Pero entonces otro grito preñado de rabia surgió desde el interior del chalet de la señora Pura. Ambos miraron hacia el lugar un tanto confusos y alarmados. Un segundo después vieron surgir por la puerta, y a la carrera, al fornido camarero del bar Parada. Su rostro estaba pálido. Una mueca de horror arrugaba sus facciones rechonchas. Mientras corría, con cierta torpeza a causa de su envergadura, Joel pensó que se parecía mucho a un buldog asustado. Las luces de las farolas cercanas bañaban aquel cuadro patético que Joel y el argentino observaban con estupefacción.

—¡La vieja no está muerta, acaba de levantarse y parece rabiosa! No hay quien la pare. Es como si ahora tuviera la fuerza de diez hombres, joder —dijo el hombretón de grueso bigote gris, mientras resollaba a causa del esfuerzo de la carrera que acababa de darse. El hombre no estaba en forma precisamente—. No he podido hacer nada... se tiró como un animal a por Agustín. Le mordió en el hombro como hecha una furia. Yo creo que intentaba tirársele a la yugular, pero...

—Calma, Efrén, calma —le pidió Joel, que trató de mostrarse tranquilizador. Daba la impresión de que el hombre intentaba justificarse por haber escapado de allí, dejando solo al alcalde frente a la anciana. Lanzaba constantes miradas a sus espaldas, donde la puerta de la casa seguía abierta. De su interior surgían gritos de rabia y dolor—. Sólo es una anciana enferma, joder. No puede ser que logre agredir con tanta facilidad a dos hombres tan grandes cómo Agustín y tú.

—Tú no lo entiendes, estaba... era como sí... ella ahora... —balbucía Efrén aterrado, sin lograr explicar lo que acababa de ver.

—Intenta relajarte un poco y explícate mejor, Efrén —insistió Joel con paciencia, para lo que apartó a un lado las ansias que lo devoraban por conocer más datos sobre aquel asunto tan rocambolesco—. Seguro que todo esto no es tan grave. Algo le habrá entrado a la vieja y estará alterada por ello. Tenemos que intentar que se calme y deje de dar esas voces. Va atraer a todo el vecindario en cuestión de minutos como no deje de chillar. Además, me está poniendo muy nervioso.

—Que te digo que tú no le entiendes, coño —replicó el tabernero fuera de sí—. No has visto cómo está la vieja. Nunca en mi vida había presenciado algo así. Se tira por las paredes y arremete contra todo el que se le pone por delante. Mira que soy grande, eh, pues ni yo he podido con ella. Esto es demencial. Menudo panorama tenemos aquí.

3

Los gritos que surgían desde algún punto del pueblo despertaron a Álex, mientras Sonia intentaba llegar hasta la puerta del salón, para lo que se arrastró como pudo sobre el suelo. El hombre abrió los ojos sintiendo cómo sus sienes palpitaban. Al principio una gran confusión obnubilaba su mente. No recordaba lo que había pasado durante las últimas horas. Miró a aquella mujer que se desplazaba como una serpiente herida por el suelo, ya cerca de la puerta del salón y que abría los ojos como claraboyas de barco. De sus pupilas manaba todo el horror que revolvía sus entrañas y sus gritos eran estrangulados por aquella tosca mordaza hecha con un pañuelo, ahora manchado de sangre.

Al ver cómo el hombre se despertaba, la angustia que la embargaba creció varios grados en su interior. Sintió ganas de llorar, presa de la frustración, el miedo y la rabia. Había alimentado la esperanza de poder llegar hasta la puerta de salida. Pensó que quizás encontrara la manera de levantarse para buscar un modo de abrir la misma y escapar. Aunque sus manos estaban atadas a su espalda y tenía los tobillos también inmovilizados, había llegado a pensar que se las apañaría de alguna manera. Hasta que el hombre abrió los ojos y todas sus esperanzas se deshicieron de golpe, ante aquella mirada enloquecida y confusa.

Álex se puso en pie con cierta dificultad. Se sentía mareado y sus sienes no dejaban de palpitar. Una jaqueca terrible atravesaba su cerebro de parte a parte. Lo peor era cuando intentaba recordar ciertas cosas. Entonces el dolor crecía dentro de su cabeza, como si tratar de poner en marcha los mecanismos de su mente hiciera chirriar allí dentro algunas piezas demasiado oxidadas. Mientras el hombre procuraba establecer el equilibrio, una vez se hubo levantado del suelo, vio cómo Sonia le lanzaba una mirada cargada de ira y miedo.

—Tú... sí, ya me acuerdo. Claro. El congelador, los entrometidos... Mi nueva materia prima. Ya no tendré que volver a maquillar más pollos muertos. Ya no tendré que desperdiciar mi arte con animales que se pudren con el paso de los días. Ahora tengo algo digno de mi maestría, algo con lo que conservar mi gran obra y una aprendiz en la que volcar todos mis conocimientos.

Sonia no comprendía aquello que el hombre estaba diciendo con gesto cansado y mirada un tanto ida. Álex comenzó a avanzar muy despacio. Hizo crujir, con cada paso, los pliegues de aquel traje viejo. Ella se revolvió impotente sobre el suelo de frías baldosas. Una vez junto a ella, se agachó muy despacio para mirarla más de cerca. Apartó sus negros y ondulados cabellos con aquella mano pálida y le acarició el rostro con una dulzura insana. Sonia rompió a llorar por fin. Rememoró con profundo dolor lo que le había hecho a su marido y lo que podría depararle a ella misma. Entonces, entre la tormenta de pensamientos que cruzaban de manera desordenada su mente, recordó lo que el hombre había mencionado aquella misma tarde. Aquello sobre su padre y la profesión que había desempeñado. Estableció una rápida conexión entre aquella idea y lo que acababa de escuchar de labios del hombre. ¿Había estado aquel enfermo practicando con animales muertos la profesión del tanatopractor?¿Pretendía ahora conservar el cadáver de su marido en aquel congelador para dar rienda suelta a una idea enfermiza?¿Quería hacerla a ella misma partícipe de todo aquel horror?

—Sí, pequeña, tú serás mi fiel aprendiz y heredarás todos mis conocimientos. Te haré grande, y podrás transmitir a nuevas generaciones toda mi grandeza. Pero primero tienes que centrarte, muchacha. Eres una mujer demasiado curiosa. La curiosidad no es mala del todo, pero hay que canalizarla como es debido para enfocar tus facultades en lo que importa. Tienes que olvidarte de lo demás y pensar sólo en cosas grandes como el arte. Olvida esa maldita puerta y lo que hay al otro lado; ese mundo no te interesa ya, pues no te aportará nada especial. Aquí dentro encontrarás la gloria, pero habrás de trabajar mucho para alcanzarla. Tanto como yo durante todos estos años. Y te prometo que me he dejado el alma en mis obras, en mi aprendizaje y en mejorar cada día un poco más.

Aunque su tono de voz ahora sonaba incluso paternal, sus ojos inyectados destilaban pura demencia y Sonia desfalleció ante todas esas ideas preñadas de locura. Ella sintió repugnancia ante el contacto de aquellos dedos que acariciaban su cabello y su rostro, pero en ese momento no halló ni el valor ni las fuerzas necesarias para revolverse. Se encontraba a merced de ese desequilibrado.

—La historia nos ha regalado a grandes artistas: escultores, arquitectos, poetas, escritores, pintores. Ha habido casi de todo en cuanto a materia de arte en este mundo. Desde antiguos griegos como Praxíteles y su obra clásica hasta Da Vinci y sus efectos maravillosos, nos han deleitado con su exquisitez y sus facultades casi sobrehumanas. Yo he leído mucho sobre ello, ¿sabes? No soy un lego en la materia precisamente. Pero sigo pensando que hace falta algo nuevo, algo que aporte frescura al mundo del arte y yo estoy destinado a traer esa pieza que falta. Tú me ayudarás a preservar ese saber que algo divino a hecho llegar a mi mente. Apoyarás mis últimos pasos mientras doy forma a la obra magna, muchacha. Nos queda tanto por hacer. Pero estoy feliz de que tu incontenible curiosidad te haya traído hasta aquí.

Aquel salón parecía querer asfixiarla con sus paredes. Toda la casa se le antojó una cárcel que sólo albergaba delirio y terror. ¿Cómo podía aquel desquiciado llamar arte a lo que aseguraba hacer con los cuerpos de las criaturas que mancillaba? Sonia notó la atmósfera cargada que envolvía su cuerpo. Se sintió vulnerable, a merced de un psicótico que no era sino un manojo de ideas repugnantes.

4

Joel y Claudio no tuvieron más remedio que entrar en la casa. Tenían que ver qué era lo que estaba ocurriendo allí adentro. Ni siquiera eran capaces de telefonear a la policía o a una ambulancia. Después de atravesar con el alma en vilo aquel pequeño jardín, ahora en penumbra, llegaron al fresco recibidor. Había algunas cosas caídas, como si allí se hubiera forcejeado de forma violenta. Una percha en el suelo y varias chaquetas desparramadas, o un espejo torcido en la pared, eran los testigos mudos de aquella lucha que se había librado. Nada más entrar en la casa, un olor insoportable les hizo girar a ambos la cabeza con un gesto de desagrado. Un penetrante hedor a algo que no alcanzaron a identificar, enmascaraba el típico olor a ancianidad que por lo común reinaba en la casa. Además, oyeron unos gemidos extraños, entremezclados con una respiración agitada y enfermiza. Era como si alguien intentara tomar aliento pero unas flemas horrorosas atascaran su garganta. También pudieron escuchar la voz del alcalde. Éste intentaba inmovilizar a la mujer en alguna parte de la casa.

—Por aquí. El sonido de las voces parece venir de aquella habitación —indicó Joel, que señaló la puerta que había al fondo del amplio pasillo. La luz permanecía allí encendida. Pudieron ver, alarmados, un pequeño rastro de sangre, unas gotas rojas y brillantes sobre las baldosas del suelo. También ahí había más señales de lucha. La zapatera de un lado se veía movida y un jarrón que antes estaba sobre ella se había hecho añicos tras caer al suelo.

—Ayudadme, joder, esta vieja tiene la fuerza de un toro —escucharon decir al alcalde Agustín, quien ya había oído sus voces dentro de la casa.

La escena que contemplaron boquiabiertos, al penetrar

en la habitación, era, cuando menos, rocambolesca. El alcalde y la mujer estaban sobre la cama. El hombretón se hallaba encima de la anciana. Trataba de inmovilizar sus brazos, agarrando sus muñecas con fuerza mientras su frente estaba ya perlada de sudor. Pero la anciana no dejaba de lanzar mordiscos al aire con aquella mirada rabiosa. Estiraba su cuello en un vano intento por alcanzar el rostro del hombre. Su cuerpo estaba desnudo, dejando a la vista aquella piel arrugaba y sus pechos flácidos sobre un torso casi cadavérico. Apenas le quedaba un puñado de cabellos grises y marchitos.

Joel advirtió la herida que el alcalde tenía a la altura del hombro derecho, cerca de su cuello. No sangraba demasiado, pero lo hacía de forma continua y ya había manchado también las sábanas de la cama y el rostro desencajado de la mujer.

—Tenemos que inmovilizarla —le dijo Joel al argentino—. Está completamente fuera de sí. ¿No dijisteis que la habíais matado sin querer? Pues sí que sois buenos dando diagnósticos, joder. Menos mal que no os dio por enterrarla.

Claudio siguió las directrices del programador sin poner más impedimentos. Aquella habitación era grande y estaba amueblada con estilo harto anticuado. Los muebles eran pesados, de madera maciza. Había un armario frente a la cama. Sus tres puertas estaban provistas de espejos de cuerpo entero, donde ahora se reflejaba la espantosa escena que tenía lugar en la cama. Más allá de eso tan sólo había una silla con un cojín viejo y descolorido y dos mesitas igual de antiguas que el resto del mobiliario, a ambos lados de la cama. Pero Joel pensó que no encontrarían cuerdas ni nada parecido. Entonces se le ocurrió que podían usar algunas sábanas. Corrió hacia el armario y al abrirlo descubrió, aliviado, que allí había algunas plegadas. Le tendió una sin decir nada a Claudio. Luego empezó a enrollar la suya para formar algo parecido a una gruesa cuerda y por fin se pronunció.

—Tenemos que atarla a la cama, antes de que se libre de Agustín o alcance a morderle otra vez. Hay que ser rápidos y no pensar demasiado o esto se nos irá de las manos por completo.

—Lo haremos como dices, pibe. Pero le juro que me va a costar no pensar en nada. El aspecto de esa anciana es terrorífico.

El hedor seguía siendo intenso. Aunque al principio los dos hombres habían tenido que cubrir sus fosas nasales con sendos pañuelos, ahora necesitaban ambas manos para poder maniobrar. Extrañamente pronto se acostumbraron al olor, quizá gracias a algún tipo de mecanismo de supervivencia programado en sus inconscientes. Pudieron acudir en ayuda de Agustín, quien ya estaba a punto de verse vencido por la inexplicable fuerza de la anciana. Justo un momento antes de que le ataran las muñecas a aquel horrendo cabecero de la cama, el alcalde observó algo que le hizo torcer el gesto asqueado. Sintió un hormigueo recorriendo todo su cuerpo al observar, bajo la piel arrugada de la anciana, unos movimientos serpenteantes. Era como si algo diminuto, de forma alargada y fina, se agitase bajo la piel. Le pareció que se tra-

124

taba de pequeños gusanos que intentaban desplazarse bajo la epidermis de la mujer, sorteando de manera repulsiva aquellas venas hinchadas que se marcaban en la zona de su cuello.

—¡Esta vieja tiene algo dentro del cuerpo, me cago en la puta! —Exclamó, presa del horror.

—¡Me pica la piel, malnacidos, hijos de puta! —creyó entender Joel que decía la anciana. Pero lo hacía con una voz como distorsionada y gangosa, apenas inteligible.

Los tendones del gaznate eran como cables tensados a punto de reventar y sus ojos dos globos sanguinolentos que pugnaban por salir de las cuencas. De vez en cuando expectoraba y unas gotas de sangre bañaban sus labios y la barbilla.

—Ya os he dicho que no penséis demasiado ni le miréis a la cara —rezongó Joel entre jadeos, quien procuraba ejecutar su maniobra de inmovilización con la mayor eficacia posible y afianzaba los nudos de las improvisadas cuerdas—. Hay que actuar con toda la frialdad de que seamos capaces.

5

Todos los intentos de establecer contacto con otras personas, vía teléfono móvil, habían sido inútiles para Jordán. Támara, aquella chica de pelo rubio y cuerpo menudo, que se encontrara cerca del cuerpo tendido en el campo, le había explicado muy nerviosa todo lo ocurrido. Ahora era ya casi de noche. En esos momentos Joel y Claudio todavía no estaban en casa de Pura. Los muchachos habían intentado llegar hasta el pueblo más cercano. Pero algo que estaba al acecho se lo impedía. Y en repetidas ocasiones. No eran capaces, por tanto, de salir de allí. Todo aquello se había convertido en una especie de pesadilla surrealista.

Ahora estaban encaramados entre las gruesas ramas de un árbol. Uno más de la arboleda cercana al lugar donde permanecía tendido el cuerpo. Intentaban refugiarse, para no estar al alcance de las sombras que les acechaban.

—A ver si lo he entendido bien —dijo desesperado Jordán, dirigiéndose por enésima vez a la chica mientras se mesaba los cabellos con nerviosismo—. Entonces, uno de esos perros atacó a tu novio esta tarde ¿no? Luego, en cuestión de pocos minutos éste comenzó a toser de forma alarmante hasta que cayó sobre el suelo de este campo, después de salir corriendo víctima de algún tipo de delirio.

—Ya te lo he contado un millón de veces, joder —protestó la chica. No podía dejar de mirar en todas direcciones. Aquellas siniestras sombras les acechaban por todos lados—. Ese puto perro parecía tener la peste o algo por el estilo. Se nos echó encima cuando caminábamos por esta pista. Mi pobre Marco no pudo hacer nada para impedir que le mordiera en el brazo. Yo creo que se interpuso para que el puto animal no me mordiera a mí. Dios mío, mi pobre Marco. Y lo peor de todo es que ya habíamos visto a uno de esos perros el otro día, cuando íbamos de camino a Cihundi.

—Joder, yo también recuerdo haber visto a uno así en el

pueblo que dices. Un hombre algo mayor me dijo que era el perro de no sé qué señora y que era imposible que ésta lo tuviera mal cuidado. No le di más importancia y me di la vuelta para volver al lugar donde estoy de vacaciones.

—Nosotros también estamos de vacaciones aquí, en casa de mis padres —explicó la muchacha. Su pecho se agitó a causa de un llanto que no pudo controlar por más tiempo—. Y ahora volveré yo sola, joder. No quiero estar sola. Esto es una mierda. ¿Qué les está pasando a esos perros?¿Por qué no nos dejan en paz?

Jordán pensó si sería apropiado o no abrazarla en aquellos momentos. Sintió mucha lástima por ella. Pero se vio impotente por completo, sin saber cómo consolarla. Lo cierto es que estaban en muy precario equilibrio allí arriba. Para colmo, cada vez que hacían un poco de ruido alguno de aquellos perros rabiosos se acercaba corriendo hasta el árbol. Ahora eran como sombras que surgían de las entrañas del bosque. Atravesaban la penumbra que a cada minuto se hacía más densa, conforme el crepúsculo daba paso a la noche. Luego se marchaban otra vez. Pero los muchachos sabían que les acechaban desde las sombras.

Al menos, a medida que la luz iba menguando, se hacía más difícil distinguir aquel bulto que era el cuerpo de Marco. Quizás fuera mejor así para Tamara. La chica temblaba de pena cada vez que miraba a su difunto novio. Jordán se preguntó qué clase de peste llevaban en las venas aquellos perros, capaz de infectar a un hombre y hacerlo pudrirse en tan poco tiempo.

—No... no te preocupes. Te prometo que saldremos vivos de esta. Sólo hay... sólo hay que tener un poco de sangre fría —balbució Jordán con torpeza, pues no sabía muy bien qué decir en semejantes circunstancias.

—Para ti es muy fácil, tú no acabas de perder de esta forma tan horrible a tu pareja y... —la muchacha contuvo su llanto durante un momento e hizo acopio de fuerzas para reflexionar durante esos segundos—. Lo siento, ya sé que tú no tienes la culpa de toda esta mierda. Pero tienes que entenderme. Esto es demasiado duro como para no perder la cabeza.

—No te preocupes. Es normal que te sientas así —murmuró el joven sin ningún entusiasmo.

Desvió su mirada hacia el horizonte ensangrentado por el carmesí del crepúsculo. Aquel paraje representaba un escenario hermoso bajo el influjo de aquella luz menguante y hubiera resultado idílico si no fuera por las circunstancias que lo teñían de tragedia y terror. Las montañas de la cordillera se perfilaban en lontananza, al otro lado de las llanuras cuajadas de viñedos, campos de trigo y olivares dispersos. Esa era una hora mágica donde el oro de las espigas y la plata de los olivares resplandecían con un último destello de belleza; el más intenso antes que la luz declinara bajo los repulgos del manto nocturno. El fuego estival cedía de manera agradable ante la llegada inminente de las estrellas y la quietud invitaba al reposo.

Al menos, así era cuando no había una horda de perros enardecidos por algún tipo de enfermedad que buscaban tu carne, elevaban sus gruñidos en una salmodia infernal y pateaban la tierra con furia.

—Ya no volveré a ver con los mismos ojos esta tierra que tanto amaba —susurró entre lágrimas la chica, con un deje de amargura tan grande que sobrecogió a su nuevo compañero.

6

—Bien, por lo menos ya está atada —dijo, jadeando por el esfuerzo, el alcalde Agustín, que apartó la mirada de aquella anciana que era la viva imagen, aunque con unas cuantas décadas más, de la niña del exorcista.

—Sí, pero no sabemos por cuánto tiempo —añadió Joel, que escrutó con desconfianza aquellas ataduras improvisadas que la mantenían apenas aferrada a la cama. La mujer estiraba sus raquíticas piernas. Luego alzaba su cuasi cadavérico tórax, al tiempo que profería unos gritos preñados de ira que hacían estremecer a los presentes.

Todos se dieron cuenta de que afuera se había formado una muchedumbre de gente. Los vecinos sin duda habían sido alertados por los gritos de la anciana. Efrén, el orondo dueño del bar Parada, no abrió la boca mientras aquellas personas le preguntaban acerca de lo que estaba ocurriendo. El hombretón ni siquiera había reunido valor para volver a entrar en la casa. No era un cobarde, pero aquello se escapaba mucho del entendimiento de una persona sencilla como él. Era un tipo que nunca había querido complicaciones en su vida.

—Ahora sí que no nos queda otra que llamar a la policía —masculló el argentino, quien reculó de manera inconsciente a causa del miedo. Ahora estaba casi justo donde el umbral de la habitación. Temía que de un momento a otro aquella anciana pudiera librarse de sus precarias ataduras.

Su miedo se acrecentó cuando vio a Joel acercarse despacio a la cama. Éste lo hizo con mucho cuidado, pero la vieja se movía con tal ímpetu sobre el colchón, a pesar de tener muñecas y tobillos atados a la estructura del lecho, que parecía que de un momento a otro rompería aquellas ataduras.

—Joder, Agustín tiene razón —dijo luego Joel con gesto asqueado—, esta mujer tiene algo bajo la piel. Parece como un puto parásito o algo así. Vete tú a saber si es contagioso. Seguro que tiene mucho que ver con aquella cosa que os encontrasteis el otro día en su baño.

Cuando el programador dijo aquello, Claudio clavó su escrutinio avergonzado en el suelo. El alcalde le lanzó una mirada reprobadora. El argentino tenía mucha fama de bocazas en el pueblo. Pero lo cierto es que a menudo aquella incontinencia verbal resultaba un tanto selectiva. Sí, era cierto, no había podido callarse aquello, pero se lo había contado a quien le había dado la gana y no precisamente al alcalde. De cualquier forma, todo aquello ya no tenía demasiada importancia. Ahora lo que primaba era buscar solución a algo tan incomprensible como espantoso.

Entonces el alcalde se dio cuenta de un detalle. Si aquella cosa era contagiosa, como ya había apuntado el programador, quizás él mismo estuviera en peligro. Había sido atacado por la vieja. En un acto casi instintivo, se llevó la mano a la altura de su hombro, cerca del cuello, donde la anciana le había mordido poco antes. Miró de nuevo el cuerpo de la mujer. Un estremecimiento le convulsionó de pies a cabeza. Aquello era repugnante. Daba verdadera grima mirarlo. Bajo la piel arrugada había decenas de pequeñas protuberancias que se revolvían y desplazaban constantemente. Al principio, por lo minúsculas que eran, podían pasar desapercibidas. Pero si te quedabas observando un buen rato, era evidente que había un centenar de aquellas cosas recorriendo el cuerpo de la mujer, bajo su piel.

Joel, que también lo observaba, recordó entonces un documental sobre parásitos que había visto alguna vez en la tele. En él hablaban de muchos tipos de estas detestables criaturas. Pero no recordaba que ninguno de ellos llegara a provocar en el ser humano semejante estado de cólera incontrolable.

—¿Qué narices se le habrá metido a esta mujer en el cuerpo? —murmuró con desagrado.

7

Judith se moría de curiosidad. Quería saber qué era lo que pasaba en su pueblo. Había escuchado los extraños gritos que se alzaran en la noche pocos minutos antes. Los sonidos volvían a esparcirse por el aire cálido a intervalos distintos. Pero su madre la había dejado al cuidado de los pesados de sus hermanos, quienes ahora se abrazaban a ella asustados, mientras la chica intentaba ver algo desde la puerta de su casa. Miraba hacia uno de los lados de la avenida de chalets, en la misma dirección por donde su madre se fuera poco antes. La mujer había ido, bastante preocupada, en busca de su marido. Sabía que Joel se había marchado hacía ya casi una hora con aquel pesado argentino, diciendo que volvería enseguida. Simplemente farfulló algo sobre una vieja que sufriera un pequeño accidente doméstico, o algo así. Luego salió por la puerta para irse con el argentino. Al principio la mujer no dio mucha importancia a todo aquello. Sin embargo, a medida que transcurría el tiempo no pudo esperar más en su casa. Espoleada por aquellos gritos, que aumentaron su preocupación, decidió ir a ver qué pasaba. Pero dejó a su hija mayor al cargo de sus pequeños.

—Judith, tengo miedo —dijo uno de sus hermanos menores. Pero la muchacha no prestó atención a sus palabras. La furgoneta blanca y la casa de su vecino acaparaban toda su atención.

Judith miró aquella camioneta blanca que estaba aparcada delante del chalet de Álex. Ya había visto aquel vehículo allí mismo aquella tarde. Había presenciado cómo los dueños de éste y el hombre que vivía allí descargaban un viejo electrodoméstico. Luego lo habían llevado entre los tres, con mucho esfuerzo, al interior del edificio. Pero recordaba también cómo poco después se marchara en él aquella joven pareja. Se preguntó quiénes serían y porqué razón habrían vuelto. Sin embargo olvidó el tema por el momento. Pudo escuchar de nuevo los escalofriantes gritos que surgían desde la otra punta de aquella avenida, donde estaba su propia casa.

—¿Tú crees que serán zombis, Judith? —Insistió muy nervioso uno de sus hermanos. No se atrevía a alejarse un solo centímetro de la chica. El pequeño, de rubios cabellos y rostro mofletudo, casi idéntico al de su hermano gemelo, temblaba de miedo abrazado a su hermana—. O a lo mejor son vampiros. ¿Crees que existen los zombis y los vampiros, Judith? Yo tengo muchos cómics donde hay monstruos de esos y siempre son muy malos. Espero que papá y mamá vuelvan pronto. No quiero que les ataquen.

—Déjate de gilipolleces, Albertito —lo reprendió la muchacha—. Ni los zombis ni los vampiros existen. Seguro que es alguien que ha chiflado. Este pueblo es tan aburrido que seguro que algún vecino se ha vuelto loco por fin. Papá y mamá volverán pronto. Luego alguien llamará a la policía y todo será otra vez tan aburrido como siempre.

Lo cierto es que la joven no podía evitar sentir cierto regocijo ante la expectativa de una noche emocionante y cargada de inesperados sucesos. Por supuesto, no deseaba que sus padres salieran mal parados; no los odiaba tanto como para albergar semejante deseo. Pero tampoco quería que aquello terminara demasiado pronto. Era un anhelo secreto que trató de disimular ante sus hermanos. Ya se imaginaba cómo iba a relatar algo tan fuera de lo común a sus amigos internautas. Esa semana sería la estrella de su red social favorita. También tenía pensado escribir algo en su blog personal con respecto a ello. Obtendría al menos un centenar de visitas y eso ya comenzaba a alimentar su ego de manera considerable.

Aun así, todavía le llamaba mucho la atención aquella camioneta estacionada ante el jardín de la casa de su vecino. Había algo en aquel hombre discreto y educado que siempre le había hecho desconfiar. Pensaba que podía tratarse de algún maniático sexual o algo por el estilo. Había visto demasiadas películas de serie B y programas de televisión sobre secuestradores pervertidos. Aquel tipo encajaba en cierta medida en muchas de las descripciones y perfiles que había visto y oído en aquellos programas. El hombre no solía relacionarse mucho con las gentes del vecindario. Y cuando lo hacía, era de una manera para ella bastante sospechosa. Se dirigía a la gente con una amabilidad un tanto artificial, procurando no conversar demasiado y siempre de cosas triviales. Judith se dijo en más de una ocasión que aquel hombre seguramente tendría escondidos en su sótano los cadáveres de varios niños a los que habría matado en el pasado. Aunque Álex vivía hacía poco en el lugar, lo más probable, según ella creía, es que se hubiera traído consigo «recuerdos» de aquellas víctimas que se había cobrado en el pasado. Tal vez ya sólo fueran restos óseos o alguna prenda de vestir raída y sin color, pero sin duda el hombre ocultaba algunos retales macilentos de aquel turbulento pasado, entre las opresivas paredes de su sótano; aquel lugar umbrío donde sin duda tramaría futuras fechorías. Ella sabía que la naturaleza deplorable de aquel tipo de personas les impulsaba a alimentar sus enfermizos pensamientos con nuevas víctimas. Necesitaban encontrar estímulos que atesorar en sus enmohecidos cerebros, recuerdos con los que luego se recrearían una y otra vez en las noches solitarias.

Cuando la chica recordó aquel pesado refrigerador, que había visto descargar a la pareja esa misma tarde, se dijo que todo encajaba. El hombre quizás planeara meter allí los restos de nuevas víctimas, tal vez para que se conservaran más tiempo. Aunque, si lo pensaba mejor, puede que se tratara incluso de un caníbal. Aquel pensamiento añadió más leña al fuego de su morbo. No pudo evitar cierta satisfacción ante la expectativa de descubrir al resto del mundo a un ser semejante. Luego también se preguntó si aquella pareja que había traído el electrodoméstico en su camioneta estaría metida en el ajo, o serían tan sólo meros títeres o posibles nuevas víctimas.

—¿Tardarán mucho mamá y papá? —la pregunta del otro gemelo, el que había permanecido más callado hasta el momento y se mostraba menos temeroso, la rescató de sus divagaciones—. Tengo ya un poco de sueño y me quiero ir a la cama. Aunque no sé si seré capaz de dormir como sigan dando esos gritos ahí adelante. ¿Será alguien que se ha hecho daño con algo? Nunca había escuchado unas voces tan fuertes.

La mirada del pequeño compuso un gesto de inocente ignorancia tras arrugar el entrecejo en actitud pensativa. Miró hacia arriba, como si buscase la sabiduría de una persona adulta, pues para él su hermana era muy mayor.

—No sé cuándo vendrán. No tengo ni idea. Pero supongo que no tarden mucho. Seguro que la policía se hará cargo enseguida de la cosa.

Judith aseguró aquello en voz baja, mientras contemplaba con intriga la solitaria avenida. La temperatura era mucho más agradable ahí afuera, donde la brisa, aunque todavía cálida, jugueteaba con sus cabellos y acariciaba su cuerpo con dulzura. La fragancia a naturaleza fértil que flotaba entre las partículas de aire llenó sus pulmones y la invitó a desviar la mirada hacia los campos que delimitaban la villa, cuyas formas se veían ahora arropadas por el manto de la noche. La cúpula celeste se veía cuajada de estrellas.

Pero un nuevo grito rasgó el ambiente y deshizo aquel hechizo de la noche en mil pedazos.

LA JAURÍA

1

Jordán no dio crédito a sus ojos cuando vio levantarse al hombre que hasta entonces yaciera, con languidez, sobre aquel campo de trigo. Se dijo que aquello tenía que ser cosa del diablo. Aunque lo cierto es que nunca había creído demasiado en ese tipo de cosas. Pero lo que estaba viendo con sus propios ojos, aún encaramado sobre aquel tronco, justo allí donde dos gruesas ramas formaban una especie de Y con el tallo, era digno de la película de terror más espeluznante. La joven que estaba junto a él se puso muy tensa al momento. Ambos contemplaron, estupefactos, cómo el hombre se levantaba con dificultad sobre el duro suelo del campo. La luz de las estrellas y la luna era lo único que iluminaba el terreno. Los movimientos del individuo parecían rígidos y torpes, como si en verdad fuera un muerto recién salido de su tumba. Por supuesto, parecía muy confuso. Cuando comenzó a caminar lo hizo de manera errática y descoordinada.

—¡Dios mío, no está muerto! —exclamó ella, sobrecogida por el impacto de aquello que veía y las implicaciones que esto pudiera acarrear. Su llanto se tiñó ahora de una mezcla entre la confusión y la esperanza. Pero había dos cosas que le impedían sentirse aliviada. La certeza de que algo macabro había en todo aquel asunto, y el miedo por lo que pudiera pasarle a su novio en el campo, no permitieron que su corazón palpitara más tranquilo—. Tenemos que ayudarle antes de que esos putos perros vayan otra vez a por él, Jordán.

—Lo mejor será que llamemos su atención sin hacer mucho ruido. Podríamos atraer otra vez a los perros hasta aquí si no tenemos cuidado. Si le ven ahí abajo indefenso, no dudarán en ir a por él —propuso Jordán de forma acelerada. Pero lo cierto es que el joven no las tenía todas consigo. Pensó que quizás aquel hombre ya no fuera en absoluto dueño de sus actos. Tuvo la extraña sensación de que podría representar un peligro para ellos. Sin embargo, no podía admitir esto ante la chica. Ella tendría que darse cuenta por sí misma de todo aquello, si es que el joven estaba en lo cierto.

—¿Tienes alguna linterna en tu mochila o algo parecido con lo que podamos encender una luz para que nos vea? —preguntó la chica muy excitada y nerviosa.

—Tengo aquí mismo mi móvil. Su luz será suficiente para que nos pueda ver.

Jordán tragó saliva. Pensó que quizás ellos mismos se estuvieran poniendo en peligro de nuevo, de aquella forma tan imprudente. Pero sabía que no podía hacer otra cosa. Temía que la situación terminara por llevar a la chica a los brazos de la histeria, la locura o algo similar. De momento no le quedaba otra alternativa que fingir que deseaba lo mismo que ella.

Cuando la luz del teléfono rasgó la oscuridad de la noche, el vello de los brazos del muchacho se erizó como escarpias. La luz era lo único que funcionaba ya del aparato. Ambos habían intentado horas antes llamar a la policía, pero se dieron cuenta entonces de cómo sus celulares no daban llamada de ninguna de las maneras.

Al instante, aquella silueta errática se detuvo unos segundos sobre el campo. Jordán pudo escuchar, sobrecogido, cómo emitía una especie de gutural lamento. El sonido enseguida se elevó en el silencio de la noche de manera alarmante. Poco después, el gruñido de un perro puso de manifiesto que éstos ya habían advertido algo nuevo en aquella zona de los campos. Varios de ellos corrían por la amplia pista de tierra en dirección al hombre, que se tambaleaba sobre el campo como un borracho.

—¡Corre, Marco, corre! —gritó espantada la chica, al comprobar que ya era inútil intentar pasar desapercibidos. Los perros habían vuelto y su novio estaba en peligro otra vez—. Está como aturdido, no se entera de lo que está pasando. Tengo que ir a ayudarle antes de que lo cojan.

—Los perros ya están casi encima de él. Corren demasiado. No conseguirás nunca llegar antes de que le hayan rodeado. Además... no sé... tu novio parece que ya no... no sé... es como si él no fuera...

—¿Qué gilipolleces estás diciendo? No voy a dejar a mi

novio sólo ahí abajo. Iré con él, aunque esos putos perros me devoren a mordiscos.

Los ladridos de aquellos animales de aspecto enfermizo inundaron el aire de la noche. Jordán se quedó paralizado, presa del horror durante unos segundos. No pudo impedir que la joven se bajara de un salto para internarse en la pista de tierra y echar luego a correr en dirección al campo donde estaba Marco. Jordán maldijo entre dientes su suerte. No podía soportar la idea de quedarse allí de manera tan cobarde, mientras la chica arriesgaba su vida. Aunque consideraba una estupidez entregarse al peligro de manera tan imprudente, sin pensarlo más, y apretando los dientes ante el peligro, se bajó del árbol con presteza.

Mientras corría a la zaga de Tamara, a la que no tardaría mucho en alcanzar, comprobó desconcertado cómo los perros ignoraban al otro hombre. Este se mantenía en precario equilibrio sobre el campo. Los animales avanzaron a la carrera en dirección a ellos dos.

Lo peor es que ahora por el otro lado, donde estaba la arboleda en la que antes se habían refugiado, también surgieron varias figuras más de cánidos enardecidos. Estaban casi rodeados. Pronto los animales se abalanzarían sobre ellos.

2

El Golf State; aquella ranchera de color gris metalizado que salió de Cihundi cuando ya rayaban la una de la madrugada, llamó la atención de Álex al momento. Pudo escuchar su motor en medio de la noche. El hombre observó al vehículo salir del garaje de Joel para girar a la izquierda por la avenida de chalets, en dirección a la salida del pueblo. Escrutando entre los cortinajes de su salón, ahora con la luz apagada para no llamar demasiado la atención, comprobó cómo dos personas más montaran en el vehículo.

Álex a esas alturas de la madrugada ya había advertido, como no podía ser de otra manera, que algo grave pasaba en el pueblo. Había escuchado gritos un poco más allá, provenientes del otro lado de la avenida de chalets.

Esto incrementaba de forma alarmante su preocupación. Si estaba sucediendo algo extraño que pudiera llevar al pueblo a la policía, ello suponía que tendría que andarse con mucho más cuidado. Tenía que limpiar todos aquellos rastros de sangre cuanto antes. Debía esconder a la mujer en un lugar donde no fuera fácil encontrarla. Lo que no sabía aún, era lo que iba a hacer con aquella camioneta blanca del matrimonio. El vehículo seguía aparcado frente a la puerta de su casa. No podía meterlo en su propio garaje sin antes sacar el suyo, que ocupaba la mayor parte del mismo. Si alguien decidía acercarse a su casa aquella noche, no tardaría en sospechar algo. Por otro lado se dijo que quizás lo que estaba sucediendo en el pueblo, lejos de atraer las sospechas sobre él, mantuviera su casa alejada de la vista de posibles curiosos. Su mente era por entonces un hervidero de ideas confusas y contradictorias y le resultaba difícil trazar un pensamiento coherente o alejar el sentimiento de hambre que se acrecentaba. Había procurado aplacarlo con comida basura que tenía en la nevera, pero, por más que engulló, no sintió que el vacío de su estómago se llenara.

Álex decidió que era el momento de ponerse manos a la obra. Tenía que limpiar su casa de restos que pudieran delatarle. Lo primero que hizo fue bajar la persiana del salón con cuidado. Lo hizo muy despacio, para que el sonido no llamara mucho la atención de quien pudiera estar afuera husmeando. Luego encendió la luz. Observó con detenimiento todos aquellos restos de sangre que había por el suelo y en la alfombra. Aquella estancia no iba a ser la que más tiempo le ocupara. Había algunas manchas en forma de rastro alargado, pero no creía que fuera algo demasiado complicado de eliminar. Mientras iba a por el cubo y la fregona, lanzó una rápida mirada al cuerpo que había dejado tendido sobre el sofá. Le había costado lo suyo subirlo allí arriba. Aunque el esfuerzo no había sido ni la cuarta parte de intenso que el que había tenido que hacer para meter el cadáver de su marido en el refrigerador.

Cuando se acercó a Sonia, se dijo que tendría que coser aquel labio partido. No quería que la herida cicatrizara dejando una marca demasiado horrorosa. Aparte de la boca, también tenía un pómulo hinchado, a causa del puñetazo que al final le propinó, a modo de advertencia, cuando la encontrara intentando huir. Pero ahora la mujer estaba dormida. La había sedado con algo que guardaba en su cocina, bajo una baldosa suelta que había en el compartimento del fregadero. Algo muy especial que reservaba para una ocasión como aquella.

—Tú serás mi aprendiz, ya lo verás —susurró el hombre, cerca del oído de Sonia—. Depositaré en ti todo mi arte. Heredarás mis dotes y mi maestría y luego legarás nuestro tesoro a tus propios hijos. ¿Quién sabe? Tal vez tenga que poner mi granito de arena para que los engendres. Tú marido ahora ya no creo que esté muy capacitado para ello. Todo sea por perpetuar mi arte. Pero eso ya se verá más adelante. Ahora aún queda mucho trabajo por hacer.

3

Entre tanto, Joel, el argentino y el alcalde salían del pueblo a bastante velocidad con la ranchera del programador. Se internaron en la solitaria carretera que atravesaba por aquella vasta zona de viñedos y demás campos, en dirección a la localidad de Los Jarros. Allí vivía un veterinario que era conocido del alcalde. Por su puesto, también tenían pensado avisar a la policía y a una ambulancia. Pero dado que no funcionaba en todo Cihundi un solo teléfono, ni móvil ni fijo, tuvieron que tomar la decisión de ir en coche a por la ayuda.

—¿A ustedes no les parece de los más extraño que justo hoy que pasa esto los teléfonos no funcionen, amigos?

—preguntó el viejo argentino, quien iba en el asiento del copiloto y que en esos momentos se atusaba con nerviosismo la canosa perilla.

—Pues no sé si será una casualidad o no. Seguramente lo sea, pero lo cierto es que es una jodida casualidad que nos está puteando que no veas —farfulló malhumorado el conductor, mientras se mantenía concentrado mirando a la carretera, con el ceño fruncido—. Esa vieja tiene algo asqueroso bajo la piel. Debisteis avisar a alguien al saber que su perro andaba por ahí merodeando con ese aspecto enfermizo. Estoy convencido de que le ha pegado algún parásito bastante jodido.

—Sólo de pensar en ello me hace revolver el estómago —admitió con semblante pálido Agustín. Iba en el asiento de atrás, un poco inclinado hacia el medio para poder ver la carretera y no marearse demasiado. En aquellos momentos se taponaba la herida que tenía cerca del cuello. Si bien no sangraba mucho, había comenzado a palpitarle de manera alarmante—. Joder, espero que esa mierda no sea contagiosa de humano a humano. La vieja me ha pegado un buen mordisco. No puedo dejar de pensar en esa especie de gusanos que se movían bajo su piel.

En todo el tramo de carretera hasta Los Jarros no había una sola luz iluminando el trayecto. Tan sólo los faros de la ranchera rasgaban la negrura de la noche. Allá donde los haces de luz morían, todo era oscuridad y silencio. Los solitarios campos se extendían a sus flancos como inmensas masas de trigo crecido o hileras ordenadas de achaparradas vides. El horizonte estrellado parecía engullir a lo lejos la carretera.

—Había oído hablar de parásitos realmente asquerosos que los perros y otros animales pueden contagiar al hombre —continuó diciendo Joel, con los ojos entornados por la concentración—. Pero jamás había oído que alguno de esos parásitos pudiera provocar semejantes ataques de rabia como los que sufre esa anciana. Espero que Efrén y los demás no la dejen que se suelte. Como ande por ahí dando mordiscos a la peña, esto puede convertirse en un desastre. No sé si ha sido muy buena idea dejar al dueño del bar al cargo de todo eso. El hombre parecía muy asustado. Ni siquiera se atrevió a entrar con nosotros la segunda vez, cuando yo llegué.

—Lo siento mucho, pero yo no podía quedarme por nada del mundo. No con esta herida tan cerca del cuello —agregó Agustín de inmediato, que respiraba ahora con un poco de dificultad. Su pecho velludo se hinchaba con cada bocanada de aire. Si el hombre ya respiraba mal debido a su sobrepeso y a todo lo que fumaba, ahora parecía que este hecho se había agravado de forma ostensible—. Si no me ve un médico cuanto antes, creo que me va a dar algo. Estoy muy preocupado. Sólo pensar que esos bichos pueden estar ahora reproduciéndose dentro de mi cuerpo me hace temblar. Dicho en plata: estoy acojonado, amigos.

Ninguno de los otros se atrevió entonces a añadir nada. Joel pensaba que había bastantes posibilidades de que el hombre tuviera ahora unas cuantas miles de pequeñas larvas criando en aquella fea herida. No tenía ni remota idea de cómo se reproduciría aquella cosa. Pero el hecho de que una infectada le hubiera mordido no se le antojaba precisamente halagüeño. Sin embargo, por otra parte tampoco quería alarmar al hombre. Encontrarían a un médico y a un veterinario y que fueran ellos quienes dieran un diagnóstico más profesional.

Pero justo entonces, algo que había a un lado de la carretera hizo que los tres se sobresaltaran. El primero en verlo fue Claudio. Gritó bastante asustado, para exasperación de Joel, que estuvo a punto de dar un brusco volantazo por culpa del exabrupto.

—¿Pero qué reconcha es eso, boludo? Pero si parece que se haya salido de la tumba —preguntó el argentino luego, al mismo tiempo que observaba aquella pálida figura que había surgido a uno de los márgenes de la carretera. Cuando los faros del vehículo habían iluminado la silueta que avanzaba muy despacio, de manera un poco renqueante, el argentino pudo ver a un hombre con el rostro descolorido y los cabellos desgreñados sobre la cabeza. Tenía un aspecto muy enfermizo. Ahora la fantasmal figura había quedado atrás. Joel tuvo que detener la ranchera para ver de quién se trataba. Mirando por el espejo retrovisor apenas pudo distinguir una vaga forma humana a unos metros del coche. Aquel individuo parecía haberse detenido también. Pronto el programador advirtió cómo comenzaba a darse la vuelta hacia ellos.

—Joder, menuda lleva encima —aventuró Agustín, pensando que quizás el hombre estuviera drogado o borracho. Observó los movimientos del hombre en la densa oscuridad, a través de la luna trasera del vehículo. Lo cierto es que un miedo atávico comenzó a despertar en el centro de su estómago.

—Hay algo raro en él. No sé, pero me parece que más que borracho o drogado debe estar enfermo —barajó Joel, sin quitar la vista del retrovisor—. ¿Qué cojones hará aquí en medio de la nada y a estas horas? Desde luego, hoy no es una noche muy normal precisamente.

Joel comenzó a abrir la puerta de su lado sin mediar más palabras. Claudio palideció presa del miedo, pero no dijo nada tampoco. No sabía bien porqué, pero en esos momentos pensó que quizás aquel hombre supusiera una amenaza para ellos. Después de todo, tras el suceso que habían vivido con la vieja, no resultaba tan descabellado pensar que aquel extraño parásito hubiera vuelto loco a más de uno en el pueblo y las inmediaciones.

—¿Hola? —preguntó Joel mientras se acercaba muy despacio a la figura del hombre. Cuando éste hubo terminado de darse la vuelta, el programador advirtió que era una persona joven. Su rostro así lo delataba, a pesar de lo deslucido que estaba. Era bastante alto y delgado, y tenía el pelo de un llamativo color pelirrojo.

—*Tené*, cuidado, amigo —escuchó que le decía Claudio, quien se bajó poco después que él, pero con mayor cautela—, quién sabe si estará también contagiado por esa especie de rabia. El perro de la señora Pura hace tiempo que anda vagabundeando por ahí.

En ese momento ambos escucharon los gruñidos que el

joven emitía entre dientes. Se les puso el vello de los brazos como escarpias. Un olor penetrante hizo que torcieran el gesto, asqueados. El miedo se incrementó en sus entrañas al ver aquellos ojos vacuos que les miraban sin rastro alguno de humanidad.

Lo siguiente ocurrió todo muy deprisa. Antes de que pudieran asimilarlo, el joven se abalanzó sobre ellos con una rapidez hasta entonces insospechada. Joel apenas tuvo tiempo de esquivarle cuando se lanzó a por él. Luego se colocó tras la puerta del coche, que aún seguía abierta, al mismo tiempo que Claudio se refugiaba en su interior atemorizado por completo. El joven pelirrojo pareció sufrir un momento de confusión al ver su avance entorpecido por aquella puerta. En su rostro pálido se dibujó una expresión parecida a la ofuscación. Aún seguía lanzando gruñidos al aire cálido de la noche. Joel pensó que parecía una bestia rabiosa. El programador no perdió un solo segundo más. Se metió dentro del coche. Al momento comprobó cómo su atacante aporreaba la ventanilla, enardecido por la frustración.

Por la mente de Joel pasaron, en una fracción de segundo, un millón de pensamientos, muchos de ellos encontrados. Él siempre había sido un hombre pragmático, que no gustaba de andar enredándose en los asuntos de otros seres humanos. Siempre había preferido ir a lo suyo sin que nadie le molestara más de la cuenta. Pero ahora resulta que se había visto inmerso en toda aquella historia absurda y macabra. Y pensar que el hombre había elegido aquel lugar para vivir, creyendo que así encontraría calma para realizar sus programas.

—*Arrancá* el coche de una vez, boludo —lo instó con impaciencia el argentino, al ver cómo el hombre se había paralizado sobre el asiento, sobrepasado por los hechos—. Tenemos que salir de aquí ahora mismo. Hay que ir en busca de ayuda antes de que esto se vuelva un manicomio.

Joel dudó sólo por un instante si quedarse e intentar ayudar a aquel joven contagiado o lo que diablos quisiera que fuese. Pero luego se dijo que no podía hacer nada más por él. Tendría que arreglárselas solo mientras ellos iban hasta Los Jarros en busca de ayuda. Pero justo cuando ponía en marcha la ranchera, pudo presenciar, atónito, cómo una jauría de perros rabiosos se arremolinaban en torno al vehículo. Ladraban furiosos, salivando y enseñando los dientes. Las sombras que formaban sus cuerpos al entrar en la zona iluminada por los faros, danzaban al ritmo de sus agresivos saltos. Surgieron de pronto de entre los campos de vid, como fantasmas en la noche. Envistieron la carrocería del coche repetidas veces. Lanzaron fieros zarpazos, pues parecía que ahora poseían algo similar en sus patas, abriendo surcos sobre la chapa. Se lanzaron sobre las ruedas intentando hincar allí los dientes.

Pero el vehículo pudo salir de allí a toda velocidad, haciendo chirriar sus cubiertas sobre el asfalto. Fue como una nota más de estruendo en aquella noche, cuyo silencio había sido ya mancillado por los gruñidos de los perros y de aquel joven demacrado.

—¡La concha de su madre! Sea lo que sea ese parásito

está trastocando a los perros y a los hombres de una manera tremenda, loco.

—¡Joder, tenéis que llevarme cuanto antes al puto hospital! —farfulló alarmado Agustín. Lamentaba tener que oír al argentino, cuyas palabras no le tranquilizaban mucho precisamente—. No sé si es ya impresión mía por lo que está pasando, pero me pica todo el cuerpo. ¡Joder, me apetece arrancarme la piel a tiras de lo que me pica!

Lo cierto es que, aunque tanto a Joel como al argentino les empezaba a preocupar mucho llevar justo detrás al alcalde herido, ninguno de los dos se aventuró a exteriorizar sus temores. Tan sólo querían llegar cuanto antes a la ciudad, para no verse más en aquella tesitura.

4

Mientras aquello ocurría en la carretera, Efrén; aquel camarero corpulento que se había quedado al cuidado de la anciana, se vio superado por sus miedos. El hombre estaba junto al umbral de la habitación. Rezaba para que aquella señora dejara de una vez de retorcerse sobre el colchón, para que no siguiera chillando como una posesa. De pronto algo hizo que él reculara. Al observar aquel vientre tirante y seco bajo el esquelético tórax, se dio cuenta horrorizado de que algo se retorcía en su interior. Se percató al mismo tiempo de que los pechos, antes lánguidos pero grandes, casi habían desaparecido por completo. Estaban como consumidos por algo que la anciana tenía en sus entrañas. El hombre pensó que ya no había salvación posible para aquella vieja. Fuera lo que fuese que la afectaba, a buen seguro ya era tarde para atajarlo. Se dio media vuelta, con intención de no complicarse más la vida allí. Tras él, en el pasillo, estaban varios vecinos más. Esperaban con expectación lo que el hombre pudiera decirles. No se atrevían a ir más allá. Permanecían a la espera de que Joel y los otros dos vinieran con ayuda. Todos estaban sobrecogidos. Nadie entendía por qué las líneas de comunicación no funcionaban.

—¿Vas a marcharte? —preguntó uno de ellos, un tanto asombrado. La congoja que sentía no le permitió interrogar al camarero con mayor dureza—. ¿Y si consigue soltarse?

—Pues quédate tú a vigilarla. Yo ya estoy cansado por hoy de complicaciones. No es culpa mía y no soy quién para ayudar a esta vieja. Habrá que esperar a que venga la policía y una ambulancia. No puedo hacer otra cosa—. Aunque Efrén llevaba parte de razón en aquello que decía, también era cierto que alguien debería quedarse a vigilar la casa.

—Pero si se suelta podría hacerse daño o volver a agredir a alguien más —replicó el otro, sin ser capaz de que su voz sonara demasiado convincente. Se trataba de uno de los barrenderos que trabajaban para el ayuntamiento del lugar. Era un tipo menudo, de rostro afilado y reluciente calva—. Deberíamos quedarnos todos los que estamos aquí. Si uno a uno decidimos escaquearnos, esto puede terminar mucho peor.

Pero el camarero se hizo paso, sin mediar más palabras, entre la gente que se encontraba en aquel pasillo. Todos tenían el miedo reflejado en sus rostros. Pero seguían allí, expectantes, por lo que pudiera pasarle a la anciana. Se sintió un poco culpable al ver que era el único en abandonar la situación. Pero se dijo que quizás muchas de aquellas personas seguían ahí tan sólo porque el morbo que les carcomía las entrañas era más poderoso que el miedo que sentían.

Mientras salía por la puerta de chalet, con la cabeza gacha a causa de la vergüenza, aún seguían llegando hasta sus oídos los gritos enardecidos de la anciana. Llegaban entremezclados con el clamor que ésta producía al revolverse sobre la cama.

5

Judith estaba cada vez más preocupada. Su madre había regresado junto a ellos tres cuando Joel había ido en busca del coche. Pero la chica no estaría tranquila hasta que éste volviera también a casa. El resto de vecinos le importaban una mierda, como ella misma habría dicho. Pero quería que su familia estuviera al completo dentro de su casa. Por lo menos mientras aquello tan extraño no fuera resuelto por alguien con capacidad suficiente. De cuando en cuando, se asomaba con sigilo a la ventana de su habitación. Se dio cuenta de que el vecino de enfrente había bajado las persianas de su salón. Esto no hizo sino incrementar sus dudas y sospechas con respecto a él. Sus hermanos gemelos ahora estaban en el salón de la casa, junto a su madre. Atormentaban a la pobre mujer con preguntas para muchas de las cuales no tenía una respuesta satisfactoria.

—Callaos un momento, niños. Pronto vuestro padre volverá con un médico y con la policía. No tenéis que preocupaos más. Esa señora está enferma y no hay más explicaciones. Ni zombis, ni vampiros, ni pepinillos en vinagre. Voy a tener que coger todos esos cómics que tenéis en la habitación y tirarlos a la basura. Os están comiendo el coco.

Aunque la atractiva mujer de cabellos teñidos de rojo dijo aquello con determinación, algunos minutos después lamentó haber mandado callar a sus hijos. Era preferible oír sus voces que aquellos gritos aberrantes que se escuchaban en la noche a intervalos irregulares. Sonaban incluso a veces un tanto obscenos. En algún momento de la noche la anciana comenzó a lanzar carcajadas entre gritos de cólera. El pueblo entero se estremecía con aquellos ecos preñados de maldad.

6

Al fin, cuando rayaban ya las dos de la madrugada, aquellos que velaban por la vieja pudieron observar cómo su pecho se desinflaba para no volver a coger aire nunca más. Al menos de forma aparente. Sus ojos se quedaron fijos, vacíos de vida. Miraban sin ver hacia el techo de la habitación. Aquel barrendero de cuerpo menudo que le había reprochado su actitud cobarde a Efrén, se acercó con mucha cautela, casi de puntillas a la habitación. Penetró en el lugar poniendo sumo cuidado en lo que hacía, procurando no hacer demasiado ruido al avanzar. Cuando al fin estuvo frente al lecho, donde la anciana se había quedado inmóvil, acercó su rostro al de la vieja. Observó más de cerca su aspecto y sus posibles reacciones. Todo parecía indicar que ya no respiraba. Pero enseguida se dio cuenta, asqueado, de que bajo su piel arrugada se revolvían centenares de bultos con forma de gusano.

—Parece que está muerta. —informó al resto de personas que se habían acercado hasta el umbral de la habitación, atreviéndose a alzar un poco la voz.

Aquellas fueron sus últimas palabras.

7

Cuando quedaban un par de kilómetros para llegar hasta la ciudad, el argentino sacó su teléfono móvil del bolsillo. Lo hizo con mano trémula por el nerviosismo. Quería mirar si allí tenía al fin cobertura. Sin embargo, lo que vio entonces sirvió para que se diera cuenta de algo nuevo. No es que sus aparatos no tuvieran cobertura, sino que por alguna razón desconocida habían dejado de funcionar, pero de manera paulatina.

—Este cacharro mío ya no *funca*, la concha de su madre. Igual no es que no tuviéramos cobertura en el pueblo. Miren, amigos, la pantalla está como llena de suciedad. Son como hongos o algo así.

Joel se atrevió a desviar un momento su mirada de la carretera. Comprobó, alarmado, lo que el argentino decía. La pantalla de aquel celular estaba medio velada por una sustancia blancuzca. La mancha parecía haber surgido desde el interior del aparato. Empezó a preguntarse entonces si aquellos parásitos, que habían afectado a humanos y perros, no estarían también deteriorando la electrónica de sus aparatos.

—Esto es como un puto virus que ataca tanto a carne, como a hardware, como a software, como a mente, todo por igual —masculló entre dientes, sin que los otros pudieran entender muy bien lo que decía.

LOS HABITANTES DE LAS ENTRAÑAS

1

—Sí esta cosa tarda tan poco tiempo como dices que tardó en afectar a tu novio, nosotros también estamos perdidos —conjeturó Jordán con pesimismo. Se miraba aquella marca que tenía en el brazo izquierdo, donde podía verse una huella sanguinolenta y amoratada con forma de herradura. Se podían distinguir las marcas y los orificios de unos colmillos caninos sobre la carne herida—. Lo que no entiendo es por qué, si estaban tan jodidamente ansiosos por mordernos, tan rabiosos que llevaban horas acechándonos, luego se limitaron a mordernos en un brazo y una pierna para marcharse sin más. Todo esto es absurdo. No tiene ningún sentido. Y a tu novio ni siquiera le ladraron. Era como si para ellos no existiera.

Ambos jóvenes caminaban despacio en medio de la oscuridad que envolvía aquellos parajes. Avanzaban por la pista de tierra flanqueada de campos y suaves lomas. Jordán se aferraba el brazo izquierdo con la mano derecha, allí donde uno de los perros le había dejado aquel feo mordisco, mientras su rostro adoptaba una mueca de dolor. Cuando habían acudido en busca de Marco, los perros que surgieran por todos lados se abalanzaron sobre ellos como una jauría rabiosa. A Jordán uno de ellos le mordió en un brazo, mientras que Tamara era atacada en una pierna. Luego los perros se marcharon sin más, como si ya no les interesara la presencia de esos dos jóvenes. Mientras todo aquello ocurría, Marco se había perdido campo adentro. Ahora ya no sabían dónde estaba ni tenían fuerzas para buscarlo en medio de la oscuridad. Habían decidido ir a por ayuda hasta Cihundi, que era el pueblo que tenían más cerca. Sus móviles seguían sin tener cobertura, aunque advirtieron que era más bien como si algo estuviera dificultando su funcionamiento.

—Antes... antes te mentí —comenzó a explicar la chica, mientras el otro le lanzaba una mirada cargada de sorpresa—. Verás, mi novio no fue atacado hoy por uno de esos perros. En realidad fue ya hace unos días. Caminábamos por aquí cerca cuando nos encontramos con uno de ellos. Tenía un aspecto horrible, como si padeciera sarna pero más desagradable aún. Se acercó a nosotros surgido de entre los campos, junto a la carretera. Cuando Marco quiso acercarse a él a ver qué era lo que podía pasarle, éste se le echó encima. Comenzó a arañarle con las patas. Luego le lamió aquellas marcas que le había dejado sobre los brazos, y se marchó sin más. Al principio no le dimos importancia a todo aquello. A pesar del feo aspecto que presentaba el animal, pensamos que unos rasguños no podían provocar nada grave. Marco se limitó a limpiárselos con alcohol cuando llegamos a casa. No creyó oportuno ver a un médico ni hacerse algunas pruebas. Pero ya al día siguiente, por la mañana, comenzó a sentir unos tremendos picores por todo el cuerpo. Se rascaba sin parar, aunque trató de disimularlo al principio, ya que no quería que yo le obligara a ir al médico. Siempre le han dado fobia los centros de salud y esas cosas. Pero conforme los días pasaron, los picores se fueron haciendo más intensos. Hoy me había dicho que iría sin falta si el cuerpo no dejaba de picarle, pero primero me pidió ir a pasear. Ya ves, cuando estábamos por aquí cerca todo se agravó hasta llegar a ser insoportable. Le picaba tanto todo el cuerpo que incluso se levantó trozos de piel mientras se rascaba. Al mirar sus brazos descubrimos horrorizados cómo algo parecía estar moviéndose allí dentro. Eran como pequeños gusanos que se hubieran metido allí debajo. Dios... cada vez que lo pienso me... es algo tan... dios, mi pobre Marco.

La chica no pudo contener por más tiempo las lágrimas. Sus palabras fueron sofocadas por aquel sollozo creciente. Al final no pudo sino balbucir algo ininteligible. Ambos se pararon en medio del camino. Jordán no dudó esta vez en abrazarla unos segundos. Trató de consolarla en la medida de lo posible. Tamara lo estaba pasando muy mal, y lo peor es que ahora no sabía dónde podía estar su novio.

—Dios mío, Jordán, tiene un aspecto tan horrible. Huele tan... tan... es casi como si estuviera muerto. Cuando se cayó al suelo parecía que ya ni siquiera respiraba.

—De momento no podemos hacer nada más por él, más

que intentar llegar al pueblo para pedir ayuda. Jamás lo encontraremos en medio de esta oscuridad. Además, tiene que vernos un médico cuanto antes. Si es como dices, todavía tenemos unos días antes de que esa extraña peste acabe con nosotros.

El cuerpo de Tamara se convulsionó a causa del llanto, mientras hundía su rostro en el pecho del muchacho. Jordán notó el calor de aquellas lágrimas que rodaban sobre su torso. Acarició con timidez los rubios cabellos de la chica. Su brazo herido palpitaba cada vez con más fuerza, pero aguantó el dolor apretando los dientes con rabia. Se dijo que tenía que mostrarse fuerte. Aunque tenía ganas de llorar también, reprimió su llanto para mostrar un poco de entereza ante la chica.

2

Había más de dos docenas de vecinos allí afuera congregados, frente a la casa de la señora Pura, cuando los gritos del barrendero que estaba dentro surgieron como si fueran los de un cerdo en el matadero. Dos hombres de los que se habían adentrado en el pasillo de la casa corrieron enseguida a ver qué pasaba. Al entrar en la habitación pudieron constatar cómo la anciana se había liberado de una de las ataduras, la que hasta entonces le inmovilizaba la muñeca izquierda al cabecero de la cama. Con esa mano agarraba al barrendero por la nuca con torpeza. Estiraba aquel cuello seco, casi esquelético, para cerrar sus mandíbulas justo sobre el pescuezo del hombre. Le había cercenado la yugular de un solo mordisco. Ahora la sangre manaba a chorros sobre el torso de la anciana, que se convulsionaba con furia mientras parecía estar deleitándose con aquel fluido. Los hombres que acababan de entrar presenciaron sobrecogidos aquel dantesco espectáculo. La víctima de aquel salvaje ataque se retorcía sobre la anciana. Perdía fuerzas mientras la vida se le escapaba a chorros por el cuello. Pronto se desvaneció sobre la cama, mientras sus piernas pataleaban. De su garganta abierta surgían guturales quejidos con los últimos estertores. Los hombres se quedaron paralizados sin saber qué hacer. Segundos después la luz parpadeó dos veces hasta apagarse con un latigazo de corriente que restalló en alguna parte.

La casa se quedó a oscuras por completo. Quienes seguían en el pasillo tan sólo pudieron escuchar un alborozo tremendo en la habitación. Entre gritos de sorpresa y rabia, se dieron cuenta de que alguien forcejeaba adentro. Luego el chillido infrahumano de la vieja les hizo saber que ésta se había liberado por completo y corría hacia ellos. Un joven que aún conservaba luz en su teléfono móvil pudo contemplar, al iluminar el pasillo con su pantalla, cómo la vieja estaba tendida sobre el cuerpo de un hombre que había sobre el suelo. Hundía su rostro empapado de sangre en el torso abierto de aquel cuerpo. Pudieron escucharse unos sonidos horrendos de chasquidos y muelas triturando. La anciana alzó el rostro. El joven comprobó cómo masticaba unos trozos de vísceras con avidez, mientras regueros de sangre resbalaban por sus pechos ahora consumidos.

Alrededor todo era confusión. La gente gritaba presa del miedo. La mayoría había salido de la casa. Cuando el joven miró hacia la puerta principal descubrió, alarmado, cómo alguien la cerraba desde afuera.

—¡Esperad, joder! —gritó aterrado, mientras la adrenalina recorría sus entrañas como un rayo cargado de potencia—. Estoy aquí dentro todavía.

Afuera la histeria se desató. El miedo comenzó a bullir como un caldo abrasador entre las personas. Se desataron rencillas entre los presentes, fruto de la ofuscación y el miedo. Una mujer se tiró presa de la rabia hacia el hombre que había cerrado la puerta de la casa. Lo acusó de haber dejado adentro a su hijo, indefenso ante la cosa en que la vieja se había convertido.

—¡Has dejado a mi hijo dentro, hijo de la gran puta!

El corazón de aquella madre palpitaba con tal fuerza que incluso temió que le estallara. Después de enfrentarse al hombre que había cerrado la puerta, corrió hacia la casa. Estaba poseída por el temor de lo que pudiera pasarle a su hijo. Varias personas trataron de detenerla, pero la mayoría la apoyaron. No podían dejar allí dentro a nadie, junto con aquella anciana que estaba fuera de control.

3

Álex terminó de fregar el recibidor de su casa, eliminando hasta el último rastro de sangre con la fregona. Aquel alborozo que llegaba desde afuera le hizo preguntarse una vez más qué diablos sería lo que estaba ocurriendo en Cihundi a esas horas de la madrugada. Se apoyó sobre el palo de la fregona con gesto cansado. Sentía agarrotada la zona de los riñones. Había limpiado toda la casa en un tiempo record. Aunque pensó que quizás se le hubiera escapado algún resto en alguna esquina, alguna prueba de sus actos criminales. De ser así, esperaría hasta la mañana para poder ocuparse de ello. Inspeccionaría cada rincón con meticulosidad. Ahora estaba ansioso por ver cómo se encontraba su materia prima nueva. Por fin podría maquillar a un ser humano muerto. Era algo que llevaba deseando casi desde niño. Había mantenido tantos años en secreto su pasión. Desde que su padre le dejara claro que no se iba dedicar a aquello, jamás se había atrevido a confesarle a nadie su verdadera vocación. Hasta hacía unos días, claro.

Entonces algo le rescató de las profundidades de sus pensamientos. Se había quedado inmerso en los océanos de esos recuerdos, cuando de pronto su mirada pasó de manera inconsciente sobre algo. Una fracción de segundo después procesó aquella información que sus ojos habían recogido. Volvió a escrutar el lugar, alarmado. Otra vez aquello. Pero ahora había surgido justo a la entrada de su casa, en el mismo recibidor que acababa de limpiar. El cuerpo mórbido y alargado estaba enganchado en la parte interna de un paragüero que había a un lado de la puerta.

El rostro de Álex se torció en una mueca de desagrado y

163

sorpresa. Su cuerpo se convulsionó de forma instintiva. Casi había olvidado aquel extraño cuerpo que surgiera hacía algunos días en las paredes de su sótano. Pero ahora aquella espantosa visión fue como una bofetada en pleno rostro. Haciendo de tripas corazón, se agachó para observar el extraño cuerpo más de cerca. Una vez en cuclillas sobre el paragüero, observó cómo aquella cosa parecía hincharse y contraerse. Era un movimiento parecido a la respiración, pero casi imperceptible. Su cuerpo, como de gusano alargado y membranoso, estaba formado por una serie de anillos viscosos. Pero lo peor eran aquellas cabezas, si es que eran tal las formaciones que había a ambos extremos, dotadas de ventosas y ganchos. Era como mirar a una criatura salida de las cloacas del infierno. Ante semejante imagen, Álex sólo pudo pensar en enfermedades y muerte. Se sintió tremendamente sucio. Era como si su casa estuviera corrompida por la huella de un pecado deplorable.

Y entonces no pudo esquivarlo. Antes de que tuviera tiempo de apartarse, aquella cosa expulsó una nube de gases a sus alrededor, emitiendo algo parecido a una ventosidad. Aquel olor fétido que acompañaba a los gases se le metió en las fosas nasales y la garganta, provocándole arcadas al momento.

Sintió unos picores en traquea y esófago que le hicieron toser hasta hacerse daño en esa zona. Al hacerlo se cayó hacia delante y a punto estuvo de tocar la cosa con su cara. Reculó de inmediato, arrastrando el trasero sobre el suelo, sin apartar su vista aterrada del extraño organismo.

—¿Qué cojones eres?¿Por qué estás invadiendo mi casa? Joder, eres asqueroso—. Masculló entre dientes, apoyándose con las palmas de las manos mientras estaba sentado en el suelo, con las rodillas apuntando al techo. Se sintió como un niño indefenso que acabara de descubrir algo aberrante. Algo sucio y retorcido.

Entonces, desde las profundidades más recónditas de su subconsciente emergieron ancestrales recuerdos que había tenido allí encerrados. Unas imágenes demasiado tormentosas surgieron a flote hasta el límite de su consciencia. En aquellas diapositivas cerebrales, ya algo borrosas por el paso de los tiempos, aparecían él y su padre junto a un cadáver al que éste último había estado maquillando. Sus mejillas de niño avergonzado estaban surcadas por las lágrimas. Su miembro viril pendía ahora lánguido pero palpitante todavía. Era evidente que hasta hacía apenas unos segundos éste había estado erecto.

Pero no, Álex rechazó aquellos pensamientos cerrando los ojos. Le hacían sentir demasiado sucio. Pero si abría los párpados y volvía a ver aquella cosa, esa misma sensación de suciedad resucitaría en sus entrañas de nuevo. Rara vez evocaba aquella escena en su mente. Era algo demasiado doloroso. Si no hubiera sido tan inconsciente y descuidado, seguro que su padre jamás se habría opuesto tan enconadamente a que pudiera desarrollar su sueño. Nunca le habría prohibido dedicar su vida a aquello que tanto amaba. Los muertos eran su pasión, su amor secreto e inconfesable. Inconfesables sobre todo porque en aquel mundo no había persona alguna que comprendiese su arte.

4

A unos tres kilómetros de allí, el Golf State de Joel describía una extraña trayectoria poco antes de llegar a Los Jarros. Ya habían alcanzado a ver las luces de la ciudad en medio de la noche cuando de pronto, en una recta descendente, el coche se fue a un lado y luego al otro. Al final se salió de la carretera. Luego aterrizó de costado sobre un suave montículo que había a un lado del asfalto.

Joel había perdido el control del vehículo a causa del terrible ataque que de pronto sufrió Agustín. El alcalde había comenzado a chillar en la parte de atrás. Se rascaba por todas partes como si quisiera arrancarse la piel a tiras. Gritaba encolerizado y en su voz sonaba un timbre que le hacía parecer otra persona. En un momento determinado, mientras Joel observaba sus reacciones, alarmado, a través del espejo retrovisor, se dio cuenta de que el hombre se impulsaba hacia los asientos delanteros. Aferró con ambas manos al argentino por el cuello. A partir de ahí todo ocurrió demasiado deprisa. El programador no pudo evitar el accidente.

Segundos antes de que la ranchera fuera a parar hasta aquel montículo de tierra, Agustín había salido proyectado por la ventanilla que luego quedó mirando hacia arriba, rompiendo los cristales con la frente. Su corpachón quedó medio fuera, tan sólo con las piernas dentro del coche.

—¿Estás bien, Claudio? —se interesó Joel, justo después de que el vehículo aterrizara allí. Los dos que iban delante no salieron tan mal parados. Sus cinturones de seguridad habían evitado que les pasara igual que a Agustín. Pero ahora estaban en una incómoda postura. Permanecían en sus asientos, con la gravedad tirando de ellos hacia un lado.

—Yo estoy bien, boludo, pero este hijo de las mil putas me quería estrangular —respondió Claudio, respirando aún con agitación por lo ocurrido.

Ambos se sentían preocupados por cómo pudiera reaccionar el alcalde. Tampoco estaban seguros de que hubiera sobrevivido al fuerte impacto. Había sido un accidente bastante aparatoso.

Con prontitud y sin mucha cautela, el argentino se quitó el cinturón. Salió por la ventanilla que miraba al cielo, a su lado derecho. Se clavó unos cristales diminutos en las palmas de las manos al agarrarse al hueco de la ventanilla, pero no fue nada preocupante. En pocos segundos pudo saltar hacia el suelo de tierra descendente. Luego observó la cabeza de Joel surgiendo por donde él había salido.

Cuando ambos estuvieron fuera, observaron la silueta inerte del alcalde. Tenía medio cuerpo fuera. En esos momentos estaba bocabajo, con el rostro mirando hacia la carrocería y cerca de la rueda trasera de ese lado.

—¿Y ahora qué hacemos, che? —preguntó el argentino, que miró con recelo aquel cuerpo que había ante ellos.

—No lo sé —resolló el programador con fastidio—. Yo

ya estoy cansado de decir que sólo soy un programador. Esto me queda un poco fuera de mis capacidades. Y encima no podemos pedir ayuda porque los jodidos teléfonos se han estropeado con esa mierda. Por cierto, más vale que los tiremos a tomar por culo. Por lo que veo, todo esto es jodidamente contagioso. Y pensar que mi familia sigue en el pueblo con esa vieja enferma. Habrá que rezar para que no se desate y vaya por ahí esparciendo esa porquería que lleva en el cuerpo.

El argentino no se atrevió a replicar las palabras de Joel. El programador parecía muy enfadado, además de sentir todas aquellas preocupaciones ofuscando su mente. Unos cristales rotos crujieron bajo las deportivas del viejo. El lugar era vagamente iluminado por uno de los faros que no se había roto tras el accidente. Claudio tenía un gesto de vulnerabilidad que le daba un aire patético. A sus setenta y cinco años nunca había vivido algo semejante. El hombre tuvo que hacer un esfuerzo para no hacerse encima sus necesidades. Aquella visión era horrenda. El argentino advirtió, al acercarse con cautela hasta el cuerpo del alcalde, cómo bajo su piel empezaban a moverse aquellas cosas. Las mismas cuyo desplazamiento ya habían observado en el cuerpo de la vieja.

—La concha de su madre, loco. Este hombre ya tiene esa cosa reproduciéndose dentro de él. Parece que va más deprisa en él que en la vieja.

—Tiene un mordisco bueno en el cuello. La vieja no sé cómo fue contagiada. Igual por su propio perro. Pero está claro que no actúa igual en todos los casos. Lo que deberíamos hacer es dejar de especular y salir de aquí cuanto antes. Tenemos que llegar a la ciudad para pedir ayuda. Lo siento mucho por Agustín. Lo cierto es que no me apetece cargar con alguien en su estado, sin ni siquiera saber qué tiene y si nos volverá a atacar. Incluso puede que el muy desgraciado ya haya muerto.

Pero antes de que ambos se pusieran en camino de Los Jarros, las luces de un vehículo aparecieron tras una curva que había varios metros más allá. Ambos dieron gracias en silencio cuando advirtieron que aquel era un coche de la policía. Al fin tenían un golpe de suerte en medio de toda aquella locura. Al menos, eso fue lo que pensaron.

5

En Cihundi aún no eran las tres de la madrugada cuando todo se convirtió en un caos. Judith pudo comprobar, a través de los cortinajes que cubrían su ventana, cómo alguien se acercaba a la carrera por la avenida de chalets. En aquella zona del pueblo no había tanto jaleo. Sin embargo, desde el centro del mismo llegaban gritos y voces de confusión. Ella no pudo verlo desde allí, pero las gentes se habían congregado ahora en la plaza del centro. Estaban junto a la iglesia de estilo románico y campanario achaparrado. Discutían acaloradamente qué se iba a hacer, aunque la mayoría estaban muy confusos y no tenían ni idea de lo que pasaba. Al parecer, la señora Pura había sido víctima de un terrible brote viral o algo parecido. Andaba por ahí atacando a los vecinos sin control. Sin embargo había personas que aseguraban que la vieja había muerto ya. Otros lo negaban, aduciendo que el hijo de los Socorridos había quedado atrapado en su casa cuando la vieja atacó al barrendero. Pero todo era confusión. Nadie sabía con exactitud qué pasaba. Además, el tema principal era el extraño deterioro y corrosión de ciertos sistemas eléctricos y aparatos de la misma índole, que estaba teniendo lugar en el pueblo.

La cosa se agravó bastante cuando un joven llegó gritando desde la cuesta que partía de allí en ligero ascenso y que llevaba a la zona donde estaba la casa de la señora Pura. El muchacho informó enseguida de que la madre de «el socorrido» había roto una ventana para entrar en la casa de Pura y sacar de allí a su hijo.

—La cosa pinta muy mal —les informó el joven de manera atropellada. Todos le rodearon, junto a la fuente de piedra que había en el centro de la plaza—. La madre del socorrido se puso histérica cuando alguien cerró la puerta para que la vieja no saliera de la casa. Corrió hacia la entrada, y al ver que no podía echar abajo la hoja de madera, decidió romper una de las ventanas. Joder, la mujer se cortó el antebrazo derecho y sangraba como una... sangraba a chorros. Se hizo una herida espantosa. La carne le colgaba hecha tiras. El brazo se le quedó allí atrapado. No podía moverlo porque de hacerlo se lo rajaría más con uno de los cristales. Pero entonces desde dentro llegaron unos gritos espantosos. Unas manos la cogieron por los pelos y el cuello y empezaron a tirar de ella hacia dentro. Dios, se rajó todo el estómago con los cristales mientras la metían. Pero lo peor fue cómo uno de aquellos que la atacaban, que parecía su propio hijo, empezó a dar mordiscos de manera salvaje sobre su cara.

La mayoría de personas no dieron crédito a sus palabras. Algunos le insultaron, acusándole de inventarse salvajadas como aquella. Casi todos habían acudido hasta el enclave porque en varios sitios habían tenido lugar aparatosos fallos eléctricos. Por lo visto, muchos de sus electrodomésticos estaban fallando de manera extraña. Había cortocircuitos por todas partes. El suministro eléctrico caía tras chisporrotear de manera ruidosa. Era como un apagón paulatino.

Más de uno tuvo que sofocar algún incendio incipiente antes de que las llamas se propagaran sin control, cuando los cortocircuitos inflamaron el aislante viejo de los cables.

Por todo ello, la gente desconfió ante las palabras del muchacho. Habían oído que la señora Pura estaba en apuros, que había tenido un accidente doméstico o algo así. Pero sabían que había gente cuidándola en su casa y, a pesar de los gritos que surgían de aquel lugar, nadie dio mayor importancia a todo aquello. Habían escuchado que Joel había ido con el alcalde y otra persona en busca de ayuda hasta la ciudad más cercana. Pero ahora parecía preocuparles más el estado de sus instalaciones eléctricas y sus aparatos.

Por eso todo les pilló desprevenidos, a pesar de todos los avisos, cuando aquellas voces guturales inundaron los accesos cercanos a la plaza. Al poco llegaron cuatro individuos

171

que se convulsionaban entre salivazos y aspavientos rabiosos. Corrían en dirección a ellos.

6

Judith tuvo que contener un grito cuando la luz se fue. Mientras escuchaba todos aquellos gritos, provenientes del centro del pueblo, observó aquellas siluetas que corrían afuera entre los chalets. Ahora estaban a oscuras. No había una sola luz en todo el pueblo. El miedo subió varios grados más en su particular escala del terror.

La joven pudo oír cómo sus hermanos gritaban aterrados en el salón. No se atrevían a separarse un palmo de su madre. Al momento ella misma notó cómo comenzaba a calar el miedo en sus entrañas. Al mirar aquellos cristales de su ventana se dijo que no representarían una barrera demasiado firme. No resistirían ante los peligros que parecían estar desatándose por todo el pueblo. Algunas de aquellas siluetas que corrían allí afuera, parecían hacerlo con una cierta descoordinación que le hizo pensar en seres aturdidos. Quizás estuvieran heridos o enfermos.

Sin pensarlo demasiado, Judith bajó la persiana de su habitación con mano temblorosa. La escasa luz que aún pudiera haber allí, procedente de los rayos de luna que se colaban por la ventana, se ahogó bajo aquel manto de negrura. Luego cruzó la estancia a ciegas. Tanteó con la mano las paredes, sin poder contemplar los rostros de aquellas estrellas de rock que posaban en los posters que empapelaban su habitación. Luego pensó algo. Empezó a palpar el colchón de la cama. Al fin encontró su portátil. Retiró hacia arriba la tapa dejando a la vista la pantalla, que al momento se iluminó, aunque ya recubierta por algo extraño de aspecto desagradable. Pero al menos tendría una luz con la que iluminarse. Se dirigió al fin hacia el salón.

—¿Qué está pasando, mamá? —preguntó, casi desconsolada. Notó cómo le temblaba la voz de manera ostensible. De pronto ya no era esa chica rebelde que iba siempre a su bola, viviendo en su mundo particular y acorazado, bajo muros fabricados con los ladrillos de las dudas y la incomprensión. Ahora necesitaba encontrar una voz reconfortante en medio de aquella locura.

—No lo sé, hija, pero espero que tu padre vuelva pronto —confesó ella, que no era capaz de disimular aquel timbre de alarma que destilaba su voz—. Niños, quedaos un momento aquí con vuestra hermana, tengo que ir a cerrar bien toda la casa. Afuera la gente se ha vuelto completamente loca. No entiendo qué es todo ese escándalo que se oye.

Los niños protestaron al momento, sin consentir que su madre se despegara de ellos. Pero la mujer tenía la extraña certidumbre de que si no protegía cuanto antes su casa, algo muy peligroso podría irrumpir en ella.

Al final consiguió convencer a los gemelos para que se quedaran allí, mientras ella iba a bajar todas las persianas y a cerrar las puertas con llave. Su corazón latía desbocado. Una sensación acuciante atenazaba su sistema nervioso. La preocupación por lo que pudiera ocurrirle a su marido no la dejaba pensar con claridad. Entonces no pudo reprimir un grito, cuando de pronto sintió cómo aporreaban con violencia una persiana que acababa de cerrar. Alguien intentaba echarla abajo desde la calle. Golpeaba con fuerza aquella endeble protección mientras gritaba como una bestia.

—¡Abrid las puertas, hijos de puta! Tengo que comer, me pica todo el cuerpo —creyó entender que decía el hombre de afuera. Sin embargo, las palabras parecían una pasta oleaginosa que se le pegaba al paladar. Era algo apenas comprensible, como un sonido gangoso que se le atascara a medias en la traquea.

La mujer se llevó las manos a la boca, con los ojos ya humedecidos por las lágrimas fruto del miedo y la impotencia. Estaba quieta sobre el centro de la cocina, escuchando aterrada cómo golpeaban la persiana de aquella ventana desde el otro lado. El pánico paralizaba su cuerpo por completo.

7

Los miembros de la patrulla de la policía que había llegado hasta el lugar del accidente, ni siquiera interrogaron a Joel y al argentino. Aseguraron haber recibido ya varias llamadas desde Cihundi informando sobre los extraños hechos allí acaecidos. Querían acudir al lugar cuanto antes. Les dijeron que ya había un par de UVI móviles en camino, que venían un poco por detrás de ellos. A Joel le extrañó mucho que hubieran podido contactar con ellos desde el pueblo. Sin embargo no dijo nada. Pensó que algún teléfono habría en Cihundi que todavía no hubiera sido deteriorado por aquella especie de hongo asqueroso.

—Pronto llegarán aquí. Hace ya algunos minutos que salieron del centro médico de Los Jarros —les dijo aquel agente de bigote negro y gesto adusto. Tenía el ceño fruncido de manera permanente. Parecía dirigirse a ellos como si se creyera un sheriff estadounidense. A Joel no le cayó nada bien desde el primer momento—. Una de las dos ambulancias tendrá que recoger a este hombre —continuó diciendo, mientras señalaba el cuerpo orondo del alcalde. Ya lo habían bajado entre todos, con mucho cuidado, y estaba tendido sobre el suelo. El otro policía le practicaba los primeros auxilios en esos momentos.

Tanto Joel como Claudio miraron alarmados al hombre que atendía a Agustín. Pensaron, aterrados, que podría ser contagiado el entrar en contacto con las heridas del hombretón. El alcalde tenía una brecha en la frente por la que sangraba en abundancia. Pero además no había que olvidar la otra herida de su cuello, la que le hiciera la vieja.

—Ustedes no lo entienden, che. Ese hombre está enfermo. Tiene algo que es como un parásito debajo de la piel. Se contagia con mucha facilidad. No deberían tocar su cuerpo con tanta alegría.

Ya era la segunda ocasión en la que el argentino trataba de advertirles. Sin embargo, el policía de bigote parecía no prestarle mucha atención. El otro seguía sus órdenes sin objetar nada. Poco antes el argentino y el programador se vieron obligados a tocar al alcalde, cuando los dos agentes les pidieron que les ayudaran a bajarlo del coche accidentado. Pero al menos creían no haber tocado ninguna parte peligrosa de su cuerpo. Se habían limitado a cogerlo por las piernas. Había sido una tarea difícil debido al sobrepeso del hombre. Pero al final, entre sudores y resuellos, lograron depositarlo sobre el suelo llano que había cerca del arcén.

Había algunas cosas que mosqueaban un poco a Joel. Algo en la actuación de aquellos agentes no parecía encajar del todo. Sin embargo, pronto apartó aquellos pensamientos de su mente. Ya se había complicado la vida bastante por aquella noche. Haría lo que los agentes le dijeran, esperando que todo se solucionara de una vez. Nunca había echado tanto de menos a su familia. Deseaba estar de vuelta con ellos, seguros todos en su casa.

—Ustedes dos se vienen conmigo. Nos vamos hasta Cihundi a ver qué es lo que pasa. Mientras tanto, mi compañero se quedará aquí esperando a que llegue una de las ambulancias. Ese hombre está muy grave y necesita ayuda médica cuanto antes.

Claudio iba a decir algo, pero en el último momento decidió callarse. Aquel hombre parecía decidido a no prestar atención alguna a sus palabras. ¿Cómo era posible que no hubiese visto aquello que se desplazaba bajo la piel de Agustín?

El coche patrulla se fue de aquel lugar al fin. Dentro iban el agente de bigote, el programador y el argentino. El otro policía observó cómo el vehículo salía de allí a bastante velocidad. Pocos minutos después vio aparecer a la ambulancia que estaba esperando. Las llamativas luces y la sirena rasgaron el pellejo oscuro de la noche y su silencio. Aquel resplandor barrió con su reverberar rojizo los campos que desplegaban en la madrugada esas siluetas achaparradas de las crecidas cepas. Mientras el hombre miraba hacia la UVI móvil, todavía en cuclillas sobre aquel cuerpo tendido en el suelo, no pudo advertir cómo la mano rechoncha de Agustín comenzaba a sufrir una especie de espasmos, contrayéndose de manera convulsiva sobre el suelo.

El agente iba a decir algo cuando la unidad móvil se detuvo a la altura del coche siniestrado. Esperó a que los enfermeros se bajaran. Entonces su boca se quedó congelada en una mueca estúpida. Las palabras se le atascaron en la garganta. En lugar de enfermeros, lo que vio posarse tras unos minutos de espera, fue algo que le hizo dudar de si estaba despierto o deliraba. Todo adquirió entonces un halo de surrealismo que le dejó petrificado. Permanecía a horcajadas sobre el suelo, junto al cuerpo de Agustín.

Aquellos hombres surgidos del interior de la unidad móvil iban ataviados con algún tipo de traje especial. Algo parecido a los equipos de protección antiviral que alguna vez había visto en algún reportaje televisivo.

Uno de aquellos hombres se dirigió muy despacio hasta el lugar donde estaba. Salió de la carretera con la mirada fija en el cuerpo de Agustín. Tras él iba otro hombre equipado de igual modo. Cuando el agente de la policía se dio cuenta de que iba armado, ya era demasiado tarde para él. Éste último se acercó más deprisa al lugar donde estaba el vehículo siniestrado. Haciendo gala de una sangre fría apabullante, descerrajó un tiro sobre la cabeza del policía sin pensárselo un segundo, con la pistola que llevaba en su mano. La cabeza del hombre salió impulsada hacia atrás. Un reguero de sangre salpicó el coche accidentado y el cuerpo de Agustín, aún tendido sobre la tierra.

Pero segundos después el alcalde se alzó repentinamente de donde estaba para abalanzarse sobre el cadáver del policía. Hundió sus dedos con violencia en el vientre de aquel cuerpo, abriéndose paso a través del uniforme, la piel y el músculo, para llegar hasta sus entrañas, que luego alzó con torpe anhelo para llevárselas a la boca.

Los dos hombres, cuyos rostros permanecían ocultos en su mayor parte por aquellas caretas protectoras, miraban la escena con cierto brillo de fascinación y asco en sus ojos, que quedaban protegidos por un plástico herméticamente unido a las caretas. Los trajes eran amarillos. No llevaban inscripción alguna ni ningún tipo de identificación. Los hombres sabían que si ponían cuidado y guardaban una distancia prudencial, aquel parásito no podría infectarles incluso si no llevaban trajes como aquellos. Pero querían curarse en salud. Además, tenían órdenes muy precisas con respecto a ello. Mientras el organismo permanecía dentro de su huésped, la forma más probable de transmisión a otro ser humano era la saliva o la sangre contaminada en contacto con heridas u orificios corporales. De aquella forma y siendo entre humanos, lo que se transmitía era ya directamente a los parásitos desarrollados, listos para comenzar a hacerse con el control del nuevo huésped. Distinto era cuando el contagio era de animal a hombre. En ese caso el parásito tardaba mucho más en desarrollarse y tomar el control. Lo que inundaba entonces el cuerpo de la víctima eran todavía simples larvas.

Pero además había que tener en cuenta la capacidad de los parásitos mayores para esparcir pequeñas nubes de gas contaminado con sus larvas. Eso sí podía ser algo que te pillara desprevenido si tenías un ejemplar adulto al aire libre y cerca de ti, o incluso todavía en las entrañas del huésped.

Una vez el hombre contagiado hubo terminado de darse aquel macabro festín, alzó su rostro de ojos vacuos y tez cetrina hacia ellos. Detectó enseguida el aroma a carne nueva, a corazones palpitando llenos de vida bajo aquellos trajes. Pero antes de que pudiera hacer nada para atacarles, de levantarse si quiera del lugar donde acababa de «cenar», el hombre que iba armado le voló la cabeza de un certero disparo.

8

Cuando Tamara y Jordán llegaron a Cihundi, la tormenta ya se había desatado en el pueblo. Se dieron cuenta de que estaban cerca de la villa debido al clamor de voces que surgía desde sus calles. Pero no había una sola luz artificial en todo el lugar. El sistema eléctrico había caído. Todo estaba sumido en una oscuridad que sembraba angustia entre los corazones de las gentes. Tan sólo el resplandor plateado de la luna, que brillaba en aquella cúpula celeste cuajada de estrellas, derramaba su luz sobre las calles de Cihundi. Lo que cobraba forma bajo aquel brillo débil que se posaba sobre los tejados, era algo muy difícil de digerir para cualquier mente humana sana.

Los dos jóvenes llegaron al final de aquella pista, que se internaba en otro camino terroso. Luego se adentraron en el acceso que daba a un antiguo andén ya en desuso. Se encontraban en una de las entradas del pueblo. Los ecos de aquellos gritos reverberaban con aire siniestro entres las estructuras deterioradas del andén. Se quedaron petrificados durante unos segundos, con el alma en vilo, sobre los raíles herrumbrosos. Los travesaños de madera de las vías estaban podridos a causa de la humedad. Pudieron sentir cómo aquella humedad calaba hasta las plantas de sus pies. Temblaron de miedo ante los gritos que llegaban desde todas partes. Era como si se hubieran adentrado de pronto en un pueblo fantasma, en el que aún sonaran los ecos de tiempos donde reinaba algún tipo de tragedia. Como si algún suceso luctuoso hubiera dejado allí sus huellas para siempre, y estas resucitaran al caer la noche. Pero no, aquello parecía demasiado real como para ser tan sólo el espejismo provocado por los reflejos de un tiempo remoto. Estaba ocurriendo allí y ahora.

Entre los gritos enardecidos también sonaban lamentos de dolor, quejidos preñados de angustia que hicieron palidecer a los muchachos. Allí se estaba viviendo una verdadera pesadilla.

—¿Qué coño está pasando aquí, Jordán? —preguntó Tamara, notando cómo la voz le temblaba de manera ostensible al hablar.

—No lo sé, Tamara, no lo sé —fue todo cuanto acertó a contestar el muchacho, con el corazón encogido dentro de su pecho.

Entonces una sombra se proyectó sobre la pared desconchada del edificio del andén que tenían a su izquierda, provocada por el brillo débil de la luna. La huella negra delató que algo avanzaba a la carrera. Pronto miraron alarmados hacia el otro lado, donde la espesura de unos matorrales flanqueaba la vía por ese lado. Al momento vieron una silueta oscura que corría en la misma dirección y sentido que seguían, aunque no parecía ir directamente hacia ellos. Jordán pensó que quizás no les hubiera visto. Decidió esconderse, sospechando que aquel hombre podía representar un peligro para ellos.

—Tamara —dijo en apenas un susurro—, tenemos que correr rápido hasta el edificio del andén y buscar un sitio donde escondernos.

Si mediar más palabras, cogió a la chica de la mano y juntos se encaminaron hasta el elevado andén que tenían a la izquierda. Jordán advirtió, angustiado, cómo aquel ser se detenía de golpe al advertir el sonido de sus pasos sobre la gravilla. Luego pareció olisquear el aire. En esos momentos Jordán pensó que serían atacados de manera inminente y sin tiempo de esconderse. Pero el ser siguió corriendo vía arriba, ignorándoles por completo.

—Joder, ¿no hueles eso? —preguntó Tamara asqueada por la peste que captaba—. Huele como algo podrido.

Cuando ambos se hubieron encaramado, con cierta dificultad, sobre el alargado pavimento del andén, Jordán se detuvo un momento. Comprobó que no habían sido perseguidos por el hombre de la vía. Olisqueó el aire y se dio cuenta de que Tamara tenía razón. Había algo que olía muy mal. Pero unos segundos después, su corazón se aceleró a causa de la preocupación y la amargura. Se dio cuenta de la fuente de aquel hedor nauseabundo.

—Dios mío, Tamara... somos nosotros. Esta mierda con la que hemos sido contagiados nos está haciendo oler como a los muertos.

9

—Todo esto es algo más que un simple accidente doméstico o un caso de infección corriente —intentaba explicar Joel al policía de bigote que conducía el coche patrulla con gesto concentrado. Iban en dirección a Cihundi a velocidad bastante elevada, atravesando aquella solitaria carretera flanqueada por campos y más campos—. Y algo muy extraño también es que los aparatos eléctricos están comenzando a fallar en todo el pueblo. Es como si una bacteria o algo parecido estuviera deteriorando seriamente los circuitos eléctricos y electrónicos de todas las cosas. Al menos, es la conclusión a la que he llegado, al ver cómo todos los móviles dejaban de funcionar y sus pantallas se cubrían de una especie de porquería viscosa.

Pero el policía ni siquiera se dignó asentir. No parecía prestarle mucha atención al programador y tampoco fingía hacerlo. Joel pensó que semejante actitud era de lo más desconcertante. Después de todo aquello que le acababa de contar, era muy extraño que el hombre no mostrara, cuando menos, sorpresa.

El argentino iba en el asiento trasero, separado de ellos por una recia mampara que estrangulaba en parte lo que decían los de delante. Aunque ahora se sentía un poco más seguro, seguía preocupado por todo aquello que estaban viviendo. Permanecía silencioso, algo por completo inusual en él. Iba encogido en su asiento como un niño pequeño, con la mirada perdida en la oscuridad de allí afuera, donde las formas de los campos quedaban un poco veladas por el grueso manto de la noche.

Entonces el viejo argentino dio un bote sobre el asiento. Creyó percibir la silueta de un hombre afuera, ocultas en parte las piernas de la figura por las crecidas espigas del trigo. La visión parecía la de un hombre ladeado, como si uno de sus hombros pesara demasiado y estuviera a punto de caerse hacia ese lado. Los de delante no se dieron cuenta y él decidió guardar silencio. No quería, por nada del mundo, que el policía detuviera la marcha. Además, empezó a pensar que todo había sido fruto de su imaginación. Estaba viviendo momentos de tensión demasiado intensos. Su mente podía jugarle malas pasadas.

Claudio echó de menos a su difunta esposa. Se sintió muy solo en esos momentos. Mucho más solo de lo que se había sentido todos esos años en Cihundi, desde que ella muriera por causas naturales hacía ya casi un lustro. Aquella mujer, una década mayor que él, había sido la razón principal de que el hombre no regresara a su Argentina natal. La había conocido hacía ya un montón de décadas. Había compartido su vida con ella hasta hacía apenas cinco años. Él había sido un muchacho deportista y lleno de vitalidad que un día decidió perderse durante una buena temporada en aquella tierra soleada tan lejos de su país natal. La conoció en una playa de levante, cuando él trabajaba como socorrista.

En ese momento se dijo que en realidad ya no había nada en ese país donde vivía que lo retuviera por más tiempo. Tenía confianza con muy pocas personas en aquel pueblo. Ni siquiera conocía a alguien lo suficiente como para compartir sus inquietudes o buscar un poco de apoyo de vez en cuando. Se dijo que cuando todo aquello terminaba volvería a su tierra.

MADRUGADA SANGRIENTA

1

Todavía quedaban unas cuantas horas para que el amanecer regara con su luz aquel pueblo y los campos de las inmediaciones. Pero aquella madrugada nadie dormía en Cihundi, nadie reposaba sino los propios muertos. Y ahora estos no yacían sólo enterrados en el cementerio de la periferia. Decenas de cadáveres, cuyos cuerpos aún no se habían enfriado del todo, permanecían tendidos en imposibles posturas sobre los suelos de las calles. Tenían las cajas torácicas abiertas, vacías de órganos y demás entrañas. Las moscas se enseñoreaban del aire que había a su alrededor, para formar nubes que fluctuaban sobre aquellos despojos humanos. Sólo los restos de algunas vísceras quedaban prendidos todavía en el interior de aquellos cuerpos. Lo demás había sido devorado por seres que ya no eran humanos, sino huéspedes al servicio de aquello que invadiera sus cuerpos. Aquello que se alimentaba de carne humana y se reproducía a velocidades alarmantes.

Los infectados enseguida detectaban el olor de los humanos limpios de larvas u organismos ya desarrollados. Al momento emprendían su persecución para darles caza, como un depredador que se cierne sobre su presa indefensa. La ausencia de luz les facilitaba aquella tarea. Ellos no se guiaban con la vista, sino que lo hacían mediante el oído y el olfato.

Efrén se había encerrado en su propio bar. Las rejas de la entrada le protegerían de aquellos seres con mayor eficacia que la puerta de su casa. Se había colocado tras el mostrador, donde permanecía petrificado por el miedo, mientras desde afuera le llegaban aquellos gritos enardecidos. De vez en cuando, alguno de aquellos seres golpeaba con fuerza las rejas que había desplegado sobre la entrada. Toda la cortina metálica temblaba entonces con un sonido que le ponía los pelos de punta. El corpulento hombre se limitaba a beber whisky de manera automática, con los ojos perdidos en algún lugar indefinido, mientras el miedo y el arrepentimiento hacían mella en su interior. Se sentía como un cobarde. Si no hubiera huido de la casa de la anciana en el momento en que lo hizo, quizás entre todos hubieran podido evitar que aquello llegara a semejante punto. Lo que el desdichado ignoraba era que la peste ya se había dispersado antes de que ellos intentaran inmovilizar a la vieja.

Ahora, por los gritos de dolor que llegaban a sus odios para perforar su alma, sabía que mucha gente estaba muriendo bajo el mal que se había desatado en todo el pueblo. No comprendía nada en absoluto. Pero el recuerdo de todo lo que había visto hacía que sus fuerzas y su voluntad se encogieran en algún rincón de su mente.

Los duros envites a los que la verja metálica era sometida no dejaban de llenar el aire del local con su clamor ensordecedor. El hombre terminó tapándose los oídos con las manos. No quería escuchar aquello. Se mecía sobre su silla al borde de la locura. Los de afuera podían oler la vida que palpitaba dentro de su cuerpo y la querían hacer suya. No pararían hasta conseguir echar abajo aquella protección, para luego hundir sus dientes en sus generosas carnes.

Infinidad de sombras danzarinas contoneaban sus cuerpos en la noche. Se mecían como muertos recién salidos de sus tumbas. Sus andares erráticos, de pasos sin coordinación alguna, les hacían semejar tétricas figuras de articulaciones defectuosas. Buscaran en la oscuridad algo con lo que poder calmar ese hambre insaciable. Era como si sus estómagos se hubieran transformado en un abismal pozo negro, que necesitaba ser alimentado con vidas palpitantes, un vacío que había que llenar de infinitas almas.

Aunque muchos de esos cuerpos que caminaban, exhibiendo en sus rostros vacuas miradas despojadas de cualquier rasgo de humanidad, lo hacían a tumbos y con lentitud, muchos otros corrían a gran velocidad en cuanto detectaban el olor de alguna víctima.

Era como si aquella pequeña zona del mundo hubiera retrocedido, cayendo en una espiral espacio-temporal, hasta las profundidades de un pasado ignoto, hasta una época terrorífica donde los seres humanos eran una presa débil que se escondía en sus guaridas, temblorosos y asustados los hombres por aquello que reinaba afuera, en la inmensidad de un mundo hostil plagado de depredadores voraces.

Entre carcajadas histéricas y sollozos contenidos, Efrén inundaba su estómago en güisqui. Su cordura se iba diluyendo poco a poco, con cada trago de alcohol. Cada vez que dirigía su mirada hacia el umbral de su bar, el terror se veía reflejado en ella. Contemplaba con espanto esas siniestras sombras alargadas que no cesaban de moverse afuera.

Con mano trémula por la embriaguez, pero sobre todo por el pánico que atenazaba sus miembros, alzó su vaso. Brindó con la oscuridad de aquella noche profanada por el mal. En ese mismo instante un estruendo metálico le hizo derramar parte del contenido del vaso. Contempló, con la lividez decolorando sus mejillas carnosas, cómo el rostro de uno de aquellos seres se pegaba al enrejado que protegía la entrada. Unas manos se aferraban con furia a dicha protección. La boca de esa criatura se abrió hasta límites inimaginables, mientras profería un grito salvaje imposible de asociar a un humano. Era como si de las profundidades de sus entrañas estuviera surgiendo el grito de algún otro ser de naturaleza maligna.

Luego la criatura se marchó. Comprobó que le era imposible, al menos de momento, penetrar en aquel lugar para poder alimentarse con las entrañas de quien dentro había encontrado cobijo. Efrén pudo calmarse un poco al verse de nuevo a salvo. Pero el miedo ya había hecho mella en su psique. Ahora la locura estaba sustituyendo dentro de su mente ese sentimiento de terror.

—Somos el almuerzo de esta plaga que ha venido a devorar nuestros cuerpos. —masculló, con la mirada prendida en algún lugar indeterminado de aquella densa oscuridad.

2

Judith corrió presa del pánico hasta la cocina de su casa. Pero antes indicó a sus hermanos, con mirada gélida, que no se les ocurriera salir del salón. Los tres acababan de escuchar un sonido de cristales rotos y el miedo caló muy hondo en sus entrañas.

—¿Qué ha sido eso, mamá?¿Estás bien?¿Qué se ha roto ahí? Joder, dime algo —imploraba Judith, mientras avanzaba por el pasillo.

—Judith, no tardéis en volver, por favor —suplicó con voz temblorosa Albertito. Su hermano gemelo le dio la mano. Parecía querer infundirle valor.

—Verás cómo no ha sido nada —le indicó con voz débil.

La chica se conocía cada esquina de la casa. Aun así resultaba difícil caminar por allí a tientas, en la más completa oscuridad. Les había dejado a sus hermanos la única luz que poseía, que no era otra que la de su ya maltrecho portátil. La pantalla de este había comenzado a cegarse bajo una espesa capa de algo viscoso.

Cuando la joven llegó donde estaba su madre algo la hizo enmudecer. Observó cómo la mujer de pelirrojos cabellos forcejeaba con alguien que había roto la persiana y los cristales de la ventana. El hombre parecía fuera de sí. Gruñía como un animal rabioso mientras trataba de agredir a su madre. Judith se dio cuenta de que intentaba morder su cara. Por unos segundos no supo reaccionar, pero pronto sonó en su mente una señal de alarma que la impulsó a coger uno de los cuchillos que había sobre la encimera de la cocina, colocados por tamaños sobre un soporte de madera. Con el objeto cortante en la mano, tanteó varias veces a la criatura. Se guiaba tan sólo con el brillo de la luna y las estrellas que penetraba por aquella ventana rota. Se dio cuenta de que le temblaba mucho el pulso. Empezó a desesperarse al no encontrar un punto débil por donde atacar a la bestia, sin riesgo de cortar a su madre con el cuchillo.

—¡Joder!¡Mierda, joder! —exclamaba fuera de sí por completo—. ¡Maldito hijo de puta!¡Déjala en paz de una vez, cabrón!

—¡Judith! ¿Qué pasa, Judith? —escuchó decir a Albertito. La voz del niño estaba teñida de puro terror.

—¡No os mováis de ahí! Ni se os ocurra entrar aquí —les indicó ella con voz temblorosa.

El nerviosismo que hacía hervir su sangre atenazaba al mismo tiempo sus extremidades. Se sintió torpe, como si cada brazo le pesara diez veces más, como si los tendones y los músculos estuvieran agarrotados por completo. Vio cómo la muerte acariciaba ya con el fijo de su guadaña el espíritu de su madre. Por primera vez en mucho tiempo, sintió cómo en su pecho se despertaba toda la ternura y el amor que se había negado durante años a dejar fluir con libertad.

—¡Mamá, mamá, resiste, resiste, mamá! —acertó apenas a balbucir, mientras trataba de encontrar algún hueco por donde atacar a la bestia sin herir a su madre en el intento.

Al fin se decidió a actuar. Impulsó con mano temblorosa el cuchillo que sostenía, en dirección al ser que intentaba morder a su madre. Al momento, un reguero de sangre oscura azotó su rostro, como si de un latigazo ardiente se tratara. Pudo sentir el calor del fluido vital humedeciendo sus mejillas.

3

Entre tanto, el coche patrulla irrumpía a toda velocidad por la otra punta del pueblo. Entró por el acceso que daba a la larga avenida de chalets, rasgando la oscuridad de la noche con los faros delanteros y las luces del techo. Al poco de entrar en aquella zona, el agente aminoró la velocidad. Parecía sorprendido por la ausencia de luz. Pero no pudo esquivar a alguien que se abalanzó sobre el capó. El vehículo frenó en seco y el cuerpo del hombre salió expulsado unos metros para caer en el duro asfalto. Al instante, dos personas más se arrojaron entre gruñidos hacia las ventanillas del coche. Estiraban sus manos crispadas con desesperación. Joel y el argentino se estremecieron ante aquel holocausto que parecía haberse cernido en cuestión de horas sobre su villa.

—¿Pero qué coño está pasando aquí? —preguntó Joel

desconcertado. Miraba aquellos rostros cetrinos que se contraían con muecas de ira y hambre salvaje—. Joder, pero si ese de ahí es el puto hijo de los Socorridos. Y ese otro es el hombre que trabaja en la piscifactoría de las afueras. Esto se ha convertido en una puta locura. Acelere, hombre. Quiero llegar a mi casa cuanto antes. No pienso dejar a mi familia sola con todo esto por ahí.

El policía no dijo nada. Tampoco hizo caso de lo que el programador le pedía. Se limitó a mirar, con gesto inmutable, a aquellos hombres. Era muy difícil saber lo que estaba pensando. Era un tipo frío e inexpresivo. El argentino y Joel no supieron si estaba tan aterrado como ellos, o tan sólo sorprendido.

—Hay más gente acercándose al coche. No tengo pensado llevármelos por delante. Estas personas parecen estar afectadas por algún tipo de mal que las hace enloquecer, pero siguen siendo seres humanos.

Una caterva de sombras se aproximaba al vehículo. Esparcían una cacofonía de voces lastimeras que hacía pensar en muertos vivientes. Pero el agente de policía no estaba siendo demasiado sincero. No era su humanidad lo que le impedía seguir avanzando. Eran sus ansias de saber, de conocer más de cerca cómo actuaba aquel mal sobre los cuerpos de las personas, lo que le mantenía allí expectante. Pero al fin puso en marcha el vehículo.

Aquellas manos se estampaban con violencia sobre los cristales mientras el coche avanzaba con lentitud por la avenida. Joel pudo ver cómo algunas de aquellas personas presentaban heridas sobre el rostro o los brazos. A uno le faltaba el ojo izquierdo, donde algo gelatinoso pendía desde la oscura cuenca ocular. El programador sintió un escalofrío por todo su cuerpo. Pero además de aquella tremenda visión, tan difícil de asimilar para ellos, la peste que entraba a través de los conductos de ventilación hizo que tuvieran que reprimir unas arcadas.

—¡Huele a matadero, joder! —Masculló el programador, que se llevó las manos a la boca—. Agente, si tiene usted que pedir ayuda por radio, le aconsejo que lo haga ya, mientras no se vaya al carajo también la comunicación en su vehículo. Hay algo que está jodiendo los aparatos eléctricos en este condenado lugar. Estoy completamente seguro de ello. Si no, no hay más que ver cómo han quedado nuestros teléfonos móviles, o cómo se ha ido ya la luz en todo el pueblo. Y por lo que más quiera, lléveme de una puta vez hasta mi casa. Mi mujer y mis hijos me necesitan.

Esto último era lo que más atormentaba al programador. En esos momentos, por él, todo lo demás podía irse al carajo. La vida de su familia era lo más valioso e importante. No podía dejar de pensar en que tenía que ir junto a sus hijos y su mujer. Tenía que comprobar de una vez que seguían todos ellos a salvo de aquella locura.

—¿Qué carajo está pasando ahí? La concha de su madre —el exabrupto de Claudio se pudo escuchar perfectamente en la parte delantera del coche, a pesar de la mampara de protección—. ¿Es que todo el mundo se ha vuelto tarumba, cojones?

Hacia el final de la avenida, allí donde la misma formaba una intersección con otra más ancha, había varios coches que habían sido golpeados por aquellas criaturas. Las lunas pronto se partieron en mil pedazos. Sobre el capó de uno de los vehículos, Joel pudo contemplar la silueta de una de las criaturas. Extendía sus brazos en dirección al cielo estrellado. En una de sus manos, cuyos dedos crispados se cerraban con fuerza en torno a algo de apariencia sedosa, sostenía algo informe, algo deformado a base de brutales golpes y mordiscos. Joel supo que se trataba de la cabeza de algún desdichado ser humano. Alrededor del coche donde se había encaramado la criatura, había un coro formado por varios infectados. Extendían sus manos hacia arriba, emitiendo excitados gritos. Era como si quisieran arrebatar ese grotesco trofeo que su congénere mostraba al cielo. Parecían hienas hambrientas y furiosas. Algunos de ellos se arañaban el cráneo con dedos que más bien parecían garras, ante la imposibilidad de saciar su imperioso apetito. Otros se empujaban entre sí, para disputarse el preciado trofeo de alguna víctima. Sin embargo también pudieron observar Joel y los otros, cómo había ciertas jerarquías entre ellos. Algunos de los seres eran tratados por otros con temor casi reverencial.

Toda aquella imagen apocalíptica pudo ser contemplada por ellos, en parte porque en algún lugar no muy lejano, un fuego débil estaba empezando a alimentarse quizás con los muebles que llenaban las entrañas de algún hogar. Esas tímidas llamas esparcían un resplandor anaranjado que ahora reverberaba en esa zona del pueblo.

4

Tamara y Jordán huían entre las calles y los callejones del pueblo. Aquellos seres que gritaban, llenos de ira, perseguían por todas partes a personas sanas. Poco a poco ambos se fueron dando cuenta de que ellos, sin embargo, eran siempre ignorados por las criaturas. Esto no les consolaba en absoluto. De momento se sentían a salvo de los infectados, pero ello suponía algo que ninguno de los dos quiso expresar en voz alta. A pesar de todo, cada vez que se miraban en medio de la oscuridad, sabían bien en qué estaba pensando el otro. Eran unos apestados. Formaban parte de aquella horda de posesos que estaban sembrando el terror y la violencia en todo el pueblo. Aquel pensamiento era como una puñalada fría en medio del corazón. Se sintieron sucios y desarrapados. Aun así, no pudieron dejar de correr en busca de explicaciones. Querían llegar hasta el fondo de aquel asunto. Por alguna extraña razón, intuían que la clave para desentrañar todo el misterio se encontraba en algún lugar de la villa.

—¡Dios mío, Jordán! Esto se ha convertido en un maldito infierno.

—No te detengas, tenemos que encontrar a alguien que no haya caído víctima de esta locura. Hay que buscar alguna jodida explicación, Tamara.

De pronto ella se dio de bruces con uno de los contagiados. Se trataba de un hombre mayor, de calva reluciente y vientre abotargado. Había surgido a tumbos desde un callejón. Cuando ella le miró a la cara pudo comprobar, a pesar de la escasa luz que había por todas partes, que sus ojos estaban velados. Una especie de capa blancuzca los tapaba. Parecía guiarse con el resto de sentidos. Mientras Tamara retrocedía con los brazos encogidos y gritaba dominada por un sentimiento de repugnancia, el hombre se tambaleó hacia atrás, que estuvo a punto de caerse de culo. La chica observó aquel reguero de sangre que manaba desde una frente donde le faltaba un considerable trozo de carne. Cuando Jordán se colocó junto a ella, con aire protector, ambos observaron cómo el hombre abría la boca con una mueca obscena. De allí surgió una extraña formación llena de ganchos y ventosas. Su sola imagen hacía pensar en peste, cloacas hediondas e inmundicia. Era el rostro mismo de la aberración en toda su pérfida grandeza.

—¿Qué es esa jodida mierda? —gritó ella histérica, llevándose las manos a la cara.

Pero aquella cosa, fuera lo que fuese, volvió a retirarse hacia las entrañas del hombre. Tamara se refugió horrorizada entre los brazos de Jordán, sintiéndose muy sucia al pensar que algo semejante podría estar gestándose en su interior. Comenzó a sufrir un ataque de ansiedad mientras la histeria crecía en su pecho. El corazón le latía más deprisa a cada momento que pasaba en aquel pueblo. Jordán no supo qué hacer. Se limitó entonces a arrastrarla consigo, con toda la delicadeza que pudo reunir, hasta el resguardo de aquel callejón. Allí trató de calmarla, mientras acariciaba sus cabellos, con la vista perdida en alguna parte. Aquello se estaba convirtiendo en una pesadilla sin final.

—No pienses en ello, Tamara. Ahora lo único que debemos pensar es en cómo salir de aquí. Hay que encontrar a alguien que nos pueda ayudar.

Tamara buscó el refugio de aquel abrazo que le ofrecía Jordán. Hundió su rostro, con los ojos arrasados por las lágrimas, en el pecho de su compañero de penurias. En esos momentos estaba convencida de que aquel lugar tenía que ser el mismo infierno. No pudo imaginarse un panorama más espantoso ni una tortura más descabellada. Se dijo que ya no había escapatoria. Prefirió que uno de esos seres demoníacos llegara para devorar su cuerpo. Deseaba que su alma fuera al fin libre de la prisión carnal que la mantenía cautiva de semejante locura. Pero por más que así lo quisiera, todas y cada una de aquellas criaturas los ignoraban. Veían en ellos a alguien de su misma especie y condición.

5

Joel no pudo soportar aquella situación un segundo más. En cuanto el coche patrulla hubo llegado a la altura de su casa le gritó al agente que se detuviera de inmediato. Quería ir junto a su familia y no respondería de sus actos si no le dejaban hacerlo. El agente se limitó a detener el coche allí mismo, sin mudar en momento alguno aquel gesto glacial.

—Si usted quiere ponerse en riesgo, no seré yo quien se lo impida. Pero ha de saber que todo cuanto haga será bajo su responsabilidad—. Le advirtió el policía en tono rotundo.

—Ya lo he comprendido. Ahora déjeme bajar antes de que esto se llene también de gente infectada. No entiendo por qué está perdiendo el tiempo en lugar de pedir refuerzos por radio. Ya le dije que seguramente dentro de poco ya no podrá hacerlo. Pero bueno, eso es asunto suyo.

Joel iba a bajarse sin más, una vez el agente hubo detenido el coche. El argentino aún iba en la parte trasera y, cosa sorprendente, desde hacía un buen rato había enmudecido por completo. No dio muestras de querer posarse allí con el programador, pero éste tenía la mente puesta en su familia. Ni siquiera se despidió de él. Nada más posarse, pudo advertir cómo una de aquellas criaturas se giraba a lo lejos para observarle. Antes de que pudiera asimilarlo, aquel ser corría como poseído por la furia hacia él. Joel salió disparado en dirección a la puerta de su casa, al tiempo que extraía las llaves que llevaba en el bolsillo de su pantalón. Una vez hubo cruzado el pequeño tramo de jardín, sin tener tiempo siquiera de cerrar la portilla metálica, comprobó cómo otra de las criaturas le divisaba. Echó a correr también en su dirección. Tres criaturas más se unieron a las dos primeras. Joel comenzó a sentir el aliento del peligro resollando en su cogote. No fue capaz de meter la llave en la cerradura a la primera de lo temblorosas que tenía las manos. Mientras tanto, gritaba el nombre de su esposa. Vio cómo dentro habían bajado las persianas y se dijo que seguramente seguían a salvo. Pero nadie salía a abrirle y los infectados estaban cada vez más cerca. El coche patrulla seguía allí detenido. Cuando Joel consiguió al fin meter la llave en la cerradura, observó perplejo cómo el policía se bajaba casi con solemnidad. Luego el agente comenzó a disparar hacia las figuras que ya estaban casi a la altura del coche patrulla. A una de ellas le acertó en el pecho, pero aun así siguió corriendo hacía allí entre gritos.

Al parecer —se dijo Joel—, el policía había reconsiderado la posibilidad de que aquellas personas ya no fueran seres humanos enfermos, sino enfermedad ambulante con cuerpo de ser humano. Lo que no podía imaginar, era que en realidad acababa de rasgar el caparazón de frialdad que desde hacía años mantenía los sentimientos de aquel «policía» encerrados en una fría cárcel de inhumanidad. Con sus actos del valor más puro, aquel que nace cuando una persona lucha por los suyos, Joel estaba obrando, de manera involuntaria, un cambio en la actitud de aquel otro hombre.

6

Álex había aprendido de manera acelerada a ignorar aquellos gritos. Todo el caos que percibía desde afuera le fue por fin indiferente. A pesar de que golpeaban también las persianas de su casa y la puerta principal, aquellos ecos no le asustaban tanto como al resto de vecinos. Sin embargo, sí le había molestado al principio, cuando trataba de concentrarse en lo que quería hacer. Se había tomado ya cuatro bebidas energéticas más tres cafés. Su pulso temblaba demasiado. Se maldijo por haber sido tan descuidado con un aspecto tan importante. Estaba a punto de emprender su obra culmen y no quería que nada saliera mal.

Hacía ya más de media hora que la luz cayera en el hogar de Álex. Aquello dificultó mucho las labores de limpieza que el hombre tuvo que efectuar y todo lo demás que haría a continuación. Pero en su casa contaba con un buen número de velas que dispuso por el pasillo y el sótano. Ahora la luz mortecina y titilante de aquellas velas proyectaba sombras siniestras, que danzaban sobre las paredes decoradas con viejos cuadros y retratos.

Para bajar a la mujer al sótano había tenido que despertarla de manera brusca. El sedante con que la había drogado era bastante fuerte y le costó arrancarla de su profundo sueño. Pero quería que alguien viera cómo llevaba a cabo su magnífica creación. Además, necesitaba ayuda. La mujer estaba aturdida. No sabía si se había vuelto ya loca por completo, o aquellos gritos que llegaban desde afuera eran reales. En el sótano aquel clamor de voces se veía un tanto atenuado. Aun así resultaba escalofriante encontrarse en un lugar tan siniestro, mientras afuera parecía estar teniendo lugar una especie de apocalípsis. Pero lo más tétrico de todo era hallarse junto al asesino de su marido y al cadáver de éste.

El hombre había desatado las manos de la mujer, arriesgándose así a que ésta pudiera escapar. Pero ahora aquello que ocurría afuera le vino bien a Álex. Serviría para que Sonia se lo pensara mucho, antes de emprender la huida. Bajo la amenaza de cortarle el cuello si no hacía lo que le ordenaba, y aprovechando que todavía estaba bajo los efectos de aquella droga alienadora que le había suministrado, Álex le ordenó ayudarle a sacar el cuerpo del congelador. Pero el rigor mortis ya había comenzado. Entonces el hombre descubrió desolado que jamás podría desplegar aquel cuerpo que había introducido en el congelador, casi en postura fetal, sin tener que destruir parte del mismo. Se vería obligado a trocearlo para poder sacarlo.

—Joder, no puede ser. Ahora que tenía la materia prima perfecta para llevar a cabo mi mayor creación —maldijo como un niño, casi al borde de la desesperación. Sonia le miró aún bastante drogada. No sabía muy bien si todo aquello era real o sólo una horrible pesadilla—. No hay otra manera. Tendremos que trocearlo entre los dos. O no, mejor lo haré yo solo mientras miras cómo se hace. No te lo tomes a mal, pero seguro que tú jamás has hecho esto. Eres inexperta todavía. Yo al menos lo he hecho con otros seres menos importantes, pero sé de qué va la cosa. Luego ya le recompondré poco a poco. Lo más importante es que su rostro no sufra alteraciones de ningún tipo. Ese será el lienzo donde desplegaré mi arte. ¿Sabes?, durante todos estos años he ido perfeccionando tanto mi arte, que ya no me limito solamente a maquillar los cuerpos. Ahora ya soy todo un escultor. Mi escalpelo es el cincel más sofisticado que haya conocido la historia. Si me lo monto bien, esta puede ser la obra que me haga inmortalizar para el resto de los tiempos.

7

Joel entró por fin en su casa y cerró de un portazo la recia hoja de madera. A sus espaldas, la oscuridad y el silencio eran tan opresivos que se temió lo peor. Mientras apoyaba su espalda sobre la puerta blindada, desde el otro lado de la misma los seres comenzaron a arañar y golpear la superficie entre gruñidos furiosos. Había conseguido escapar de aquellas cosas por los pelos. Pero todavía no se permitió sentir un poco de calma. Tenía que saber cómo estaba su familia antes de respirar tranquilo.

Cerró la puerta con llave. Colocó la cadena de seguridad guiándose por el tacto en medio de la densa negrura. Su corazón latía tan rápido que incluso creyó sentir aquel pálpito sonando en el recibidor. Pero había algo que le perturbaba más allá de eso. Era el tono de aquel ruido procedente de la calle. Llegaba hasta sus oídos con demasiada claridad, como si nada lo amortiguara.

—¿Sara, estás ahí? —se atrevió a preguntar con apenas un hilo de voz—. ¿Estáis todos bien?

Mientras avanzaba a tientas en dirección al pasillo, recordó haberles dicho que no salieran hasta que él regresara con ayuda. Al notar cómo estaba todo sumido en una oscuridad absoluta, se dijo que debían de haber cerrado todas las persianas. Aquello le pareció un indicador bastante positivo. Pero entonces una corriente de aire azotó su rostro y su preocupación fue otra vez en aumento. Todo parecía indicar que había alguna ventana abierta o forzada en alguna parte de la casa.

Su corazón estuvo a punto de estallar en su pecho cuando algo lo hizo agitarse de forma violenta. Acababa de escuchar un sonido nada halagüeño arañando aquel silencio glacial. Era un sonido acuoso, entremezclado con unos chasquidos repugnantes. Tuvo que quedarse quieto unos segundos para poder escucharlo bien, pues era apenas un rumor apagado. Pero pronto aquel horrible sonido creció en intensidad. Conforme avanzaba por el pasillo, camino de la cocina, cuya puerta tenía un poco más adelante y a mano izquierda, pudo percibir ese rumor con mucha más claridad. Se asomó al umbral de la cocina. Lo que allí pudo apenas entrever, gracias al resplandor de la luna que penetraba por el ventanal reventado, hizo que el alma se le cayera a los pies.

—No, por favor, no, no, no, por favor, no...

Tendido frente a la mesa rectangular había un cuerpo. Los cabellos largos y ondulados, en cuyas hebras el brillo de la luna arrancaba rojos destellos, le hicieron pensar enseguida en su mujer Sara. Agachado a horcajadas sobre el cuerpo había un hombre de cabellos desgreñados. Éste introducía sus manos crispadas en el interior de una cavidad que había en el vientre de la mujer. Joel retrocedió espantado y abatido. Fue consciente de lo que ocurría. El cadáver de Sara yacía sobre un charco de sangre, con las entrañas desparramadas a su alrededor. Aquella bestia estaba devorando parte de las mismas mientras el cuerpo permanecía todavía caliente.

—Esto no puede estar pasando, no, no, por favor... —se

repitió el hombre en una lastimera letanía.

Pero Joel ni siquiera tuvo tiempo de desfallecer a causa del dolor. Aquella criatura alzó la cabeza con un gesto brusco. Su mirada reflejaba tan sólo un hambre salvaje. Se alzó con rapidez, emitiendo gruñidos de satisfacción ante la presencia de una nueva víctima.

Joel reculó al tiempo que el miedo y la rabia liberaban en su torrente sanguíneo una buena dosis de adrenalina. Mientras el ser se abatía sobre él, con las manos alzadas en un gesto anhelante, el programador se introdujo en el salón, aún de espaldas. Sentía mucho miedo, pero en esos momentos era más poderoso el sentimiento de odio profundo en sus entrañas. Aquella mala bestia tenía que pagar por lo que le había hecho a su mujer.

—¡Maldito enfermo hijo de puta! Ven a por mí, que te voy a reventar los jodidos sesos, cabrón —escupió Joel, embargado por la rabia.

Afuera tronaron varios disparos seguidos. El policía debía estar todavía allí, abatiendo infectados a tiros.

Joel trastabilló de manera aparatosa. Su talón había tropezado con la esquina de la alfombra que cubría el suelo del salón. Estuvo a punto de caerse pero recuperó el equilibrio apretando los dientes, justo cuando el ser rozaba su cara con las uñas ensangrentadas. No pudo arañarle las mejillas gracias a que lo empujó a tiempo con ambas manos. El programador siguió reculando hacia la derecha hasta que tropezó y fue a sentarse sobre el sofá. Pero su trasero golpeó un ordenador portátil que había allí encima encendido. El aparato todavía funcionaba, aunque de puro milagro. Su pantalla estaba medio cubierta por una sustancia blancuzca de aspecto viscoso. Con el impacto una de las teclas fue oprimida y comenzó a esparcirse una música fuerte por todo el salón. Era sin duda lo que su hija había estado escuchando antes de que todo aquello los sorprendiera. Pero no entendía muy bien porqué el ordenador de su hija estaba en el salón.

Joel actuó muy deprisa entonces. Aferró un bate de béisbol perteneciente a sus hijos pequeños que había tirado sobre la mesa. Se alzó con la rabia insuflando valor a sus músculos. Descargó siete golpes seguidos sobre la cabeza de aquel ser, gritando enardecido, resollando furioso mientras una lluvia de sangre salpicaba todo el salón. Conforme los acordes de la canción progresaban hacia un ritmo trepidante, su brazo adquirió más determinación. Pronto el cráneo de aquella cosa se hundió con un crujido espantoso.

—¡Muere de una jodida vez, maldito bastardo! Te dije que reventaría esos sesos de hijo de puta enfermizo —masculló, mientras resollaba a causa del esfuerzo.

Al fin la bestia se desplomó sobre el suelo entre violentos espasmos. Pero a Joel ni siquiera le dio tiempo a tomarse un respiro. Cuando llenaba sus pulmones con aquel aire viciado que llenaba la casa, sintió el sonido de unos pasos acercándose con rapidez. En el pasillo, una negra silueta, un poco encorvada hacia delante, se detuvo justo a la altura del salón. Olisqueó el aire detectando la vida que latía allí cerca. Pero Joel no dio tiempo de reaccionar a aquella cosa. Antes de que pudiera ir a por él, salió del salón envuelto en el coraje que le insuflaban aquellos coros de la canción que sonaba. Aporreó la cabeza de su nuevo enemigo. Pero esta vez no atinó lo suficiente y su golpe cayó sobre el hombro de la criatura. A causa de la frustrada maniobra Joel perdió el equilibrio y estuvo a punto de caerse al suelo del pasillo. Pero cuando la bestia ya se cernía furiosa sobre su cuerpo, un disparo le voló la cabeza. La sangre y los sesos que salieron expulsados por el orificio del cráneo estuvieron a punto de salpicar a Joel. Pero éste pudo evitar a tiempo aquello que podría haber resultado fatídico para su organismo. Recuperó el equilibrio con presteza, adivinando la presencia del policía en el pasillo. Éste último sostenía la humeante pistola ante él. Supuso enseguida que el agente habría entrado por la ventana rota de la cocina.

—Amigo, usted tiene buenos cojones y yo nunca abandono a nadie que tiene tantos cojones —le aclaró el hombre de rostro marmóreo y negro bigote.

—¿Cuándo ha entrado en la casa? —preguntó Joel de inmediato, con el corazón todavía muy agitado.

—Esos putos tarados han arrancado tu persiana de la cocina de cuajo y luego han reventado la ventana por completo. No es difícil colarse por ahí. Siento mucho lo que ha pasado. ¿Se ha salvado alguien de tu familia?

—¡Han matado a mi mujer de una manera espantosa y no sé dónde cojones están mis hijos, joder! —comenzó a explicar de manera atropellada el programador, al borde ya de la histeria. Sus ojos estaban lacrimosos y respiraba muy deprisa.

—Hay que registrar toda la casa —le indicó el agente, que se acercó muy despacio a él, con voz tranquilizadora, mientras sorteaba con agilidad aquel cuerpo tendido sobre el suelo

—Será muy difícil por culpa de la poca luz que tenemos. Pero podemos usar la pantalla de ese ordenador que hay en el salón. Todavía funciona, aunque no sé por qué. Usted debería haber pedido refuerzos. Todos los putos aparatos eléctricos se están jodiendo en este condenado pueblo, mientras los vecinos enloquecen con esa mierda de enfermedad. Quizá su radio todavía funcione. Hágame caso de una puta vez, llame para pedir refuerzos si todavía puede. Pero ayúdeme a buscar a mis hijos por la casa, por favor. Judith es muy inteligente. Seguro que se habrá escondido en algún lugar seguro con sus hermanos.

El policía asintió con la cabeza. Se abstuvo de manifestar en voz alta lo que pensaba. Creía poco probable que alguien más hubiera conseguido salvarse allí dentro. Pero aquel hombre estaba recuperando la compostura de manera admirable, y no quería barrer sus esperanzas tan pronto. Bajó su arma muy despacio. Sus suelas pisaron aquella masa encefálica que había desparramada por los suelos. Aquel sonido viscoso le hizo adoptar una leve mueca de repugnancia.

8

Hacía ya más de diez minutos que los golpes habían dejado de oírse desde la entrada del bar. Efrén seguía cabizbajo sobre su taburete, al otro lado del mostrador. Estaba ya medio borracho pero seguía bebiendo whisky directamente de la botella. Ahora mismo le importaba todo una mierda. Pero el pequeño aguijón de la culpa todavía hurgaba en sus entrañas. Tendría que emborracharse por completo para dejar de sentirlo.

Y entonces le llegaron unas voces humanas desde afuera. Alguien estaba pidiendo ayuda, aunque no entendía cómo podían saber que estaba ahí adentro. Nada delataba su presencia, nada hacía pensar que hubiera alguien dentro del bar. La luz eléctrica hacía tiempo que no funcionaba en todo el pueblo. Pero luego recordó que al entrar había visto a alguien refugiarse cerca, de aquellas cosas que habían empezado a correr desde la casa de Pura. Aunque lo cierto es que aquellos que allí cerca se habían refugiado, aunque él no lo sabía, ya llevaban escapando de la plaga desde hacía unas horas, antes incluso de que el foco situado en la casa de la señora Pura eclosionara por completo.

—No hay nadie aquí dentro que os pueda ayudar —masculló con voz pastosa por la embriaguez. Lo hizo en voz baja, más para sus adentros que para quien pudiera escucharle.

Por unos segundos hizo oídos sordos a aquellas voces que suplicaban ayuda desde afuera. Seguro que quien se había refugiado allí arriba, sobre los altos muros que delimitaban un descampado, le habían visto antes entrar en el bar. Ahora que no había seres en las inmediaciones, seguramente hubieran bajado del muro en busca de un lugar mucho más seguro.

Tras pensarlo mejor, Efrén se dijo que quizás había llegado el momento de comportarse como un adulto. Se levantó del taburete, sintiendo cómo todo se movía a su alrededor. Estaba ya bastante borracho y le resultaba difícil mantener el equilibrio cuando estaba de pie.

—Ya voy, joder, ya voy. ¿Es que uno ya no puede morirse de asco solo y tranquilo? Malditos seáis vosotros y vuestras jodidas madres, bastardos del demonio.

A través de los cristales de la puerta y de la reja metálica que protegía el lugar, pudo ver a dos hombres y una mujer. Eran de mediana edad. Hablaban en susurros, como temerosos de que aquello que había invadido el pueblo pudiera escucharles. Acercándose más a la entrada, tambaleante y sudoroso, pudo entonces advertir que conocía a aquellas personas. Aquel era un pueblo pequeño y todos se conocían.

Uno de ellos era aquel rechoncho jardinero de coleta que tan mal le caía. Pero era un ser humano superviviente, al fin y al cabo, y no podía dejarle afuera, abandonado al peligro por muy mal que le cayese.

—Ah... eres tú, joder... maldito jardinero del demonio... Así que por este saco de grasa con coleta voy a arriesgar mi puñetera vida —los de afuera estaban demasiado nerviosos como para prestar atención a sus palabras. Además, estaba tan borracho que casi no se le entendía nada.

Efrén abrió la puerta del bar con cierta dificultad. Entre que estaba tan oscuro y que el hombre ya no atinaba mucho debido a su embriaguez, apenas tenía ya coordinación. Un terrible ardor de estómago le obligó a llevarse la mano al abdomen. Los que esperaban afuera advirtieron el estado en que se hallaba. Empezaban a sentirse demasiado impacientes. Lanzaban miradas a sus espaldas de manera constante. Uno de ellos se dio cuenta de que el hombre no había podido cerrar con llave la verja desde dentro. La subió todo lo lentamente que pudo, para no hacer demasiado ruido. Los otros vigilaban el espacio que había en aquella pequeña plaza. Más allá de unas casas y un muro, el terreno iba a dar a campo abierto.

A pesar de todo el cuidado puesto en aquella maniobra, la verja metálica sonó como un estruendo en mitad de la noche. Un clamor de voces salvajes se oía a los lejos. Entonces algunas de ellas sonaron cada vez más cerca.

—Date prisa, Javier, por lo que más quieras —dijo una de las mujeres que formaban parte del pequeño grupo.

Pero entonces Efrén vio cómo unas sombras se acercaban a la carrera en dirección al bar. No podía consentir que le cazaran así. No tuvo más remedio que hacer lo que hizo. Con la puerta al fin abierta, puso sus manos rechonchas entre las rejas e impidió que la subieran del todo. El hombre tenía mucha fuerza. Mientras los otros intentaban subir la verja desde afuera, él tiraba hacia abajo con el rostro congestionado por el esfuerzo y su estado de embriaguez.

—¿Qué coño estás haciendo? Déjanos pasar de una vez, Efrén —suplicó uno de los hombres, desesperado. En su rostro se reflejaba un terror inenarrable. Se trataba del rechoncho jardinero que ya había antes escapado de los seres, cuando había ido a comprar por la tarde sus drogas.

El otro hombre, que se llamaba Javier, aún intentaba abrir la verja hacia arriba. Hacía fuerza mientras Efrén se lo impedía desde el otro lado.

Pero los demás pronto echaron a correr hacia el campo de viñedos. Ya no había tiempo si quiera de subirse al mismo muro donde antes se habían encaramado. Sin embargo aquellas bestias corrían demasiado. Cuatro de ellas siguieron avanzando a la carrera, entre gruñidos de excitación ante la visión de presas fáciles. Seis se abalanzaron sobre el hombre que aún trataba de subir la verja. Efrén tuvo que presenciar cómo lo despedazaban a mordiscos, pues su mirada estaba a apenas dos palmos de la del hombre. Pudo leer en esos ojos, a pesar de la oscuridad, el profundo reproche que ardió en ese escrutinio cargado de odio.

Mientras tiraban de él hacia abajo, el hombre se aferró con todas sus fuerzas a la verja. Pero pronto empezó a echar sangre por la boca mientras aquellas bestias hundían sus dientes en la carne de sus hombros, cuello, espalda y brazos. Luego abrieron su vientre y sus tripas se desparramaron con un sonido acuoso sobre el suelo. Un olor nauseabundo se esparció por todo el lugar. Efrén terminó de bajar otra vez la verja. Luego se giró para vomitar en el suelo, con un profundo sentimiento de culpa anidado en las entrañas, que no logró regurgitar como todo aquel alcohol.

Pudo escuchar el sonido de aquellas mandíbulas que masticaban las vísceras de Javier. Era algo espantoso. Aquellos seres devoraban el cuerpo con una avidez repulsiva. Se disputaban con ferocidad cada trozo de aquellos restos humanos. Sus gruñidos hacían pensar en hienas hambrientas.

Mientras tanto, el jardinero y la otra chica corrían a través de los campos de la periferia. Eran perseguidos en medio de la oscuridad por más infectados sedientos de sangre.

9

Joel estaba cada vez más nervioso, al borde de un ataque de histeria. Pero el hombre apretaba los dientes con fuerza y proseguía la búsqueda por toda la casa. Se ayudaba para ello del brillo de la pantalla del ordenador portátil. Sus manos temblaban, su frente sudaba de manera copiosa y su corazón latía desbocado mientras recorría todas y cada una de las habitaciones sin encontrar ni rastro de Judith o los gemelos. Lo mejor hubiera sido que él y el policía se separasen para cubrir toda la casa en un momento, pero sólo contaban con aquella luz del portátil. Tampoco sabían por cuánto tiempo más. La pantalla ya presentaba un aspecto bastante deteriorado, con aquella repugnante capa blancuzca que medio tapaba la luz.

—¿Qué ha sido de Claudio? —preguntó el programador al agente, quien ahora ascendía las escaleras tras él. Iban camino del piso de arriba, donde todavía no habían mirado.

—El hombre estaba bastante asustado. Se ha quedado en el coche patrulla. Espero que no haga ninguna locura si se acercan más tarados de esos. De momento creo que estará seguro si no hace ninguna locura. No podrá abrir las puertas traseras desde el interior y esos tarados no parecen gozar de mucha coordinación precisamente. No creo que puedan sacarle de ahí.

Joel había preguntado aquello casi más por entablar conversación que porque le interesara dónde estuviera el argentino. No es que no le importara la vida del hombre, pero estaba tan preocupado por la de sus hijos que en esos momentos el resto tendría que esperar. Sólo quería hablar un poco para que las palabras le ayudaran a digerir lo angustioso de la situación. La única esperanza, en toda aquella pesadilla, era hallar al resto de su familia.

Buscaron en la habitación de sus hijos pequeños, en la suya propia y en su estudio particular, ubicado todo en el piso de arriba. Mientras lo hacían se atrevieron a llamar en susurros a los pequeños y a Judith. Pero nadie contestaba allí. El programador se ponía cada vez más nervioso. El miedo caló hondo en sus entrañas. Desde que todo había comenzado, era la primera vez que estaba al borde del llanto más desconsolado.

—Aquí ya no hay nadie más, amigo. Tus hijos deben de haber huido fuera de casa —dijo con toda la delicadeza de la que fue capaz el policía. Omitió, de manera sabia, la posibilidad de que se los hubieran llevado y puede que incluso ya muertos. Sin embargo, no había más rastros de sangre por allí que así lo indicaran. Joel albergó, por tanto, la posibilidad de que sus hijos hubieran podido escapar con vida.

Ya habían registrado concienzudamente las otras dos habitaciones. Ahora estaban en el estudio de Joel. El agente se asomó un momento a la ventana que iba a dar a la avenida. Llevaba siempre el arma lista en sus manos. Allí afuera vio algo que le puso en estado de alerta y llamó en voz baja al programador.

—Joder, han vuelto y están rodeando el coche patrulla —musitó, apretando las mandíbulas prominentes.

—Mira, ahora parece que están aturdidos. Caminan mucho más despacio —observó Joel, cada vez más ansioso sin embargo por salir de allí para ir en busca de sus hijos.

—Quizás esa peste que llevan dentro les esté consumiendo con rapidez. Pero el hombre que iba contigo sigue ahí dentro del coche. Empiezo a pensar que pronto perderá los nervios. Deberíamos ir en su ayuda. Luego buscaremos por todo el pueblo a tus hijos en el coche patrulla.

Ya iban ambos a salir del estudio, donde tan sólo había un escritorio con un ordenador de torre y algunas estanterías abarrotadas de libros, cuando observaron un nuevo comportamiento en aquellos seres. Tras zarandear durante algunos segundos el vehículo, cuyos faros iluminaban la escena de manera fantasmagórica, adoptaron una formación escalofriante en torno a él. Se posicionaron formando un semicírculo en la parte delantera del mismo. Sus cuerpos se mantenían en extraño equilibrio, como si brazos y testas supusieran un peso tremendo para sus dueños. Mientras alzaban un coro de voces lastimeras al aire tórrido de la noche, Joel y el agente vieron cómo abrían mucho sus bocas. De ellas comenzó a surgir algo muy extraño. Era una especie de vaho que se dividía luego en delgadas lenguas neblinosas. Aquellos vapores descendieron de manera pesada, pero con lentitud, para luego envolver al vehículo. Se introdujeron en su interior a través de los conductos de ventilación.

—¡La puta hostia! —masculló el agente, entornando los ojos—. Están llenando el interior del vehículo con esa mierda que sale de sus bocas.

Desde allí no pudieron ver el gesto de espanto que se dibujaba en el rostro de Claudio. Tampoco cómo éste palidecía, echándose las manos al cuello, cuando los hediondos gases comenzaron a llenar sus pulmones. El desdichado hombre intentó gritar, se revolvió en el asiento tratando de salir de allí. Pero, aparte de que las puertas traseras no podían abrirse desde adentro, no hubiera tenido las fuerzas suficientes tampoco. Aquel gas que invadía sus pulmones hizo que todo su sistema respiratorio se irritara. Un escozor insoportable lo hizo postrarse sobre el asiento, mientras su cuerpo se convulsionaba por completo.

10

Judith corría detrás de sus hermanos por aquel campo de trigo. Escuchó el alborozo de las espigas rasgando el silencio de la noche. Era consciente de que dejaban tras de sí un rastro visible, un rosario de evidencias a su paso, sin embargo no había tiempo de andarse con más cuidado. Hubiera deseado avanzar más deprisa, pero sus pequeños hermanos no eran capaces de correr más. Ella prefería ir a la retaguardia, pues era de donde creía más probable que surgiera el peligro. Dejaban Cihundi a sus espaldas, con esperanza de poder alcanzar cuanto antes la carretera comarcal más cercana. Los ojos de la chica aún seguían arrasados en lágrimas. Por sus mejillas corrían aquellos regueros lacrimosos, cuarteando el maquillaje que aún estaba un poco sucio por la sangre de su madre. El fluido le había salpicado las mejillas cuando esa bestia hundió sus dientes en la yugular de la mujer.

—Quiero volver con mi mamá, Judith —musitó Albertito entre ahogados sollozos, sin dejar sin embargo de correr. Su cuerpecito rechoncho se adivinaba entre las espigas doradas bañadas por la luz de la luna.

—Sigue corriendo, Albertito, pronto llegaremos hasta la carretera y alguien podrá llevarnos hasta la ciudad. Allí buscaremos ayuda y preguntaremos por nuestro padre.

La chica de ondulados y largos cabellos color azabache, se preguntaba por qué no había vuelto a tiempo su padre con la policía. En el pueblo todo se había ido de madre. Había gritos por todas partes. Todo estaba impregnado de un olor ferroso a sangre, excrementos y vísceras. Era como estar en un matadero humano.

—Mamá está muerta, yo lo sé —aseguró con rotunda tristeza Manuel, el otro gemelo. A diferencia de su hermano estaba bastante delgado y era mucho más ágil. Además de ser menos ingenuo—. Yo escuché cómo esos hombres rabiosos rompían la ventana cuando ella estaba en la cocina y también la oí luego gritar.

—¡Judith! —se quejó Albertito con un timbre atiplado que delataba su desesperación—. Dile que deje de decir tonterías. Mamá está bien.

Pero el gemelo gordito en su fuero interno sabía que esto no era así. De estar su madre con vida no habrían huido de casa dejándola sola. Pero tenía que engañarse, necesitaba creer que su madre seguía estando bien.

—Manuel, deja de asustar a tu hermano —amonestó Judith al otro gemelo. Hizo un enorme esfuerzo para tragarse toda la amargura que la embargaba—. Seguid corriendo. Ya volveremos a por mamá cuando hayamos encontrado ayuda.

A Joel se le había olvidado mirar en un sitio, cuando registró su casa junto al agente en busca de ellos. El nerviosismo y el miedo habían obnubilado demasiado su mente. No recordó la ventana trasera del baño de la planta baja. Por ahí era por donde siempre se escapaba Judith cuando estaba enfadada y había discutido con él o con su madre. La chica había ayudado primero a sus hermanos a salir por allí para luego colarse ella misma hasta la parte trasera de su casa. Juntos corrieron hasta la zona donde comenzaban a abrirse los campos de trigo de la periferia, tratando de no escuchar aquellos gritos enardecidos que llenaban el pueblo.

—Judith, acabo de escuchar algo a la derecha —la informó Manuel, que resollaba a causa de la larga carrera y el esfuerzo de hacerse paso entre las espigas de trigo.

—Son imaginaciones tuyas, Manuel —respondió Judith,

sin lograr apartar a un lado todo el dolor que le afligía el corazón—. Hemos dejado muy atrás a toda la gente. Sigue corriendo y no te distraigas.

Sus hermanos la necesitaban. No pensaba fallarles, por mucho que aquella noche hubieran destrozado su alma unas personas enloquecidas que parecían dispuestas a devorar a todo aquel que siguiera en el pueblo.

—Pero, si hemos dejado atrás a todos los zombis —objetó Albertito, mucho más cansado ya que su hermano—, ¿por qué seguimos entonces corriendo?

—No hay zombis ni vampiros, Albertito. Sólo son personas enfermas que han...

La chica no terminó de decir lo que tenía pensado. Unos gruñidos llegaron entonces hasta sus oídos desde el mismo lado que había indicado antes Manuel. El gemelo más delgado estaba en lo cierto. Un latigazo de pánico recorrió las entrañas de ella al escuchar aquellos sonidos. Con presteza, indicó mediante gestos a sus hermanos que guardaran silencio. Se detuvo en medio del campo. Los niños la miraron asustados, mientras ella los protegía entre sus brazos. Aguzó cuanto pudo su oído. Entonces se dio cuenta de que alguien más huía de los infectados en aquel campo. El crujido de las briznas, los gritos de socorro y los gruñidos no llegaban desde demasiado lejos.

—Escuchadme muy bien. Ahora tenemos que tumbarnos en el suelo y quedarnos muy quietos —su voz era apenas un susurro, mientras daba aquellas instrucciones a sus hermanos con el corazón en un puño—. Si no llamamos la atención se irán en busca de esos hombres que gritan.

La joven ni siquiera barajó la posibilidad de ayudar a los hombres sanos que huían de los seres. Parecía que también había una mujer entre ellos. Lo importante en esos momentos era cuidar de sus dos hermanos, que eran sólo unos niños. No podía ponerlos en peligro para ayudar a unos adultos que quizás ya estuvieran perdidos.

Agachados sobre la tierra, ocultos entre las espigas lo mejor que pudieron, el tiempo se les hizo una eternidad. Los gruñidos se escuchaban cada vez más cerca mientras contenían la respiración con el alma en vilo. Judith protegía a sus hermanitos ocultándolos bajo sus brazos.

Entonces el alborozo se intensificó de forma alarmante a su derecha. Escucharon gritos de dolor cuando los infectados alcanzaron por fin a sus víctimas. Judith tuvo que taparles la boca a sus hermanos, pues temía que comenzaran a gritar asustados. Después de aquellos gritos de dolor llegaron otros de agonía, entremezclados con un espantoso sonido de mandíbulas masticando partes blandas, uñas desgarrando carne y gargantas que deglutían materia humana.

DESDE LAS ENTRAÑAS

1

Cuando Tamara y Jordán llegaron hasta la plaza del pueblo pudieron observar algo sobrecogedor. Aquellos seres giraban con lentitud, como autómatas sin control, en torno a la fuente que había en medio del amplio círculo de pavimento. Lo más extraño de todo era aquella misteriosa niebla que flotaba a la altura de las rodillas de los seres. Eran unos jirones vaporosos surgios de las bocas de los mismos, como si se tratara de su aliento. Sus gemidos se alzaban en la noche bajo aquel manto de estrellas. El firmamento podía verse bien gracias a la ausencia de luz artificial.

La plaza se encontraba más o menos en el centro de la villa. El círculo que la conformaba estaba rodeado por algunas casas de no más de dos pisos. La achaparrada iglesia, de estilo románico, también se ubicaba allí. Su torre parecía querer destacar un poco, con aire más o menos gallardo, sobre el resto de edificaciones. La fuente era un bloque de piedra con forma de prisma vertical y pulido. Su caño metálico vertía un caudaloso chorro sobre una pila en forma de concha. En condiciones normales era un lugar bonito y soleado de día, siendo en las noches el sitio ideal para ir a entregarse a idílicos romances entre sus ajardinados espacios. Pero ahora parecía un portal al Averno.

—Se guían por el olfato y el oído, Tamara. Incluso puede que se estén quedando ciegos, al mismo tiempo que esa porquería crece dentro de ellos —le indicó Jordán a su compañera. Observaban la escena, agazapados tras la esquina de un edificio cercano.

—Sí, pero ahora nosotros ya no olemos como sus víctimas, Jordán —la voz de la chica sonaba con un deje de amargura y resignación. Su mirada estaba perdida en aquella tétrica escena. Parecía sin esperanzas—. Ahora formamos ya parte de ellos, Jordán. Estamos enfermos y pronto empezaremos a actuar como tales.

—Todavía tenemos tiempo para evitarlo. Tú misma dijiste que tu novio tardó varios días en desarrollar la enfermedad. Podemos tratar de llegar a la ciudad más cercana, a Los Jarros, por ejemplo, para pedir ayuda médica.

Jordán parecía un poco molesto ante el abatimiento absoluto y la negatividad de ella. Pero en parte sabía que tenía razón. Por otro lado estaba también el hecho de que allí, en Cihundi, casi todos parecían haber desarrollado la enfermedad de forma muy rápida. Él mismo había presenciado, durante el tiempo que llevaban ahí metidos, varios ataques de gente enferma a gente sana. Quizás aquello se pasara también de humano a humano y no sólo de animal a humano.

Cabía incluso la posibilidad de que en no todos los casos actuara con igual rapidez. Pero sacudió la cabeza y trató de pensar en lo que era más importante ahora mismo. Sin embargo, Tamara lo rescató pronto de las profundidades de sus pensamientos.

—No sé hasta qué punto sería buena idea que lleváramos con nosotros esto que tenemos dentro del cuerpo, hasta una ciudad llena de gente sana, Jordán. Puede que sea algo más contagioso de lo que pensamos. No quisiera ser la causa de cientos de muertes.

El joven ya había pensado en esa posibilidad, pero había albergado la esperanza de que aquello no fuera tan contagioso. Pensó que debía haber alguien que supiera de qué se trataba. Luego, pensándolo mejor, se dio cuenta de que en su vida había oído de algo semejante. Aquello tenía que ser fruto de algo muy grave. Algo para nada conocido por la mayoría. Quizás Tamara llevara razón y ya estaban condenados por completo.

Lo que le sacó esta vez de sus pensamientos fue el grito rabioso de uno de aquellos seres. Sonó como si al proferirlo el enfermo se desgarrara la garganta, que parecía como repleta de flemas a juzgar por el sonido. Jordán miró hacia la plaza. Pudo ver cómo varios de ellos comenzaban a excitarse. Gritaban todos a la vez mientras de sus bocas surgían salivazos sanguinolentos.

Uno de aquellos seres se giró hacia ellos y agitó sus brazos con frenesí. Antes de que pudieran reaccionar, tres de los seres corrían hacia ellos envueltos en furia. Sus cabellos parecían haberse marchitado sobre el cráneo. La piel había adquirido un tono cetrino. Ya poco recordaban a los seres humanos que habían sido hasta hacía poco.

Jordán ayudó a Tamara a incorporarse de su posición, junto a la esquina de aquel edificio. A pesar de sentirse perdidos, su instinto de supervivencia les obligaba a cuidar de sí mismos todavía. Se dieron la vuelta poco antes de que las criaturas alcanzaran su posición. Echaron a correr calle arriba, por aquella zona pavimentada y ancha. A los lados había varios establecimientos públicos. Pensaron que quizás podrían buscar resguardo en alguno de ellos. Pero era arriesgarse demasiado, pues si no encontraban el paso franco las criaturas los alcanzarían al fin.

—Y ahora, ¿por qué narices nos han detectado de pronto? —preguntó confuso Jordán, mientras su respiración sonaba ya bastante agitada.

—No tengo ni idea, Jordán, pero está claro que vienen a por nosotros.

Sin embargo, estaban equivocados. Las criaturas giraron de pronto en una de las esquinas sin dejar de correr. Luego escucharon el sonido de lamentos mientras daban caza a alguien. Tamara y Jordán se detuvieron sobre la calle y se miraron durante unos segundos, como si hablaran entre sí sin usar palabras. Ambos sabían lo que pasaba por la mente del otro. Como un equipo bien entrenado, se dieron la vuelta juntos. Engulleron todo el miedo que sentían hacia el fondo de sus entrañas. Doblaron en la misma esquina por donde las criaturas habían desaparecido. Allí pudieron ver, agazapado en un rincón, a un hombre que se ocultaba la cabeza entre los brazos, como si no quisiera ver el peligro que se alzaba ante él.

Las tres criaturas despedazaban en esos momentos el cuerpo de una mujer sobre el suelo. Extraían sus vísceras con excitación, para engullirlas en un macabro festín de sangre. Los seres estaban arrodillados ante el cadáver y parecían hienas hambrientas que se disputaran la comida. Uno de ellos, al ver cómo sus compañeros le dejaban sin nada y lo apartaban violentamente de su lado, decidió al fin poner su atención en el hombre que había agachado frene a un portal. Éste lloraba desconsolado, como un niño abandonado en mitad de un campo de fieras. Si el penetrante olor de las criaturas no lo hubiera inundado todo, Jordán y Tamara habrían notado ese otro que surgía desde la entrepierna del hombre, quien a causa del miedo se había hecho encima sus necesidades.

No hizo falta que lo hablaran si quiera. Ambos sabían muy bien lo que tenían que hacer. Si estaban ya condenados a que aquella ponzoña corrompiera sus entrañas, procurarían al menos aprovechar lo que les quedaba de vida de una manera honrosa. Jordán y Tamara se abalanzaron sobre el infectado al unísono. Lo empujaron con fuerza hacia la pared.

—Hay que impedir que estos dementes acaben con el hombre, Tamara.

—¿Aunque sean de nuestra misma condición? —preguntó ella con un deje de amargura.

Como habían sospechado, el ser no trató de atacarles

como a una presa indefensa, tan sólo se revolvió como de igual a igual. Jordán aprovechó aquel momento en que la criatura trataba de recuperar el equilibrio. Se dio la vuelta y voló una papelera metálica de dos contundentes patadas. Luego aferró con ambas manos el pesado cilindro, se giró con rapidez y descargó un poderoso golpe sobre la cabeza de la criatura. Mientras el resto del contenido que aún seguía dentro de la papelera se desparramaba sobre el suelo, la frente del infectado se abrió en tres grandes brechas. Su cráneo crujió, deformándose de manera espantosa. Al fin la criatura cayó sobre el suelo entre espasmos.

Tamara, mientras tanto, había ayudado al hombre a levantarse del suelo. Éste se incorporó asustado ante el portal donde había tratado de encontrar refugio y miró a la chica con ojos llorosos. Aquel hombre había trabajado toda su vida en los campos de los alrededores, con sus máquinas cosechadoras. Era un señor humilde que jamás se había enfrentado a una dificultad mayor que la de cambiar una rueda a una de sus máquinas o pagar su hipoteca todos los meses. Aquello le sobrepasaba con creces.

—¡Corred hacia algún lugar seguro mientras intento distraer a estos otros! —les indicó Jordán, al darse cuenta de que los dos que habían estado devorando a la mujer, se ponían en pie ante la amenaza que sentían cerca.

Pero lo que Jordán vio poco después de que Tamara se fuera con aquel hombre de cano cabello y rostro curtido, fue algo que le hizo revolver las entrañas. Mientras empujaba los cuerpos de los infectados, interponiéndose una y otra vez en su camino, pudo observar, sobrecogido, cómo algo surgía por la boca del otro ser al que había abatido. Era una especie de gusano repulsivo, largo como el brazo de un hombre. El organismo se arrastró con lentitud, entre telillas viscosas y sangre, sobre el pavimento del suelo. Su cuerpo parecía formado por una serie de anillos de aspecto cartilaginoso pero elástico. Tenía dos testas bulbosas, provistas de algo parecido a ventosas y ganchos membranosos, una a cada extremo del cuerpo. Se abrió paso a través de la boca muy abierta del hombre, para luego desplazarse, mediante contracciones de su cuerpo, sobre el suelo de la calle.

2

Judith tuvo que morderse el labio inferior y presionar con las palmas de sus manos sobre las bocas de ambos gemelos, cuando unos pasos sonaron muy cerca de ellos. Pero aquellas pisadas parecían como sigilosas y coordinadas, por lo que pronto empezó a pensar que no se trataba de humanos infectados. Reunió el valor suficiente para dirigir su mirada más allá de las espigas de trigo que los resguardaban, alzando un poco la cabeza. Entonces pudo ver la silueta de un hombre bastante gordo recortándose contra la luz de luna, a apenas unos pasos de ellos. El hombre le hizo una señal para que guardara silencio. Luego se tumbó junto a ellos y escondió lo mejor que pudo su voluminoso cuerpo allí abajo. Aplastó, sin poder evitarlo, un montón de espigas bajo su peso. El hombre por entonces ya sospechaba que aquellos seres se guiaban más por el olfato y el oído que por la vista, por lo que no le importó el hecho de que el resguardo que ofrecían las espigas quedara bajo su cuerpo. Aunque sí que le alarmó, y mucho, el crujido que producían las mismas al ser aplastadas y removidas.

—No hagáis ruido, por lo que más queráis —les pidió casi como una súplica, mientras contenía la respiración y aguzaba el oído. Ahora parecía que los infectados se habían marchado lejos por fin.

Judith reconoció al hombre enseguida. Era un empleado municipal de unos treinta años que trabajaba como jardinero para el ayuntamiento. Tenía un rostro orondo salpicado de acné juvenil, algo que le dotaba de un toque pueril a pesar de que ya era todo un adulto. Sus cabellos eran negros y largos, aunque un poco escasos, y siempre los llevaba atados en una coleta. Judith recordó haber visto cómo aquel joven la miraba con deseo en más de una ocasión, cuando ella paseaba por el pueblo y él realizaba sus trabajos en alguno de los parques de Cihundi.

—Ya se están alejando en dirección a la carretera —masculló con voz temblorosa el joven, con la respiración entrecortada a causa de la congoja—. Joder, dios mío, se han cargado a medio pueblo. Casi no pude escapar de ellos. El hijo de puta de Efrén no nos dejó entrar en su bar cuando saltamos del muro en que nos habíamos subido para que no nos cogieran. Jamás pensé siquiera que conseguiría subir allí arriba este cuerpo tan gordo. Pero cuando ya no había ninguno alrededor, intentamos hacer que nos abriera. El muy cabrón estaba borracho y no quiso saber nada de nosotros. Había más personas conmigo. Todas la palmaron. El último de ellos era mi compañera de curro. Cayó a unos metros de aquí.

—Gracias por toda la información, pero preferiría que lo habláramos en otro lugar más adecuado —lo cortó la muchacha con aire arisco, consciente, además, de que sus hermanos estaban escuchando todas aquellas cosas. No quería que se asustaran más de lo que ya estaban. Además, ella misma había vivido todo aquello en sus carnes. Había tenido que presenciar cómo una de aquellas criaturas se daba un banquete con los restos de su madre.

De vez en cuando, algún alarido cargado de ira les llegaba desde Cihundi, envuelto en aquellos ecos infernales que se habían adueñado de hasta la última partícula de aire. Los dos gemelos se removieron inquietos una vez más, en su improvisado escondrijo. El jardinero lamentaba el alboroto apagado que producían sus cuerpos al moverse.

—Estoy de acuerdo, pero procura que estos dos dejen de armar tanto ruido o terminaremos como mis compañeros. No sé hasta qué punto será buena idea juntarme con un par de mocosos y una… una tía a la que le va la música ruidosa.

—Nosotros no te hemos pedido en ningún momento que vengas a rescatarnos —replicó Judith con sarcasmo, mientras le lanzaba una mirada cargada de desprecio que, sin embargo, quedó velada por el espeso manto de la noche—. Por mí, puedes irte por donde has venido y dejarnos a nuestro aire.

El jardinero iba asimismo a responder con desdén a las palabras de la joven, pero en el último momento decidió guardar silencio. Algo le hacía sentirse mejor junto a esa muchacha. Algo le hacía preferir estar con ella, aunque esto supusiera verse obligado a arrastrar a ese par de gemelos con él, allí adonde diablos se dirigiesen en busca de escapatoria a semejante pesadilla.

3

Aquellas lenguas neblinosas se habían extendido ya por gran parte del pueblo. Allí donde se arrastraban las víctimas activas de aquel organismo, aquellas que servían como huéspedes para sus cuerpos alargados, había niebla. Los intestinos de más de un tercio de la población de Cihundi servían ahora como nido caliente y húmedo, para aquella repulsiva entidad que se alimentaba de manera desproporcionada. Usaban a sus huéspedes como lecho donde vivir y a la vez como esclavo a sus servicios. El organismo se reproducía de una manera asombrosamente rápida. Pasaba de su estado larvario a su estado adulto en apenas unos días. Cuando se aferraba a las paredes estomacales de los perros tan sólo podía anidar allí en forma de larva. Se alimentaban de las entrañas del animal, haciendo que su salud desmejorara a pasos agigantados. De vez en cuando una de esas larvas podía salir expulsada en los excrementos del animal, para luego desarrollarse fuera. Aunque de esta forma no eran capaces de llegar a gran cosa. Su desarrollo era defectuoso en la superficie. Pero cuando pasaban a un organismo humano, en forma de larva, podían desarrollarse por completo y ser transferidos a otro humano ya en fase de crecimiento. El nuevo infectado pronto desarrollaba la patología con mayor celeridad. A partir de ahí el parásito se alimentaba tanto de la vitalidad del hombre afectado, como de todas las vísceras que éste buscaba, enfebrecido, bajo la batuta de un nuevo poder que ahora gobernaba su mente.

Aquella vaporosa cortina era tan densa que flotaba en su mayor parte a pocos centímetros del suelo. Pero en ella flotaban millones de pequeñas larvas cuyas dimensiones eran todavía nanométricas. Aquel que las respirara sufriría tal vez las nefastas consecuencias.

En grupos de cuatro o cinco individuos, los infectados se desplazaban como aturdidos. Conforme el organismo crecía en sus entrañas sus fuerzas mermaban. Pronto no serían más que un cadáver andante. Entonces llegaría el momento en que aquel parásito tendría que buscarse un nuevo huésped donde arraigar con sus ventosas y ganchos deplorables, o quizás pasar a su siguiente etapa, ya fuera de cuerpo humano alguno. Pero habría por entonces alcanzado una nueva fase en su crecimiento, convirtiéndose en algo más desarrollado y horrible.

4

El agente de espesos bigotes observaba, desde el piso superior de la casa de Joel, cómo se arremolinaban los infectados allí abajo. Lo hacían en torno a su coche patrulla. El hombre se dijo que había sido un poco imprudente al usar su pistola a la ligera. El arma le había ayudado a hacerse paso entre las criaturas y a quitarse de en medio a unas cuantas de ellas. Pero lo cierto es que también había atraído hasta el lugar, con los disparos, a un considerable número de infectados que estaban en otras partes del pueblo.

Ahora había más de una docena arrastrándose sobre el asfalto de aquella avenida de chalets. Muchos de ellos expulsaban por sus bocas aquella materia gaseosa que se asemejaba en aspecto a la niebla. Los seres no dejaban de lanzar sus lastimeros gruñidos al aire.

Pronto el agente y Joel se dieron cuenta de que varios de ellos aporreaban la puerta de la casa de éste. La recia hoja de madera aguantaba aquellos envites por el momento. Pero era cuestión de tiempo que algunos de los infectados encontraran aquella ventana rota por donde ya entraran dos de ellos.

—Joder, cómo no lo había pensado antes —masculló Joel con aire meditabundo y preocupado—. La ventana del baño estaba abierta. Va a dar a la parte de atrás, donde empiezan los campos que van a dar a la carretera, que está unos cuántos kilómetros más allá. Seguro que Judith huyó por ahí con los niños. Tengo que ir a por ellos cuanto antes. No puedo seguir perdiendo más tiempo.

A pesar de todo lo que estaba pasando afuera, el programador no podía pensar en otra cosa sino en sus hijos. Todo lo demás podía esperar. Lo que primaba en esos momentos era encontrar a los dos pequeños y a la muchacha. Rezaba para sus adentros para que todavía estuvieran a salvo. Encontrarlos con vida y sanos sería lo único que le daría fuerzas para superar la espantosa muerte de su esposa.

—Recuperaremos el coche patrulla e iremos en busca de ellos, amigo —le aseguró el agente de manera rotunda. Parecía casi más una orden que una sugerencia.

—Lo siento mucho, pero no me parece algo muy sensato. Ahora se está juntando medio pueblo ahí abajo. Todos están ya con esa mierda en el cuerpo. Además, no sé cuánto podrá aguantar la batería del coche funcionando en buenas condiciones. Ya ves que todos los aparatos eléctricos se están yendo al carajo en todo el pueblo. Lo siento mucho por el argentino, pero yo ahora sólo puedo pensar en mis hijos.

—Escucha —inquirió de inmediato el agente, que tuteó ahora al programador como para que éste se sintiera un poco más cercano—. Haremos lo siguiente. Tú saldrás por la ventana por la que dices que escaparon tus hijos, si es que cabe por allí un adulto, claro —como viera que el otro asentía, el policía continuó con su plan—. Yo me quedaré dentro. Dispararé varias veces al aire, atrayendo al mayor número posible de infectados hasta aquí adentro, mientras tú corres rápidamente. Ve armado con ese bate que llevas, hasta la parte delantera de la casa. Cuando haya un considerable número de infectados en el interior de la casa, cerrarás la puerta y yo escaparé por la misma ventana. Pero claro, primero hemos de bloquear como sea la ventana de la cocina, por donde han entrado antes los otros que invadieron la casa. De eso me encargaré yo. Ya veré cómo me las arreglo.

A Joel no le hacía gracia perder demasiado tiempo con todo aquello. No le cautivaba la idea de dejar allí el cuerpo sin vida de su esposa para que fuera pasto de aquellas deplorables criaturas. Sin embargo pensó que quizás, si la batería del coche patrulla aguantaba lo suficiente, podrían usar el vehículo para avanzar por la pista de la periferia. Aquella que recorría paralelamente los campos. Sería la forma más rápida de cubrir el terreno en busca de sus hijos. Al fin accedió y se puso en marcha enseguida.

Con el corazón desbocado Joel bajó al piso de abajo de su casa. El agente le seguía muy atento, procurando no caerse en medio de la oscuridad. Sin mediar palabra el programador si dirigió a la parte de atrás. Entró en el servicio, donde en efecto la ventana estaba aún abierta. Para salir por allí era necesario encaramarse sobre el retrete, pero para un hombre sano aquello no supondría una seria dificultad. Al momento estaba ya afuera, en la parte trasera de su casa. Las estrellas se veían en el cielo a causa de la falta de luz artificial. El jardín trasero le trajo recuerdos demasiado duros de rememorar, ahora que su esposa había muerto. Apretó los dientes y contuvo las lágrimas para seguir avanzando, bate en mano. No tardó en saltar la tapia que delimitaba el jardín trasero. Pronto escuchó tras de sí una respiración jadeante que le puso en alerta. Se dio la vuelta, intentando ver algo en medio de la oscuridad. Gracias al resplandor de la luna y las estrellas pudo darse cuenta de cómo se arrastraba, con gesto ávido, una de aquellas cosas hacia él. Sus ojos parecían velados por una especie de tela blancuzca. Su rostro era como una máscara horrible.

De un golpe certero le reventó la nariz, de la que brotaron cuajarones de sangre mientras el infectado retrocedía tambaleándose. Joel destrozó luego su cráneo, poseído por una rabia que sólo podía apaciguar en cierta medida acabando con aquellas cosas. Fue una suerte no reconocer el rostro de aquel que hasta hacia poco fuera su vecino. No había sido él alguien que dialogara mucho con las gentes del pueblo, pero era mejor acabar con aquellas cosas cuando no veías en ellas un semblante reconocible.

Al mismo tiempo que Joel torcía a la altura de la esquina de su casa, para poner rumbo a la parte delantera, donde estaba el coche patrulla, pudo oír los primeros disparos en el interior del chalet. El agente ya estaba llamando la atención de los infectados. Al momento se escuchó un clamor de gruñidos anhelantes.

El señor «mandíbula prominente y espeso bigote» procuró atraer la atención de los infectados hasta el interior de la casa. El hombre efectuó dos disparos tras haber abierto la puerta principal y cerrado la de la cocina. No había tiempo para andarse con más sutilezas. Hizo aquel par de disparos al aire. Luego comenzó a gritar junto a la puerta de salida, para que todos los infectados le oyeran. Una vez hubo conseguido su propósito, más de una decena de ellos se dirigieron con torpeza hacia allí. Se empujaban entre gruñidos. Ansiaban alcanzar aquel apetitoso bocado que calmaría un poco la voracidad de eso que llevaban en las entrañas.

—Tengo para vosotros todo el plomo que queráis, amigos. No os peléis, hay suficiente para el pueblo entero. Venid en orden a por vuestra dosis de plomo, que yo os la dispensaré muy gustosamente.

El policía barajó la posibilidad de disparar sobre alguno de los que ya estaban dentro, avanzando renqueantes por el pasillo en dirección a él. Sin embargo pronto desechó la idea. Consideró absurdo desperdiciar munición en unos seres que pronto ya no iban a suponerles una gran amenaza. Sin embargo, llegó a pasar un mal rato cuando uno de los individuos de pronto aceleró el paso a través del pasillo. El agente consideró entonces que había llegado el momento de huir. Saldría por la ventana trasera de aquel cuarto de baño.

Cerró la puerta del mismo tras de sí, confiando en haber atraído la atención de un buen número de infectados hacia el interior del edificio. Luego corrió para encaramarse sobre el retrete y salir por la ventana.

Joel comprobó que en la avenida ya no había más de media docena de infectados. Salió a la carrera hacia la parte delantera de su casa. Se quitó de en medio a dos criaturas más con el bate. Luego a otras tres ya dentro del jardín delantero, golpeando sus cabezas mientras un estallido de adrenalina y rabia dotaba a sus brazos de una fuerza arrolladora. Las cabezas se fracturaban con cada arremetida. El hombre notaba cómo unos regueros de sangre salpicaban el suelo al momento. Estaba tan poseído por aquel repentino arrebato de euforia, que incluso tuvo que reprimir el impulso de gritar mientras abatía a cada una de las criaturas. Llegó, con la respiración agitada y el rostro arrebolado, hasta la puerta de su casa. Cuando la cerró ante sí, no pudo evitar sentir como si enterrara de golpe varias décadas de su vida junto a quien fuera su esposa. Un millón de pensamientos agridulces cruzaron su mente con la velocidad de un rayo. Aquel portazo sonó como si una pesada losa cerrara para siempre aquella época de su vida. Pero lo último que registraron sus ojos, antes de cerrar la puerta, fue la forma fluctuante de aquella masa putrefacta que conformaban los seres. Ahora inundaban ya los pasillos y habitaciones del edificio.

Pero sus hijos le necesitaban ahora. Ya habría tiempo más tarde para los lloros y los lamentos.

Habían conseguido que la mayor parte de los infectados que ocupaban la zona frente al coche se introdujeran en la casa. Joel no estuvo seguro de que el agente hubiera conseguido colarse a tiempo por la ventana del baño, hasta que lo vio aparecer con aquel gesto imperturbable tras la esquina de su casa. Entre ambos se deshicieron de los pocos individuos enfermos que quedaban allí, el uno haciendo uso de su bate, y el otro golpeando con la culata de su pistola sobre las cabezas de aquellas criaturas. La neblina que reposara hasta hacia poco sobre el suelo se estaba disipando con rapidez.

—Hay que sacar al otro del coche —le indicó el policía ya al lado del vehículo.

El agente abrió una de las puertas traseras del vehículo. Quería rescatar de allí al argentino, quien yacía sobre el asiento casi desmayado por haber inhalado aquella ponzoña. Una vez el coche patrulla se hubo vaciado de gases por completo, se dispusieron a entrar en él. Pero en esos momentos, y casi como si de una broma macabra se tratase, los faros del coche parpadearon tres veces para apagarse de forma definitiva.

—Mierda, lo sabía, joder. Al final esa porquería ha jodido también la batería del coche. Tenía que ser justamente ahora, joder —farfulló malhumorado Joel, mientras pateaba la rueda delantera con rabia.

—No sé ustedes, amigos, pero yo la verdad que me alegro un montón de volver a verles —les dijo el argentino en tono ácido, una vez hubo recuperado la respiración y la consciencia del todo. Ahora estaba de pie, junto a ellos, pero un poco encorvado sobre sí mismo y con unos ligeros mareos y un dolor de cabeza tremendo.

—Yo me voy de aquí —dijo Joel, casi como si no hubiera escuchado las palabras de Claudio—. No estoy dispuesto a perder más tiempo mientras mis hijos siguen por ahí en peligro. Si queréis venir conmigo, más vale que os deis vida. Me internaré en la zona de campos que hay tras mi casa. Con suerte puede que todavía no estén lejos. Aunque quizás debería desear que estuvieran lo más allá posible, para que todos esos hijos de puta no puedan darles alcance.

Por su parte, el rudo agente seguía aún debatiéndose entre aquellas dos alternativas que bullían en su interior. Por un lado, y como ya desde hacía años llevaba haciendo, se decía a sí mismo que no tenía sentido enredar su destino con el de otras personas, y menos si era dejándose llevar por impulsos demasiado sentimentales. Pero había otra fuerza que acababa de desatarse dentro de su mente, desplegando sus poderosas corrientes eléctricas por todo su cuerpo. Algo en aquel sencillo programador le hacía recordar demasiado al hombre que él mismo fuera en un remoto pasado, cuando aún creía en la felicidad, el amor y la bondad humana.

5

Ya eran algo más de las cuatro de la madrugada cuando Judith, sus hermanos y aquel joven obeso, llegaron junto a una zona de pequeñas elevaciones. Allí los campos de trigo terminaban por fin para dar paso a esas lomas de vegetación de un verde pálido. Entre los arbustos crecían algunos olivos de forma dispersa. Una vez hubieron ascendido, para llegar a un pequeño huerto de este tipo de árboles, pudieron ver a lo lejos la silueta de un viejo edificio. Avanzaban muy despacio a causa de la escasa luz con la que contaban. En su pecho se había arraigado aquella sensación de miedo e incertidumbre. No podían dejar de pensar en todos sus seres queridos, tanto en los que habían caído como en aquellos cuyo paradero todavía desconocían. Los gemelos estaban ya tan cansados y confusos que ni siquiera tenían fuerzas para seguir quejándose.

El joven jardinero se volvió unos segundos, resollando a causa del esfuerzo de subir aquella loma y la falta de costumbre en cosas semejantes. Durante unos segundos trató de ver algo en aquellos campos que dejaban atrás. La silueta del

239

pueblo se recortaba varios metros más allá contra el fulgor plateado de la luna. Ahora parecía una inmensa villa fantasma. Todo estaba sumido en una densa oscuridad que sobrecogía el corazón. Además, todavía podían escuchar aquel clamor de voces horrendas alzándose en la noche. Divisaron una especie de bruma pálida que se elevaba sobre los contornos de las casas con aire siniestro. En aquel instante no encontraron las fuerzas ni el tiempo necesario para plantarse la naturaleza de semejante neblina, que al alcanzar una altura determinada parecía dispersarse hasta desaparecer. Su pueblo se les antojó una tumba de panteones inmensos, pues aquellos edificios ya no albergarían a esas alturas sino muerte.

—Menuda mierda, joder. No sé qué coño es lo que ha pasado aquí, pero está claro que alguien la ha cagado y mucho —comenzó a decir el hombre, una vez hubo recuperado el aliento lo suficiente como para hablar—. El otro día escuché que estaban probando un tipo nuevo de fertilizante para usar en los viñedos de los alrededores. No sé yo si esa mierda estaría infectada con algún jodido parásito. No sé, puede que hasta los militares de otros países estén experimentando con nosotros.

Judith le lanzó una mirada cargada de ira. Ya le había advertido antes lo poco que le gustaba que hablara así delante de los niños. No quería, bajo ningún concepto, que estos siguieran buscando extrañas explicaciones sobre lo que estaba pasando. Ni siquiera les había confesado aún la horrible muerte de su madre. Pero los niños no eran tontos. A esas alturas ya sabían que algo muy grave ocurría y que su madre no había salido muy bien parada con todo aquello.

—¿Cuánto nos queda para llegar hasta la carretera? —preguntó ella, para alejar un poco la conversación hacia cosas menos peliagudas.

—Nos hemos alejado bastante. De día puedo manejarme por estos lugares como si fueran la palma de mi mano, pero con tanta oscuridad me desoriento fácilmente.

Ante las palabras del joven, Judith se sintió un poco decepcionada. Había empezado a pensar que llegarían a la carretera en apenas unos minutos. Todavía quedaba más de una hora para el amanecer y estaba bastante agotada y nerviosa.

—Joder, si lo sé no te hubiera hecho caso cuando dijiste ahí abajo que era mejor por el camino que torcía a la izquierda, tras salir del campo de trigo—. Ante el reproche de la muchacha él se volvió con indiferencia. Su mirada destilaba confianza en sí mismo.

—Seguro que de todas formas no habríais llegado muy lejos sin perdeos en medio de la oscuridad. Yo me voy en dirección a ese edificio que hay más allá. Hace años que está abandonado, pero sé cómo entrar en él. Estaré allí hasta que amanezca. En cuanto haya un poco de luz me iré rumbo a la carretera. Vosotros podéis hacer lo que queráis.

Judith se quedó allí quieta. Abrazó a sus dos hermanos, mientras observaba cómo aquella voluminosa silueta se alejaba de ellos. El negro manto de la noche lo fue engullendo conforme avanzaba. Ella no sabía qué hacer. Estaba asustada y casi sin fuerzas. Además, sus hermanos no aguantarían mucho tiempo más caminando por aquellas sendas pedregosas o subiendo aquellas lomas repletas de arbustos.

Entonces algo hizo que se decantara por seguir al joven de negra coleta. Unos gruñidos lejanos la instaron a mirar otra vez a sus espaldas. En aquellos campos que habían dejado atrás podían verse cuatro siluetas que avanzaban a tumbos y entre alaridos. Se abrían paso entre las crecidas espigas. Una oleada de terror recorrió las entrañas de la chica. Sin pensarlo dos veces, cogió a los gemelos de las manos y salió a la carrera con ellos de allí, en pos del jardinero.

6

Ahora que por fin había llegado su momento, Álex no podía actuar con la precisión que aquella magna obra requería. Se maldijo una y mil veces entre dientes, furioso por no poder controlar aquel tembleque que hacía oscilar sus manos. Su sistema nervioso estaba siendo afectado por algo que lo atenazaba. Era como si unas pinzas de hierro presionaran sobre cada una de sus terminaciones nerviosas. Cada vez le resultaba más difícil pensar con claridad. Para colmo, había empezado a ver de forma borrosa.

Todo ello le obligó a tomar una difícil decisión. Tendría que ser su alumna, y no él, quien diera las pinceladas maestras. Eso sí, siempre bajo sus minuciosas directrices. Álex sería la cabeza pensante, el cerebro privilegiado y artístico, y Sonia una simple mano ejecutora. Trató de consolarse con aquel pensamiento. Se repitió, para sus adentros, que en realidad sería como si él mismo hiciera aquella obra.

Sonia no podía dejar de llorar. Aquel monstruo la había desatado y le había liberado de su mordaza. Pero aunque le hubiera permitido gritar, jamás nadie habría hecho caso de sus llamadas de auxilio. El pueblo entero había sucumbido a algún tipo de locura que la desdichada joven no alcanzaba a comprender. Seguía dudando de que aún conservara la cordura. De todas formas, Álex la amenazaba con seguir torturándola si ella no hacía lo que le pedía.

Y para ello contaba con aquel horrible aparado.

El hombre lo había extraído de uno de los viejos armarios que había en el sótano. Era un conjunto de elementos que unidos formaban una macabra y vieja tortura. Sonia no hubiera soportado semejante castigo. Aunque lo cierto es que, mientras actuaba bajo las órdenes de aquel demente, cada vez se lo pensaba más. No sabía qué era peor, que el hombre la sometiera a aquella espantosa tortura o que la obligara a hacer aquello. Y todo siempre bajo el resplandor de la única luz con que contaban ahora, que no era otra sino la de la trémula llama de aquellas velas que había por toda la casa.

El cuerpo de su marido ya estaba tendido sobre una camilla. El hombre la había tenido plegada y escondida en aquel mismo armario de los horrores, entre varios huesos quebrados, presumiblemente de animales, a juzgar por su tamaño.

Para sacar del congelador el cuerpo, Álex había tenido

que fracturar y trocear sus piernas. Cortó con una sierra de calar ambas a la altura del fémur. Luego las volvió a unir con tosquedad mediante grapas e hilo, con mano temblorosa, ya sobre la camilla desplegada. Después de eso ya no había podido seguir. Su pulso ya no se lo permitía. A partir de ahí obligó a Sonia, bajo la amenaza de aquella terrible tortura, a seguir con la macabra ceremonia.

Le ordenó comenzar a maquillar el rostro de su difunto marido. Para ello tendría que usar unos productos que Álex tenía celosamente guardados en su armario de los horrores.

Sonia lloraba mientras lo hacía. Álex le obligó en más de una ocasión a repetir algún paso, cuando el hombre no había quedado satisfecho con el resultado. Le gritó para que dejara de llorar. Le dijo que tenía que concentrarse. Según él, lo que hacía requería de mucha concentración y cariño. Cada vez que ella tocaba el rostro de su marido, un abrasador torrente de recuerdos destrozaba su alma. Ahora sabía que a pesar de sus diferencias, había amado a aquel hombre con todas sus fuerzas.

Sintió repugnancia de sí misma, sobre todo cuando se percató de que el hombre se excitaba al mirar el cadáver en proceso de ser maquillado. Advirtió la erección que había bajo los pantalones grises de Álex y deseó morirse de un infarto. Pero a pesar de que seguía aturdida por la droga que antes le suministrara, ni siquiera perdía el sentido.

La mujer estuvo a punto de rebelarse en varios momentos, de negarse a seguir con aquello y dejar que el hombre hiciera lo que quisiera con ella. Pero luego miraba aquellos objetos que Álex había dispuesto sobre una mesa cercana. Entonces el pánico la obligaba a seguir con aquella dantesca labor.

Todo era ya demasiado absurdo y rocambolesco. Álex la había obligado incluso a pintar con carmín los labios de su difunto marido. Le había mandado poner colorete sobre los pómulos y las generosas mejillas. Pretendía camuflar el pálido color de la muerte con aquellos burdos cosméticos. Sonia tuvo que apartarse en más de una ocasión de la camilla. No quería que sus lágrimas gotearan sobre el semblante rígido del cadáver, pues de ese modo sólo conseguiría irritar al hombre demente. Eso hubiera significado tener que repasar una y otra vez el rostro de su marido. Deseaba con todas sus fuerzas que todo terminara de una vez.

Durante todo el proceso sintió cómo su mente, abotargada por aquella droga con la que antes la había sedado, perdía el contacto con la realidad. Aunque la realidad ya era de por sí lo bastante delirante como para no darle crédito alguno. De soslayo lanzó una mirada fugaz a aquellos objetos que conformaban la amenaza bajo la que actuaba. Una jaula de hierro pequeña, cuya base abierta estaba adaptada para poder colocarse sobre el vientre de una persona, y cuyo vértice superior estaba rematado con un recipiente de hierro, era el elemento principal de aquel artefacto. Luego había varios carboncillos listos para ser encendidos allí, en aquel recipiente. La jaula se calentaría hasta alcanzar una temperatura considerable entonces, transmitiéndose el calor a lo largo de los barrotes.

Luego estaba el elemento clave. Una rata.

Todo en conjunto conformaría una pesadilla digna de las mentes más enfermizas. Álex le había explicado, con macabro deleite, cómo sería todo si no le obedecía. Colocaría aquella jaula sobre su vientre. Luego calentaría los barrotes de hierro haciendo arder los carboncillos sobre el recipiente superior. De este modo lograría que la rata, cautiva ya en la jaula, notara el calor y tuviera que buscar una salida de aquella prisión. Entonces el roedor elegiría la única vía posible. Se abriría paso a través de sus entrañas, rasgando piel, músculo y tripas con aquellos dientes largos y afilados.

Aquello era demasiado para Sonia. Sólo de pensar en ello su cuerpo temblaba de arriba a abajo. Cuando miraba a la rata, que aún seguía en otra jaula más pequeña, sentía un escalofrío que le recorría desde la punta de los pies hasta la raíz del cabello.

Ahora llegaba lo peor.

—Tienes que cortar sus orejas —le dijo el hombre con calma, mientras le tendía un afilado escalpelo—. Las orejas son algo que afea mucho el rostro de un hombre. Yo lo considero algo horroroso, un vestigio del pasado. En el futuro, la humanidad no tendrá orejas. Será algo que irá perdiéndose conforme vayamos evolucionando. Quiero que se las cortes. Mi obra tiene que ser perfecta.

Sonia se dijo que aquello no tenía ningún sentido. Pero allí nada tenía ya ningún sentido.

Entonces notó algo. Álex se estaba tambaleando un poco. Parecía mareado y confuso y se apoyó unos segundos sobre aquella mesa de los horrores que había tras ellos dos, a unos pasos de la camilla. El rostro del hombre se contrajo con una mueca de dolor. Aferró su estómago con una mano crispada. Luego se rascó con fuerza los brazos, mirándolos con espanto y ojos desencajados. Algo le estaba pasando.

Sonia seguía también un poco aturdida, pero no tendría otra ocasión mejor que aquella y esto hizo que se espabilara un poco. Apretó los dientes con rabia. Pensó en lo que Álex le había hecho a su marido, y en lo que le estaba haciendo a ella. A partir de ahí fue como si una parte oculta de su mente tomara el control. Una parte salvaje que había tenido allí recluida, bajo una puerta hasta el momento sellada. Su cuerpo era ahora dominado por la ira que rugía en su interior. Actuó de forma tan rápida que ella misma se sintió sorprendida. Cuando se quiso dar cuenta, ya se había vuelto y había rajado la cara del hombre, todo en un sólo movimiento. Para ello se valió de aquel escalpelo que éste le proporcionara poco antes.

El grito de dolor proferido por Álex se alzó en el aire viciado del sótano como una nota desafinada. Su rostro estaba rajado desde la sien izquierda hasta la comisura derecha del labio. Pero antes de que pudiera cubrirse, la mujer le hizo otro corte, en esta ocasión en horizontal. El hombre sangraba sin parar, con el rostro destrozado y las feas heridas palpitando y ardiendo.

—¡Maldita zorra ramera! —escupió él entre dientes—. Te voy a arrancar las tripas a mordiscos, puta.

Se llevó las manos a la cara, agachándose un poco mientras unas gruesas gotas de sangre regaban el suelo. Masculló unos insultos más, pero ella no se detuvo. Siguió realizando cortes y más cortes sobre el cogote y la coronilla del hombre, mientras éste gritaba de dolor, tratando de revolverse. Pero estaba muy aturdido ya por entonces y terminó cayéndose sobre el suelo.

Con la respiración agitada, y todavía invadida por la ira, Sonia se detuvo al fin. Lanzó una mirada cargada de odio a aquel cuerpo que había tendido en el suelo. Luego gritó, vomitando su rabia, mientras pateaba las costillas del hombre. Al final rompió a llorar y se sintió mucho más mareada.

LA ÚLTIMA FASE

1

El vehículo, que por afuera parecía la UVI móvil de un hospital, avanzaba a toda velocidad en dirección a la ciudad de Los Jarros. Dos hombres ataviados con trajes especiales observaban el cadáver del hombre que se habían llevado del lugar del accidente. Ahora estaba frente a ellos, sobre aquel lecho especial, en un lado del habitáculo trasero. Este espacio estaba repleto de modernos aparatos provistos de eco sondas y otros artilugios similares. Una mampara sintética aislaba esa parte de la del conductor para cerrar herméticamente todo el interior del habitáculo.

—El sujeto ya había desarrollado casi por completo el parásito. Está alojado dentro de su intestino grueso y parte del delgado. También tiene varios más por todo su organismo, pero estos nunca prosperarían del todo. Sólo uno llega a hacerse con el control del sujeto —dijo uno de los hombres tras comprobar, mediante una eco sonda que había colocado sobre el vientre desnudo del alcalde, aquello que acababa de expresar en voz alta. Ambos individuos se comunicaban gracias a unos aparatos de radio conectados a sus oídos, pues sus máscaras estrangulaban sus voces demasiado.

Pero claro, toda la electrónica de aquel vehículo y sus equipos, estaba especialmente tratada para proteger sus circuitos y sus elementos conductores del agente patógeno. Aquel parásito expulsaba imperceptibles nubes de gas. En él flotaba una bacteria capaz de provocar cortocircuitos e interrupciones severas en aparatos eléctricos y circuitos electrónicos. De esta forma hacía más vulnerables a sus víctimas.

—Entonces, el contagio y desarrollo del parásito se produce con verdadera rapidez —observó el otro, asombrado.

—Es rápido cuando se pasa de humano a humano. Mediante saliva, sangre o cualquier otro fluido corporal, el parásito puede ser transferido a través de heridas, vía bucal o similar, a un nuevo y futuro huésped. En este caso el parásito ya es contagiado en proceso de crecimiento, cuando ya no es una larva. Son como pequeños gusanos que miden no más de algunos nanómetros. En el lapso de unas horas, incluso a veces mucho menos tiempo, el sujeto desarrolla en su interior a uno de esos parásitos. Durante todo ese proceso el infectado sufre ataques de cólera. Su mente queda bajo la influencia de un salvaje deseo de encontrar comida con la que alimentar lo que lleva dentro, ya bien sea carne animal o humana. Al final el parásito termina consumiendo también a su huésped. En ese momento saldrá del cuerpo para pasar a su última fase. De animal a humano el contagio es un poco distinto. Los perros son los únicos animales distintos al hombre capaces de transmitir a éste el parásito, habiéndolos ellos a su vez recibido de carne contaminada de cerdo, pollo o vaca. En este caso el parásito, que pasa todavía en forma larvaria al ser humano, tardará varios días en crecer y desarrollarse. Pero la transmisión suele implicar el traspaso de varios millones de larvas. Sólo una logrará crecer y desarrollarse del todo, aunque el resto se alojarán en diversos órganos del cuerpo. Muchos de ellos aguantarán alimentándose allí, pero sin llegar a crecer tanto como el parásito principal. Esto último implica que incluso en cadáveres cuyos restos ya han sido abandonados por el parásito principal, aún siga habiendo varios menores que pueden infectar a alguien que se acerque a esos restos.

—Esta mutación es asombrosa. Con algo semejante podría hacerse que un país entero cayera en sólo unos meses —masculló el otro, tras escuchar con atención las explicaciones del primero.

—Exacto. Y lo mejor es que ahora está en nuestro poder.

Cuando el hombre dijo aquello, en su mirada de ojos marrones, tras aquella careta provista de una protección transparente que cubría toda la parte frontal de su cabeza, se pudo leer una sed de poder indescriptible.

A esas alturas el vehículo ya estaba entrando en la ciudad. Nadie sabía lo que escondía en sus entrañas. Todo el mundo vio una simple unidad móvil del hospital y nada más. Aquello había sido amañado para que nadie supiera la verdad. La organización terrorista tenía contactos en las altas esferas. Incluso contaba con el beneplácito de algunos poderes fácticos. Habían infiltrado agentes especiales en la policía de la zona y controlaban todo el proceso con calculada anticipación. Era una operación muy bien orquestada.

2

Jordán alcanzó a Tamara y al hombre a quien habían salvado de los infectados. No podía apartar de su mente la horrible imagen de aquello que acababa de presenciar. La cosa que había surgido a través de la boca del infectado abatido, había deslizado su cuerpo viscoso por el suelo, como si fuera un gusano de gigantescas proporciones. Luego se había colado hacia las alcantarillas a través de uno de los huecos de los desagües que había a lo largo de toda la calle. Sólo pensar en que algo semejante podía estar desarrollándose en su interior le hizo palidecer y revolverse de asco. Pero se obligó a apretar los dientes y seguir adelante.

Un poco más allá, a la altura de otra plaza circular, pudo ver a Tamara y al otro hombre. Estaban donde un muro que había frente al bar «Parada». Cuando llegó junto a ellos dirigió su mirada hacia el otro lado de la plaza. Se dio cuenta enseguida de que frente a la entrada del bar, cuyas rejas ahora estaban bajadas, había algo informe tendido en el suelo. Era sin duda otro cadáver. A buen seguro presentaría el mismo aspecto espantoso que los que ya había visto tirados por toda la villa. Pero allí no había ahora mismo infectado alguno. Quizás hubieran vaciado por completo las entrañas de aquel cadáver. O de aquellos cadáveres, pues la oscuridad de la noche todavía era cerrada y Jordán no alcanzó a determinar cuántos cuerpos había.

—Tenemos que salir del pueblo, Tamara —dijo el joven cuando hubo llegado hasta ellos. Ahora que podía ver allí frente a él aquellos campos, sentía como si adentrarse en ellos y dejar el pueblo atrás representara la salvación.

—No sé, Jordán. Ya te he dicho que no me parece una idea tan buena. Ya llevamos dentro esta porquería. Sería una imprudencia muy grande ir esparciendo el mal por otros pueblos y ciudades. Deberíamos quedarnos aquí, ayudando a más gente como este hombre.

Ambos fingieron ignorar aquel olor a excrementos que desprendía el otro, que ahora permanecía agazapado otra vez como un niño, junto al muro que separaba el pueblo de los campos. El pobre hombre parecía haber entrado en un estado de shock. Ni siquiera se interesó en ellos, ni les preguntó cómo le habían rescatado. Pero no le juzgaron por haberse hecho sus necesidades encima. Después de todo, se sentían más sucios que él. De sus cuerpos aún se desprendía aquel hedor a infección.

—Pero, Tamara, ya no debe haber mucha gente sana en este pueblo. Además, estar aquí encerrados hasta la muerte sería una pesadilla. Yo pienso que quizás si llegamos hasta la ciudad alguien nos pueda ayudar todavía. Si esta cosa tiene cura, luego podríamos volver para ayudar a la gente que todavía esté a tiempo de ser sanada.

Tras decir aquello Jordán se sintió un poco cobarde y

mísero. Pero decía la verdad. No se sentía con fuerzas para dejar que aquella muerte rastrera se alimentara poco a poco de él, allí encerrado en medio de semejante infierno.

En esas estaban cuando de pronto escucharon el sonido de unas rejas. Miraron todos hacia el bar del otro lado de la plaza. Efrén estaba retirando hacia arriba, con suma torpeza, aquella protección metálica. Farfulló algo incomprensible mientras se tambaleaba junto al umbral de su bar.

—Efrén... Efrén... sírveme un trago, que vengo cansado de trabajar —musitó el hombre de pelo cano, mientras se abrazaba las rodillas con los brazos, aún tumbado allí con mirada ausente.

—Yo no pude hacer otra cosa... esos hijos de puta querían comerme a mí en mi propio bar... —balbució el hombre borracho, que apenas vocalizaba las palabras con un deje de embriaguez.

Jordán y Tamara se miraron incrédulos, no pudiendo asimilar una sola locura más en aquel demencial mosaico.

—Lo estás viendo con tus propios ojos, Tamara. Aquí todo el mundo ha perdido la cabeza, si es que no está muerto o contagiado. Cada segundo que pasamos dentro del pueblo es un valioso tiempo que perdemos. Llegará un momento en que ya no haya solución para esto que nos destruye por dentro... si es que todavía la hay en alguna parte.

—No lo sé, Jordán —dudó un momento la chica, con la mirada puesta en aquella cúpula celeste que se desplegaba en el horizonte y sobre ellos—. Yo ya he perdido a la persona que más quería. Ni siquiera me quedan fuerzas para pensar en la salvación. Tampoco me agrada la idea de dejar aquí a éste pobre hombre y menos en un estado tan lamentable.

Mientras discutían aquello con amargo pesar, el orondo camarero divagaba entre salivazos, tambaleándose a la entrada del bar.

Entonces a Jordán se le ocurrió una idea.

—¿Y si atraemos a todos aquellos infectados que podamos y los empujamos hasta el interior de algunos bares como ese? Luego podemos cerrar las verjas e ir dejándolos ahí dentro encerrados. No sé si aguantarán mucho, pero ya hemos visto cómo muchos de los enfermos van perdiendo fuerzas con el paso del tiempo. ¿Aceptarías luego venir conmigo en busca de ayuda?

La chica pareció pensárselo unos segundos, pero luego un ligero destello de vida iluminó por fin su mirada.

—De esa forma al menos podremos invertir nuestras últimas horas de vida en algo que nos permita olvidar el dolor —musitó, mirándolo a los ojos con un pequeño atisbo de ternura.

3

En la otra punta del pueblo, un grupo de cuatro infectados se arrastraba sobre el asfalto. Sus últimas fuerzas se habían consumido casi por completo. Allí donde estaban las casas más humildes, que no por ello dejaban de ser hogares decentes, el puente de piedra de la época romana llevaba hasta un lugar de casas ordenadas con pulcritud. Cuando las criaturas estaban a la altura del puente, dos de ellas se arrastraron con el último aliento de energía hasta la ribera terrosa del río. Bajaron hasta la fuente de piedra que había frente la vieja abadía. Se desplomaron sin vida sobre la tierra, ya al borde mismo de las aguas. Quienquiera que hubiera visto aquello que ocurrió luego, sin duda no habría podido desterrarlo jamás de sus pesadillas. Unas formas alargadas salieron de la boca de sendos cadáveres. Se arrastraron sobre la tierra entre sonidos siseantes que producían al expeler unos gases a través de sus poros. Deslizaron sus cuerpos con lentitud hasta las aguas. Una vez ahí, se sumergieron para dejarse arrastrar corriente abajo. Ya sin necesidad de buscar un nuevo huésped —a estas criaturas ya les había bastado con uno para desarrollarse hasta semejante punto—, se lanzaron en busca de su mutación completa. La última fase de la misma tenía lugar con mayor facilidad bajo aguas estancadas, pero bien podían servir las de un río en ausencia de lo primero.

Los otros dos seres aún conservaban un poco más de energía y continuaron caminando un poco más allá. Cruzaron el puente y se internaron en aquella fila de casas que iba a dar a un camino angosto. Una vez allí buscaron a lo largo de toda la senda unos humedales que había cerca del río y decidieron abandonar por fin los cuerpos inertes de sus huéspedes.

4

Judith y los niños alcanzaron al hombre de coleta antes de que llegara al edificio abandonado. El joven no sabía aún que los otros tres corrían porque habían oteado peligro en la llanura de los campos. Entonces Judith se lo comunicó entre susurros, con mirada apremiante. Los cuatro juntos continuaron corriendo casi a tientas en la oscuridad. Por fortuna el terreno se abría un poco y se veía despejado de malezas. Ahora huían por un descampado de tierra dura y reseca. Pero entonces uno de los gemelos, Albertito en concreto, se torció un tobillo al pisar en falso sobre una irregularidad del suelo.

—Socorro, Judith. No puedo caminar. Me duele mucho el tobillo.

La joven se detuvo de inmediato. Giró sobre sí misma para mirar a su hermano, quien se había quedado rezagado apenas un par de metros.

—Vosotros dos seguid hasta la casa. Yo me quedo a ayudar a mi hermano —indicó al muchacho gordo y a su otro hermano Manuel.

Éste último iba a objetar algo, pero el muchacho mayor que iba con ellos lo agarró de la muñeca. Tiró de él, obligándolo a seguir corriendo.

—Vamos, chaval. Tu hermana y esa calcamonía tuya en rechoncho sabrán apañárselas.

Judith pasó un brazo por detrás de la espalda del pequeño. Lo ayudó a caminar de forma que no tuviera que apoyarse demasiado sobre el tobillo lastimado. De cuando en cuando lanzaba fugaces miradas a sus espaldas. La escasa luz de la luna le jugaba malas pasadas. En más de una ocasión creyó percibir algo allí atrás. Luego se dio cuenta de que no eran más que algunos arbustos altos o rocas con forma más o menos de ser humano.

—Todavía estamos muy lejos, Judith. No nos dará tiempo a llegar antes de que esos zombis estén aquí arriba —se lamentó el muchacho, al borde de la desesperación.

—Puede que no nos hayan visto, Albertito. Tú sigue caminando y procura no hacer ruido. Cuanto menos hablemos mejor será para nosotros.

La joven se dio cuenta de que los otros ya habían penetrado en el edificio. No sabía muy bien cómo habían logrado franquear la puerta, pero confió en que el joven que les acompañaba lo tuviera todo bajo control.

Cuando la chica ya comenzaba a pensar que los infectados quizá no se dirigieran hacia allí arriba, unos violentos gruñidos hicieron que el pánico azotara su sistema nervioso. Miró atrás con un gesto frenético. Vio cómo los seres aparecían donde el terreno iba a dar a la meseta. Corrían muy deprisa y parecían no guiarse por la vista, sino por los otros sentidos, ya que la falta de luz no les hacía tropezar sobre el terreno. Se dijo alarmada que a ese ritmo jamás conseguirían llegar a tiempo a lugar seguro. Se sintió vulnerable en medio del inmenso descampado. Sabía que los seres no se guiaban por la vista, al menos de manera principal. Aun así se lamentó en silencio por el hecho de no encontrar ningún recoveco donde esconderse, aunque seguro que eso no les hubiera servido de nada.

—Un poco más, Albertito, ya estamos muy cerca —mintió la muchacha, que intentaba insuflar un poco de ánimo a su pequeño hermano—. No mires atrás. Concéntrate sólo en lo que tienes delante.

Decir aquello fue un error. Al momento el muchacho dirigió, de manera casi inconsciente, la mirada a sus espaldas.

—Ya están aquí, Judith. Nos cogerán. Nos van a comer, Judith, no podremos llegar.

La chica sintió un sofoco ahogando su respiración. Intentó pensar en algo con rapidez, pero la urgencia de la situación hizo que su mente se bloqueara por completo. Por quien más temía era por su pobre hermano. No soportaría una sola pérdida más aquella noche.

—Sigue avanzando y no te detengas —inquirió, al mismo tiempo que se detenía y soltaba a su hermano. Éste la miró aterrorizado y sintió cómo el calor de su hermana lo abandonaba de golpe.

—No puedo dejarte aquí, hermanita, yo no quiero que te coman —suplicó Albertito entre sollozos. Pero su hermana le lanzó una mirada glacial, como cuando le ordenaba que recogiera su cuarto y se fuera a dormir. Aunque de eso hacía ya años. Últimamente la chica iba tan a lo suyo que ya no prestaba atención a los gemelos. Sin embargo ahora estaba dispuesta a dar su vida por salvarles.

—Sigue caminando hasta la casa y ponte a resguardo. Te prometo que volveré con vosotros.

El pequeño hizo caso a su hermana. Se dio la vuelta y continuó la huida hacia el edificio. Renqueaba mientras se deshacía en lágrimas. Tras él pudo oír cómo su hermana atraía hacia ella a los infectados que ya estaban muy cerca. La chica gritaba con rabia, provocando a aquellos seres y haciendo todo el ruido que podía.

Judith cogió una piedra del suelo sin dejar de mirar a las siluetas que ya estaban a apenas unos metros de ella. El pedrusco era bastante grande y lo tuvo que sostener con ambas manos. Mientras su corazón latía con fuerza lo alzó sobre su cabeza. Esperó con el alma en vilo hasta que el primero de aquellos seres hubo alcanzado su posición. Entonces descargó un poderoso golpe sobre la testa del individuo. Fue una suerte que aquel ser se adelantara a los demás, pues de esta forma Judith sólo tuvo que enfrentar primero a uno de ellos y no a todos a la vez. Tras el primer golpe dio uno más, en esta ocasión describiendo una curva, impulsando la piedra con ambas manos desde su lado derecho. Una lluvia de sangre y trozos de carne salpicaron en todas direcciones.

Judith propinó un último golpe a la criatura desde el otro lado. Entonces el ser cayó de espaldas al suelo, casi sorprendido de que alguien le hubiera enfrentado con tal decisión. Los otros dos infectados que venían tras él se enredaron con torpeza entre los brazos del caído, ya sin tiempo de esquivar el cuerpo tendido en el suelo. Judith reculó cuando caían hechos una maraña de brazos y piernas ante ella. El cuarto perseguidor tuvo que detenerse. Entonces la chica lanzó la piedra sobre su pecho, obligándolo a expeler el aire que había en sus pulmones. Logró así que el ser reculara hacia atrás.

Judith apenas tuvo tiempo de coger un poco de aire para salir de allí a la carrera. Mientras huía comprobó, esperanzada, cómo su hermano ya casi había alcanzado la entrada del edificio. Pero su corazón rugía con furia dentro de su pecho. Se había despertado en sus entrañas un sentimiento salvaje. En su mirada brillaba un destello eufórico que le daba un aspecto un tanto animal. Era como la presa indefensa que se había transformado en azote de su propio depredador.

Pudo ver cómo el gemelo más rechoncho penetraba ya en el edificio. Judith se dio cuenta, al estar más cerca del lugar, de que aquello no era una casa, sino la parte trasera de la cantina de un andén abandonado. Aquel tramo de vía que pasaba por delante de la otra cara había caído en desuso hacía varios años, al igual que la otra estación que estaba mucho más cerca del pueblo.

Unos gruñidos la hicieron mirar atrás. Entonces se dio cuenta de que uno de los infectados se había incorporado y ahora estaba muy cerca otra vez de ella. Entre el rumor sordo que producían sus deportivas al hacer crujir algunos guijarros del suelo, pudo alcanzar al fin la ansiada meta. Fue justo cuando los dedos del infectado rozaban su espalda. Luego Judith notó una sombra cruzando sobre su cabeza, muy cerca de ella y el infectado pareció caerse al suelo entre gruñidos de dolor.

Al llegar a la entrada trasera de la cantina el joven de coleta le abrió la puerta de inmediato y ella entró sin dejar de correr. Con respiración jadeante se apoyó de espaldas a la pared, agachándose un poco para coger aliento y que su corazón recuperara el ritmo normal. Adentro apenas se podía ver nada de lo oscuro que estaba.

—Judith, te he salvado tirando un ladrillo roto a la cabeza de ese maldito zombi —le dijo Manuel triunfante, mientras corría hacia ella, feliz de poder abrazarla de nuevo.

El gemelo había arrojado aquel cascote desde una de las ventanas rotas de la cantina, arriesgándose a dar a su hermana si erraba el tiro. Pero de no haber actuado quizás la chica no hubiera podido salir airosa de la situación. Una vez hubieron recuperado la calma, en la medida de lo posible, procedieron a tumbar entre todos una mesa de madera. Luego la empujaron en dirección a la ventana rota e hicieron lo mismo con otras mesas y otras ventanas e incluso con la puerta trasera.

—Tendremos que esperar aquí a que amanezca —sentenció el jardinero, que resollaba todavía a causa de todo el esfuerzo. Era un joven nada acostumbrado a aquel tipo de ajetreos.

5

—Te voy a destrozar a mordiscos, perra indecente. No quedará de ti mucho, pero quizás luego pueda reconstruirte con mis manos privilegiadas.

Cuando Sonia recuperó la consciencia no recordaba otra

vez dónde se encontraba. Pero al momento toda aquella pesadilla cobró vida en su memoria para volver a su realidad.

Vio al hombre agachado sobre ella, con aquel rostro convertido en una telaraña de sangrantes heridas. Apenas debía de haber perdido el sentido durante unos minutos, si no el hombre ya la habría matado sin duda. Las heridas de aquel semblante desencajado goteaban con pesadez sobre su propio rostro. La joven se revolvió asqueada, pero Álex la aferró con fuerza por ambos brazos. Su respiración agitada y su mirada psicótica la hacían perder la esperanza.

Había estado tan cerca de la salvación.

Sin embargo se negó a claudicar. Propinó un fuerte rodillazo sobre la entrepierna del hombre, que de inmediato se encogió presa del dolor. Aun así éste no la soltó. Siguieron forcejeando hasta que en medio de la lid rodaron un poco sobre el suelo y la cabeza del hombre impactó contra una de las patas de la mesa donde tenía sus horrendos artilugios. Álex sucumbió más ante el mareo que ya había estado mermando sus fuerzas. Entonces Sonia aprovechó todo aquello para incorporarse. Tuvo que sostenerse durante unos segundos con las manos sobre la mesa. Entonces vio la jaula con que el hombre la había amenazado poco antes con torturarla. Sin pensárselo dos veces cogió el pesado artilugio y lo arrojó con todas sus fuerzas sobre la cabeza de Álex. Hubo un crujido de huesos rompiéndose y un estruendo metálico reverberó por toda la estancia.

—¿Por qué no te mueres, maldito hijo de puta? —gritó ella presa del odio.

Álex rodó sobre el suelo otra vez y en esta ocasión su cuerpo golpeó las dos patas de un lado de la camilla y el cadáver que había allí arriba cayó sobre él. El rostro, grotescamente maquillado, parecía observarle con gesto burlón, mientras él trataba de quitárselo de encima con nerviosismo.

Aquello fue lo que Sonia necesitó para salir de allí como alma que se lleva el diablo. Subió las escaleras del sótano con la respiración agitada. Aún se sentía muy mareada. Veía todo borroso a su alrededor. Abrió la puerta del sótano con mano trémula. Su corazón galopaba con fuerza en su pecho.

Pero al otro lado de la puerta no estaba la libertad, solo la muerte rastrera que esa noche esparcía el dolor por las calles de todo Cihundi. Uno de los infectados había logrado colarse a través de una ventana reventada, mientras todo aquello pasaba en el sótano. Sonia se encontró cara a cara con aquella pesadilla que venía para azotar de nuevo su vida. No fue capaz de asimilar aquella imagen. Era un rostro de pesadilla el que de pronto la miraba con ojos velados y tez pálida.

6

Mientras caminaban por aquella pista de tierra seca, Joel lanzaba miradas de manera disimulada a su compañero. Aquel agente parecía desconcertado por algo que no tenía sentido. Al parecer, estaba muy extrañado porque en su vehículo había dejado de funcionar la parte eléctrica. El programador no entendía el porqué de aquella extrañeza. El rudo hombre ya había comprobado, con sus propios ojos, cómo eso mismo pasaba con todos los vehículos y redes eléctricas de la zona. Pero el agente había insistido en intentar arrancar su coche, como si estuviera empecinado en que ese en concreto no debería de haber dejado de funcionar. Sin embargo, ante la insistencia de Joel por ir cuanto antes en busca de sus hijos, el agente cedió por fin y los tres salieron de allí en busca de los niños.

Aunque Joel seguía muy preocupado por lo que hubiera podido pasarles a Judith y a sus hermanos, no dejaba de sentir cierta desazón ante la extraña actitud del policía. Pero decidió sacudirse aquellos pensamientos por el momento. Lo que primaba era encontrar a toda costa a sus hijos.

—Siempre he dicho que estos caminos son una tortura para los tobillos, che. Están llenos de pedruscos horribles. Es imposible no tropezar cada dos pasos con alguno de ellos, boludo.

El argentino decía aquello para alejar de su mente pensamientos más nefastos. Cada vez que abría la boca el agente le lanzaba una mirada gélida, que aun con toda aquella oscuridad el argentino podía sentir sobre él.

—Me veré obligado a meterle una bala en la cabeza si sigue decidido a ponernos constantemente en peligro. Esos hijos de puta pueden oír bastante bien, como ya todos hemos comprobado. Es eso y su olfato lo que les guía.

Joel no podía dejar de pensar en sus hijos. Tenía que conocer cuanto antes su paradero. Pero cada vez que aquel hombre hablaba sobre los enfermos con tal convicción, aportando tantos detalles, algo le hacía desconfiar. Empezaba a sospechar que aquel tipo sabía más de lo que admitía saber. Pero, por otra parte, aquello era absurdo. Nadie se hubiera metido allí sin más protección que una pistola, siendo consciente del peligro que imperaba en todo el lugar.

Las crecidas espigas de trigo se alzaban a su lado derecho, desde el borde mismo de la pista. Ondulaban como un mar dorado mientras la brisa las hacía mecer con el brillo de la luna derramándose sobre ellas. Aquellos campos cobraban belleza y armonía bajo la dilatada cúpula celeste, aquella que desplegaba su esplendor sin la presencia cercana de montañas que la recortaran contra el horizonte. Al otro lado de la pista se alternaban campos de vid, con sus achaparradas cepas ya mostrando los abotargados racimos, con otras zonas rocosas donde crecían algunos matorrales. En medio de tanta oscuridad, aquellas cepas de vid semejaban un ejército de pequeños soldados.

Un poco más allá el terreno se elevaba de manera paulatina, ascendiendo la pista sobre una suave loma que luego iba a dar a una meseta. Por donde avanzaban Joel y los otros el camino se hacía más corto que por la ruta errática seguida por su hija, los gemelos y el jardinero, no hacía mucho tiempo. Aunque, claro, esto último Joel lo ignoraba por completo. No sabía cuán cerca estaba ya de sus hijos. Pero tampoco sabía el peligro que estos corrían, allí dentro en aquella abandonada cantina de un viejo andén.

—Al menos ahora ya no parece perseguirnos nadie

—musitó el programador con apenas un hilo de voz.

El argentino advirtió enseguida que cuando éste último hablaba el policía no recriminaba su acción. Esto le causaba cierto resquemor, pues se sentía un tanto discriminado. Sin embargo, en su fuero interno comprendía que Joel merecía un poco más de comprensión. Había perdido a su esposa y no sabía qué suerte corrieran sus hijos. Claudio no tenía familiares cercanos viviendo en Cihundi. Esto era todo un consuelo para él en esos momentos. Pero, claro, había respirado algo hacía poco que tampoco le permitía estar tranquilo. Se preguntó, preocupado, si aquel gas que expulsaban por la boca los infectados sería un arma para narcotizar a sus víctimas, o si tal vez aquel mal pudiera ser transmitido a través del ardiente gas.

Algo interrumpió entonces las cábalas de todos ellos. Un sordo alborozo de espigas a su derecha los hizo poner en alerta. Los tres se quedaron quietos de inmediato. Aguzaron su oído. Miraron hacia ese lado, tratando de ver en la oscuridad. El policía alzó su arma. Indicó, mediante un gesto con su mano libre en alto, que guardaran silencio. Contuvieron la respiración durante unos segundos. El sonido crecía, poniendo de manifiesto que lo que allí había, se estaba acercando a ellos con rapidez. Al poco pudieron observar una silueta negra que apenas se alzaba unos palmos desde aquel mar de espigas y corría en dirección a la pista de tierra. Al principio todos se extrañaron al no identificar la naturaleza de aquella sombra, pero pronto se percataron de que era un perro. Una voz de alarma rugió enseguida en las mentes del argentino y el programador. Ellos ya habían comprobado cómo algunos perros presentaban síntomas de algún extraño tipo de rabia, probablemente relacionado con todo lo que estaba pasando en el pueblo.

Los tres retrocedieron al unísono cuando un dóberman apareció por fin ante ellos. El animal se quedó muy quieto, como tanteando a los hombres, una vez hubo irrumpido en la pista tras surgir del campo de trigo. Su negro pelaje apenas le hacía visible en la oscuridad de la noche. Estaba rígido, con sus cuartos delanteros erguidos y su alargado hocico elevado en actitud vigilante. Las puntiagudas orejas señalaban hacia arriba, tiesas también como si quisieran captar cualquier movimiento repentino por parte de los tres individuos que tenía delante.

—Mierda, no podemos dejar que nos toque. Si lo hace estamos perdidos —dijo entre dientes el policía, sin que uno solo de sus músculos se moviera. Apuntaba hacia el perro con la pistola.

Joel miró de soslayo al agente y procuró mantener su bate bajado. Sus sospechas con respecto a él se incrementaron de nuevo. Parecía que el hombre temiera la posibilidad de que los perros también pudieran desarrollar la extraña patología. Pero, ¿cómo era posible esto, si el hombre todavía no había presenciado algo como lo que ellos habían visto en la carretera? Quizá era una simple hipótesis por parte del policía y Joel estaba obsesionándose demasiado con la actitud del agente. Después de todo, no era tan descabellado que éste hiciera aquel tipo de conjeturas sin que ello implicara que escondía algo.

—A mí estos chuchos nunca me han hecho gracia, che —dijo asustado el argentino, quien, a juzgar por el temblor de sus manos, estaba pasando un mal rato.

El perro comenzó a gruñir con aire amenazante y Joel observó cómo les vigilaba, como si quisiera tantear la situación. El aspecto del animal no parecía indicar que estuviera enfermo ni nada parecido, pues su cuerpo se mostraba sano y bien desarrollado, no como el de los perros que habían visto en la carretera hacía unas horas. Aquella jauría que se abalanzara sobre su coche, con rabiosa actitud, parecía surgida de un infierno. Los pelajes de esos animales mostraban un enfermizo aspecto y sus hocicos goteaban una repugnante baba.

—Cabe la posibilidad de que los perros también puedan transmitir esa mierda de peste —indicó el programador, siempre con mucho cuidado de no asustar al animal con movimientos bruscos o alzando demasiado la voz—. Pero este animal parece bastante sano y normal.

—Pero, boludo, usted vio antes cómo esos perros se tiraron a por nosotros cuando paramos en la carretera.

En ese mismo momento el perro hizo algo que no les traería nada bueno. Comenzó a ladrar con fuerza, esparciendo los ecos de aquel sonido por toda la llanura. Apenas se movió del sitio mientras lo hacía, pero el ruido que produjo les puso a todos en alerta. Sabían que aquello atraería hacia el lugar a los infectados que pudiera haber cerca.

—Infectado o no, este perro nos está jodiendo bien jodidos —masculló malhumorado el agente, que acto seguido alzó su arma para efectuar un solo disparo al aire.

El perro dio media vuelta asustado. Huyó por donde había venido como alma que se lleva el diablo. Pero ya había delatado la posición de los tres hombres. Sin duda, pronto acudirían hasta el lugar unos cuantos enfermos.

—Habrá que salir corriendo de aquí cuanto antes —les indicó el policía, bajando su arma.

En las afueras de Cihundi un grupo de unos diez contagiados aguzaron sus oídos al momento. Calcularon con rapidez el lugar aproximado de donde provenían aquellos ladridos y el disparo que acababan de escuchar. Todos ellos emprendieron una persecución de inmediato.

La estampa que ofrecía el grupo resultaba apabullante. La tez de sus integrantes había adquirido el tono cetrino propio de los cadáveres que se descomponen tras una muerte de largo padecimiento causada por algo inusual. Se agitaban con violencia bajo el dominio de aquello que gobernaba sus impulsos y expulsaban una suerte de espuma viscosa por la boca, cuyos labios resecos se agrietaban. Los cuerpos se consumían, devorados de manera paulatina por el organismo que llevaban dentro, pues a pesar de que este necesitaba esos recipientes humanos para encontrar sustento, debía procurar alimentarse mientras tanto para desarrollar su estructura en busca de la fase siguiente. La piel mostraba en varios puntos el resultado de dicha circunstancia, y se veían tumoraciones y costras de aspecto terrorífico entre los cabellos que ahora

raleaban como penachos sin vida, llagas de tono sanguino-
lento o heridas más profundas que dejaban músculos y huesos al desnudo. Las vestimentas se veían holgadas sobre
aquellos cuerpos que habían acusado semejante merma en su
estructura en apenas horas.

Ese horror de naturaleza biológica cabalgaba con viru-
lencia bajo la piel de sus huéspedes, que ahora se arrastraban
en busca de las presas que debían abatir para aplacar el hambre de aquello que los gobernaba.

El marco bucólico de alfombras doradas y elevaciones
cuajadas de olivos que extendía su bellaza sobre las llanuras,
representaba el escenario por el que ahora deambulaba aquella peste con forma de ser humano, bajo un cielo estrellado
donde no se veía una sola nube. Resultaba extraño observar
aquella hermosura mancillada por tan repugnante peste.

7

Algo extraño sucedía otro lado del puente romano, justo
donde había un pequeño humedal cerca del río. Las aguas
estancadas de una zona musgosa habían comenzado a gorgo-
tear de manera ruidosa, como si estuvieran hirviendo. Una
fina cortina de vapores se alzaba desde la superficie del
agua. Flotaba con suavidad, para luego ascender y enroscarse
entre las ramas de un árbol cercano, dividida ya en cintas
neblinosas de aspecto siniestro.

Allí mismo se habían sumergido, no hacía mucho, dos

de esas cosas que se alimentaran de carne humana gracias al huésped que les había servido de contenedor. Pero ahora estaban en pleno proceso de mutación hacia su fase final. Habían enterrado su cuerpo bajo el blando lecho de aquel humedal, estirándolo como si de una blanca raíz se tratara.

8

Jordán y Tamara se empezaban a dar cuenta de que no había sido tan buena idea aquello de intentar recluir al mayor número de infectados posible en algunos edificios del pueblo. Para empezar, se encontraron con la difícil tarea de buscar algunos lugares que estuvieran en esos momentos vacíos de gente. El primero de ellos que escogieron fue la propia abadía de Cihundi, junto al puente romano de piedra. No fue fácil derribar el recio portón de madera reforzado con láminas de hierro oxidado. Pero como no había en esos momentos autoridad alguna en el lugar que les impidiera echarlo abajo, al menos pudieron embestir con total libertad la hoja de madera. Para ello se ayudaron del poste de la sombrilla de un bar cercano. Lo usaron como improvisado ariete, tras ver que de nada servía golpear con el propio cuerpo el portón. La madera crujió con un seco quejido. Los goznes chirriaron un segundo antes de que la cerradura cediera, ante los dures envites de aquel artefacto que ambos impulsaban con fuerza.

Dentro olía a polvo añejo. La visibilidad era nula. No pudieron constatar con rapidez cómo estaban repartidas las estancias ni en qué orden, pero les pareció que en aquella especie de antesala cabrían bastantes enfermos.

—¿Cómo piensas que será mejor atraerlos hasta aquí? —preguntó Tamara cuando salieron otra vez a la intemperie—. Ya hemos comprobado cómo nuestro olor no parece cautivarlos mucho. Es demasiado... demasiado parecido al suyo. Pero puede que si hacemos mucho ruido vengan hacia aquí. Luego sólo tendremos que ir empujándolos poco a poco.

Jordán asintió, fingiendo estar de acuerdo, pero en realidad el joven no sentía mucho entusiasmo ante aquella idea. Seguía pensando que todo aquello era una pérdida de tiempo, ya que parecía que todo el pueblo estaba condenado. Sólo seguía adelante con el plan debido a que Tamara no accedería a irse con él, si antes no intentaban algo para proteger a los posibles supervivientes.

—Vamos, reventaremos la luna del primer coche que encontremos y le daremos al claxon con insistencia —propuso el muchacho al fin, que echó una rápida mirada en derredor para ver si había cerca algún vehículo aparcado.

En la calle que descendía en línea recta hasta el puente y la abadía había un par de ellos estacionados. Jordán se quitó la camiseta para envolverla sobre su puño derecho. Luego golpeó tres veces seguidas la ventanilla del lado del conductor, hasta que esta cayó hecha añicos. Pero cuando el muchacho dio al claxon no hubo sonido alguno. Parecía como si toda la tecnología del pueblo hubiera enmudecido para siempre. Todo aquello que funcionara bajo los principios de la electricidad se veía inutilizado. El muchacho chasqueó la lengua, furioso. Iba a romper la ventanilla del siguiente coche, cuando de pronto Tamara le interrumpió con voz temblorosa.

—Jordán, mira, algo raro está pasando en la orilla del río.

El joven miró de inmediato allí donde la chica le había indicado. Tuvo que entornar un poco los ojos para poder ver algo, pero las aguas de aquel río parecían hervir bajo el arco del puente. Entre gorgoteos siniestros lanzaban vaporosas cortinas al aire de la noche. A continuación pudieron escuchar cómo algo chapoteaba con fuerza en las aguas. Incluso creyeron entrever una silueta semejante a un tentáculo que surgía de las profundidades.

—¿Qué cojones...? —fue todo cuanto pudo articular Jordán ante la extraña visión y los espeluznantes sonidos—. Tamara, esto ya me supera con creces. Todo me recuerda ya a las historias de Lovecraft que leía de crío. No sé si nos estamos volviendo locos, o es el mundo el que está perdiendo el juicio.

Pero no todo había terminado ahí. Para mayor desconcierto de los jóvenes, a continuación vieron unas formas bulbosas correteando hasta la orilla del río. Al distinguir unas colas bamboleándose tras ellas, identificaron aquello como ratas. Seguramente habrían salido del interior de la vieja abadía. Lo que no entendían es porqué se dirigían hacia el río, justo en dirección al lugar donde había surgido aquel chapoteo.

LA SOMBRA DE LA PESTE

1

En la ciudad de Los Jarros, situada a unos cuatro kilómetros de Cihundi, no todo era ajeno a aquel mal que se arrastraba desde hacía horas por las calles del pueblo. Allí todo se desató a raíz de un fatídico accidente ocurrido hacia las tres de la madrugada. Un joven, en estado de embriaguez, tuvo la desafortunada idea de cruzar un semáforo en rojo. Lo hizo justo cuando una unidad móvil del servicio de emergencias se acercaba por aquella avenida a toda velocidad. A pesar de que el vehículo llevaba dadas las luces de emergencia y las sirenas, el joven estaba tan borracho que no advirtió su presencia hasta que fue demasiado tarde.

El conductor del vehículo trató de evitar la desgracia. Más por temor a sesgar una vida, lo hizo por miedo a que descubrieran lo que había en la parte trasera del vehículo. Aquello no era una unidad habilitada para transportar heridos en estado grave. Se trataba de algo así como un laboratorio ambulante adaptado para desplazar a un tipo de enfermos muy concreto. Pero al final no pudo evitar la catástrofe. Cuando trató de girar a la izquierda ya era tarde. El vehículo golpeó al muchacho con el lado derecho del morro. El cuerpo del joven salió expulsado hacia la acera a la que estaba llegando. Allí cayó, ya en estado grave debido a las lesiones sufridas en varios órganos de su cuerpo. Pero la peor parte fue para los que iban dentro de la unidad móvil.

El vehículo fue a empotrarse con fuerza contra el escaparate de una tienda de electrodomésticos. Los que iban en la parte delantera perecieron al momento, siendo sus cuellos seccionados por los cristales del escaparate. La cabeza del conductor estaba separada prácticamente del cuerpo cuando las primeras personas acudieron al lugar. Pero los que iban en la parte trasera no tuvieron una muerte tan rápida, aunque sí mucho más horrible. Uno de ellos, aquel científico ataviado con el aparatoso traje de protección antiparasitaria y la horrenda máscara fue a golpearse con uno de los laterales. El choque le produjo una grave lesión cráneo encefálica que horas después provocaría su muerte. El otro tuvo la mala fortuna de clavarse en el corazón el escalpelo con el que había estado hurgando, momentos antes, bajo la piel de aquel extraño paciente que llevaban allí atrás. El filo del instrumento rasgó el traje con la fuerza del golpe. Luego penetró entre dos costillas, para hundirse en el corazón de manera muy profunda.

Muchas personas se extrañaron al ver aquel vehículo accidentado. En Los Jarros no había hospital propiamente dicho, tan sólo un buen centro de emergencias que sin embargo no estaba dotado para recibir a heridos muy graves. Lo más normal es que un vehículo semejante se hubiera dirigido a la ciudad capital, a unos 40 kilómetros de allí. Pero lo que más sorprendió a todos los ciudadanos que acudieron en ayuda de los accidentados, fue aquel desconcertante cuadro que hallaron en el interior de la unidad móvil.

La imagen de los hombres ataviados con aquellos trajes parecía sacada de una película de ciencia ficción, o de un noticiario televisivo. La gente no entendía nada de todo aquello. Por eso mismo, muchos cometieron la imprudencia, fruto de su ignorancia, de entrar ahí atrás. Se acercaron, sin reparos, a aquel cuerpo tendido en un lecho a uno de los lados. Su aspecto era enfermizo. Tenía la piel descolorida como la de un cadáver y extrañas tumefacciones por todo el cuerpo. Pronto se dieron cuenta del agujero de bala que exhibía en la cabeza. A partir de ahí los rumores y especulaciones comenzaron a correr como la pólvora. Aunque no fue lo único que se desató aquella aciaga noche en la ciudad de Los Jarros.

2

El dolor de aquellas heridas que Sonia había abierto en su cara era insoportable. Para colmo ni siquiera podía gesticular sin que estas se abrieran un poco más. Ambos cortes recorrían sus facciones formando una especie de equis sanguinolenta. Álex apartó a un lado, con un gesto frenético, el cadáver que había caído sobre él. Estaba muy furioso, poseído por una sed de venganza que tan sólo podría saciar si torturaba hasta la muerte a aquella mujer. Un estrépito de golpes y voces acaloradas le llegó desde arriba. No entendía muy bien qué estaba ocurriendo, pero supo al momento que alguien más había penetrado en su hogar. Ahora ya daba todo igual. Su magna obra había sido maltratada por aquella mujer. Ella tendría que pagar por semejante agravio, costara lo que costase.

Álex cada vez estaba más mareado. Aquellos terribles picores que había comenzado a sufrir por todo el cuerpo le estaban martirizando hasta el punto de casi hacerle olvidar el dolor de las heridas de su cara. A pesar de todo aquello pudo incorporarse, agarrándose sobre la mesa donde aún permanecía desplegado parte de su particular equipamiento. Cogió con rabia uno de los escalpelos allí dispuestos. La jaula de la rata se había caído sobre el suelo cuando Sonia le golpeara con la otra sobre la cabeza, pero aquello ahora no tenía mayor importancia.

Mientras ascendía por las escaleras, encorvado sobre sí mismo, con el rostro palpitante por las terribles heridas y el cuerpo sometido a aquel tormento de picores, pudo oír cómo en su casa alguien forcejeaba entre gritos y más golpes. Pudo reconocer en algunos de aquellos alaridos de dolor y rabia el timbre inconfundible de Sonia, aquella muchacha entrometida que había truncado su deseo de llevar a cabo, después de tanto tiempo, una obra digna de él. Pero había alguien más

278

ahí arriba y sus gritos eran más bien como gruñidos de animal salvaje.

El hombre recorrió, casi a tientas, los últimos peldaños de aquellas chirriantes escaleras. Tan sólo la luz mortecina de las velas que había dispuesto por todo el sótano iluminaba su ascenso.

Cuando Álex abrió la puerta que iba a dar al pasillo de la planta baja de su casa, pudo contemplar algo que le desconcertó bastante. La mujer forcejeaba con un hombre de aspecto enfermizo, cuya palidez, al aspirante a tanatopractor, le recordó a la de la muerte. Los cabellos de aquel hombre eran una maraña grasienta y rala sobre un cuero cabelludo salpicado de ulceraciones y pústulas de aspecto repulsivo. La vacua mirada parecía velada por una especie de telilla lechosa y el cuerpo presentaba un aspecto casi al borde de la inanición. Era un ser esquelético recubierto apenas por un pellejo de tonos cetrinos. Sin embargo su vientre parecía un poco abotargado, y Álex creyó ver cómo algo se removía allí adentro.

Sonia presentaba un mordisco de aspecto alarmante a la altura del codo, en su antebrazo izquierdo. Aquel individuo le había rebanado un buen trozo de carne en aquella zona. Pero la chica seguía defendiéndose con saña, casi ajena al dolor. Golpeaba la cabeza de aquel ser de aspecto endemoniado con un viejo candelabro que había cogido de una zapatera que había en el pasillo. Pero la criatura no parecía acusar el dolor con la misma intensidad que un ser humano normal.

—¡Maldita zorra entrometida! No tendrás la suerte de escapar a mi furia. Ese tarado no te salvará con la muerte de mí, perra. ¿Cómo pude pensar que serías una aprendiz a la altura de mi grandeza? Ahora por tu culpa todo se ha echado a perder y la humanidad no podrá admirar mi gran obra.

Álex sintió un nuevo arrebato de ira al pensar que aquel engendro podría privarle del placer de sesgar la vida a Sonia. Sin pensarlo dos veces, salió al pasillo, en pos de aquel hombre de aspecto enfermizo. Alzó su escalpelo mientras, a la luz titilante de las velas que había dispuesto por todo su hogar cuando la luz cayera, avanzaba con rostro desencajado en dirección al infectado. Éste no advirtió el ataque hasta que ya fue demasiado tarde. El objeto cortante rasgó la barriga de la criatura de un certero tajo, sajando músculo y piel en ausencia de una protectora capa de grasa. Álex siguió lanzando profundos cortes sobre aquel vientre abotargado hasta que llegó al intestino. Introdujo sus manos en la cavidad que había abierto y luego crispó sus dedos en torno a la resbaladiza superficie de las tripas. Cuando tiró hacia afuera, algo se revolvió en aquel intestino, a la vez que un chillido agudo surgía de su interior.

Cuando la criatura perdió la vitalidad y se desvaneció sobre el suelo del pasillo, Álex se maldijo al comprobar cómo la chica había aprovechado para huir de allí. La puerta de la entrada principal seguía cerrada a cal y canto, pero el hombre se dio cuenta de que la brisa nocturna penetraba por algún lugar de la casa. Sin duda aquel ser habría roto alguna ventana para internarse en su hogar, y ahora Sonia habría aprovechado la misma vía para fugarse.

—¡No escaparás, maldita zorra entrometida! Vas a pagar todos tus insultos y el menosprecio que has mostrado. Te di una oportunidad única de hacer algo digno, algo grande con lo que plasmar te huella en este mundo y has escupido sobre el plato que te tendí.

Antes de que Álex pudiera empezar a fraguar un plan para seguirla y volver a capturarla, se dio cuenta de que la temperatura había ascendido varios grados de golpe, dentro de su casa. Un chisporroteo y un furioso resplandor, todo ello procedente del sótano del que acaba de salir, le obligaron a mirar a sus espaldas. Se dio cuenta de que a causa de la lucha mantenida allí abajo con Sonia, algunas velas se habían caído sobre el suelo. Una de esas llamas había prendido fuego entre las montañas de objetos que el hombre había ido acumulando en uno de los lados, a lo largo de los años. Ahora el fuego se extendía de manera alarmante y él no se sentía con fuerzas ni en condiciones para combatir aquel incendio.

—¡Maldita sea, no! Todo mi trabajo, todas mis ilusiones, todo el empeño y las horas de documentación serán reducidas a cenizas por culpa de esa maldita perra desagradecida.

La voz del hombre era un quejido lastimero más propio de un infante al que acabaran de arrebatar lo más querido en la vida. Sollozaba con una mueca que se deshacía bajo las brechas de su cara, pero sus lágrimas saladas no provocaron dolor alguno en las heridas, pues todo su cuerpo era dominado en gran parte por el organismo que llevaba en sus entrañas.

3

Debía de hacer ya más de una hora, según calcularon los cuatro supervivientes que se habían confinado entre las umbrías paredes de aquella cantina, de que sonara aquel disparo en las cercanías. Ninguno de ellos se atrevió durante los minutos siguientes a mirar afuera, a ver quién podía haber efectuado el disparo. Preferían esperar un poco más al resguardo de aquellas frías paredes. Cuando saliera el sol averiguarían todo lo que estaba pasando afuera. Todavía tenían miedo a las criaturas que rondaban alrededor de la cantina.

A pesar de aquella acuciante sensación de peligro, Judith a duras penas conseguía mantener sus ojos abiertos en medio de la rotunda oscuridad de la cantina. Afuera la mañana se empezaba a insinuar de manera vaga. Tras la línea del horizonte asomaban los primeros rayos tímidos, tiñendo el cielo de un color rojizo. Pero allí adentro estaba todo muy oscuro. Habían tapado cada ventana del lugar con todo el mobiliario que aún había en la estancia.

El suelo estaba húmedo y pegajoso. El techo se había desprendido en varios puntos y sus tablillas pendían sobre ellos repletas de telarañas. Los pulmones de los cuatro supervivientes se quejaron varias veces al tener que respirar aquella atmósfera viciada. Pero al menos se sentían a salvo de aquellas cosas que rondaban ahí afuera, siempre al acecho, siempre anhelantes.

—Tengo que encontrar a mi padre —musitó la chica, con la mirada perdida en alguna parte indefinida frente a ella.

Estaba sentada con la espalda apoyada en el mostrador de la cantina y el culo sobre el suelo, ignorando aquella sensación pegajosa que notaba al entrar en contacto con las baldosas—. Nunca pensé que diría esto, pero echo mucho de menos a mis padres. A ese viejo cascarrabias de Joel aún tengo esperanza de volver a verle, y pronto, espero. Pero a mi madre... dios, ¿por qué siempre tuve que comportarme con ella como una niñata? Ella nos quería. Era un poco pasota, a su modo, claro, pero era una buena mujer.

La chica se permitía ahora decir aquellas cosas, ya que sus hermanos habían caído vencidos por el sueño y dormían cerca de ellos, sobre unos cartones que habían encontrado en un pequeño almacén y que habían dispuesto sobre el suelo, para que al menos los pequeños no tuvieran que sentir aquella mugre adhiriéndose a sus cuerpos mientras descansaban.

Unas lágrimas ardientes comenzaron a rodar por las mejillas de la chica. Su mirada estaba perdida en el infinito. Reflejaba en ella la profunda tristeza que afligía su corazón. El miedo, la angustia, la sensación de peligro e incluso la euforia fruto de la ira habían dado paso ahora a la amargura más insoportable. Por la mente de la chica desfilaron en cuestión de segundos, como en diapositivas, recuerdos donde sus padres aparecían sonrientes y felices junto a ella y sus hermanos. Era cierto que durante los últimos meses había ido distanciándose cada vez más de su familia, que aquella sensación de soledad le había ido apartando de sus padres. Les culpaba por no haber sabido construir una vida más normal para todos ellos, en un entorno donde ella hubiera podido relacionarse con gente de su edad para llegar a desenvolverse con mayor naturalidad.

Y quizás razón no le faltara.

Pero sus padres no habían sido nunca malas personas y puede que ella también hubiera tenido que poner un poco de su parte para que las cosas mejoraran. Ahora, sin embargo, ya era tarde. Al menos para su madre. Nunca más tendrían la oportunidad de forjar unos lazos más profundos entre ellos, ni de afrontar juntos la perspectiva de avanzar día a día con renovadas esperanzas. Judith se maldijo por no haber sabido aprovechar su tiempo cuando tuvo la oportunidad.

—Siento mucho lo que te ha pasado —trató de consolarla el jardinero, quien se había sentado junto a ella—. No debe de ser muy fácil sobreponerse a algo así. Yo al familiar más cercano que he perdido en mi vida es a un primo lejano y tampoco es que le conociera mucho. Vivo solo en el pueblo desde hace un par de años. No conozco a nadie lo suficiente como para... —el joven iba a añadir «lamentar su pérdida», pero en el último momento se reprimió para no parecer demasiado insensible.

Judith notó un considerable cambio en la actitud del muchacho. Ahora se comportaba de manera comprensiva, no como antes, que se mostraba arisco y ufano casi todo el tiempo. Judith lo achacó a que ahora por fin estaban relativamente a salvo.

—Pues te puedo asegurar que es algo que te obliga a replantearte seriamente muchas cosas —añadió la chica, pudiendo a duras penas pronunciar las palabras entre los ahogados sollozos. Su pecho se agitaba de manera irregular a causa de aquel entrecortado llanto.

El jardinero observó la silueta de la chica en medio de la oscuridad. Pudo distinguir sus rasgos armoniosos. La negrura que les envolvía la despojaba, en cierta medida, de ese aspecto rebelde y le otorgaba un aire de inocencia que enseguida cautivó al joven que estaba junto a ella. La forma de su nariz pequeña y respingona, el perfil de sus cabellos ondulados e incluso la suave curvatura de sus pechos o la redondez de sus rodillas hicieron despertar en el muchacho ciertos instintos que no supo reprimir. Se acercó un poco más a ella, procurando no hacer mucho ruido, con timidez. Observó aquellas firmes pantorrillas desnudas, pues los pantalones vaqueros de la chica estaban recortados a la altura de las rodillas.

—Si te sirve de algo... podría... podría abrazarte —se atrevió a balbucear al fin, sintiendo cómo su rostro enrojecía de inmediato. Por primera vez agradeció aquella oscuridad que ocultaba sus facciones.

La chica le miró un tanto desconcertada. No había esperado algo así y no sabía qué pensar.

—Será mejor que empecemos a pensar lo que haremos a continuación. Afuera no debe faltar mucho para que la primera luz de la mañana asome ya —dijo Judith de forma apresurada, sintiéndose nerviosa. Quería desviar la conversación hacia otra parte—. Creo que sería mejor planear los pasos que daremos a continuación.

—Tranquila —sugirió cortante el jardinero, con voz meliflua, al tiempo que posaba una de sus rechonchas manos sobre la rodilla derecha de la chica—. Todavía tenemos tiempo de pensar bien las cosas. Ahora creo que deberíamos relajarnos un poco para pensar luego las cosas con más claridad.

Judith empezó a asustarse al notar cómo el joven ejercía presión con su mano sobre la rodilla, como invitándola a quedarse a su lado de una forma muy poco delicada. El calor de aquella palma encallecida y sudorosa le causó repugnancia, pero el miedo la obligó a disimular aquella sensación. Los dedos rechonchos se cerraron más en torno a su rodilla. Ella lanzó un débil quejido ante la evidente insinuación que flotaba en aquel gesto.

—Me estás haciendo daño —se atrevió a decir con un débil hilo de voz. En aquellos momentos comenzó a sentir ganas de salir corriendo del lugar. Prefería enfrentarse a aquellas cosas de allí afuera antes que a un tipo que era dueño de sus actos y actuaba bajo la inteligencia de un ser humano sano.

—Lo siento, no era mi intención —se disculpó el jardinero de inmediato. Sin embargo, aunque ella no pudo verlo, el joven sonreía con lascivia ante la perspectiva que había visualizado en su mente. Empezaba a pensar que todo aquello iba a brindarle una excelente oportunidad de dar rienda suelta a sus más inconfesables fantasías. Quizás pudiera al fin llevarlas a la realidad.

El jardinero siempre había observado con deseo y lujuria contenida a aquella chica, cuando en algunas ocasiones ésta pasaba frente a los parques u otras zonas donde él estaba trabajando en esos momentos. En más de una ocasión había fantaseado con experimentar con ella cosas bastante subidas de tono. Ahora estaba ahí junto a ella, sin nadie que pudiera observarles y con todo el tiempo del mundo para llevar a la práctica aquellas fantasías.

—Siempre me has gustado mucho, Judith. Estás muy... tienes un cuerpo muy bonito.

—Escucha —replicó ella con suavidad, con cuidado de no irritar a aquel hombre que empezaba a parecerle peligroso—. No es el momento para esto, eh...—se dio cuenta de que ni siquiera sabía cómo se llamaba. Tenía la sensación de haberse encerrado en la misma celda que un maniático sexual. Su nerviosismo no le permitía pensar qué podría hacer para escapar de aquel peligro.

—No tienes porqué sentir miedo, Judith. Conmigo estás a salvo. Si no te apartas de mi lado prometo llevarte hasta un lugar seguro. Podrás ver de nuevo a tu padre —el joven no decía aquello sólo como un patético intento de engatusar a la chica. Él mismo se engañaba con la idea.

Se hizo creer que tenía derecho a tomarse ciertas libertades con la muchacha, ya que ahora estaba bajo su protección y la mantendría a salvo del peligro que acechaba allí afuera. Ese enfermizo sentimiento, mezcla de paternalismo mal entendido y ardiente deseo, hizo que su pene se inflamara bajo sus pantalones. Se acercó más a la chica. Posó su otra mano sobre aquel hombro delgado que asomaba sugerente, bajo la camiseta rasgada a la altura del cuello en un intento por darle un aspecto más gamberro. Judith se sentía en esos momentos demasiado desnuda ante él. A pesar de que la oscuridad la protegía de aquellos ojos cargados de lascivia, sintió cómo esa mirada se posaba sobre ella, invadiendo recovecos de su cuerpo como un intruso indeseado.

4

Más de una treintena de pares pies, muchos de ellos descalzos y descarnados por completo a causa de la torpeza con que caminaban sus dueños, se arrastraba sobre aquella pista de tierra seca o entre las duras espigas de los campos cercanos. El sonido de aquel disparo había atraído a aquellos seres como la luz a las moscas. Pero ahora sus mentes, gobernadas por una fuerza mucho menos sutil, aunque más tajante a la hora de determinar las acciones, no sabía procesar aquel sonido más que con el adjetivo de «llamada; carne fresca por ese lado». Una oscura letanía de gruñidos acompañaba a semejante caterva de seres corrompidos, mientras avanzaban a tumbos, con andar errático y pesado. Aquellos cuerpos, que servían al organismo que ahora los gobernaba como un simple medio de locomoción o una máquina a través de la cual podían alimentarse, estaban ya al borde del agotamiento absoluto. Por eso caminaban casi a tumbos en lugar de correr en busca de sus víctimas, que ahora podían detectar incluso gracias al olor.

Esa pérfida urdimbre de mecanismos biológicos que dictaba las acciones de esos cuerpos, podría decirse que poseía algún tipo de inteligencia. Y esa misma inteligencia había determinado que en esos momentos era necesario administrar bien las escasas fuerzas que aún restaban en sus medios de locomoción. Aunque, por otro lado, aquellos organismos que se retorcían en las entrañas de esos hombres, llegarían pronto a tomar una decisión más drástica y menos delicada para con los cuerpos que les servían como contenedor. Sí era necesario, llegado el momento, agotar hasta las últimas consecuencias los organismos de sus huéspedes, no dudarían en hacerlo. Más tarde podrían encontrar algún nuevo sistema orgánico habitable, o simplemente habría llegado la hora de pasar a una siguiente fase, en la que ya no necesitaran de ser vivo alguno para poder seguir desarrollándose.

Cuando por fin el olor de sus presas se hizo más intenso, aquella maltrecha compañía de seres humanos al servicio de lo que habitaba en sus entrañas, aceleró por fin el paso de manera considerable.

5

Joel y sus dos compañeros no dejaron de correr hasta que hubieron llegado a la cima de la loma que daba acceso a la árida llanura de la meseta. En su último tramo, la pista describía una curva escarpada, flanqueada por unos salientes rocosos entre los que crecía una maleza espinosa y dura. Ahora podían escuchar tras ellos los gruñidos furiosos de varios infectados. Aquel dóberman les había atraído a todos hasta el lugar y ahora sabían dónde podían encontrar nuevas presas.

—Esos hijos de puta corren como si estuvieran dopados, joder —farfulló Joel, sin dejar de correr en ningún momento, a pesar de la dificultad que conllevaba hacerlo por aquella superficie tan irregular.

—Creo que a este ritmo nos alcanzaran muy pronto. Apenas se les distingue en el camino, pero a juzgar por el sonido de sus voces parece que están cada vez más cerca —apostilló el agente en tono glacial, con aquella torva mirada siempre tan inexpresiva.

El policía les indicó, mediante gestos, que salieran de la pista. Juntos se dirigieron a uno de aquellos riscos que flanqueaban el camino. Se encaramaron allí arriba, para luego agazaparse entre varios arbustos espinosos. Las plantas desprendían un aroma fuerte que Joel percibió al instante.

—No se entiende nada, che. ¿Cómo es que hace unos momentos los vimos hechos pedazos y sin energías en el cuerpo, y ahora nos persiguen como si la concha de su madre los hubiera recién parido?

—La inteligencia que mueve sus músculos no se para a contemplar si estos están al borde del colapso o no. Es un cuerpo que no pertenece al organismo que lo habita y éste lo agotará hasta sus últimas consecuencias con la finalidad de conseguir alimento. Siempre que haya presas al acecho el...

De pronto el agente interrumpió su casi inconsciente diatriba. Quedó en silencio durante un buen rato, mientras el programador le miraba con desconfianza.

—¿Cómo es que sabes todo eso? —escupió al fin el programador con tono enfurecido, pero sin levantar la voz más allá del límite aconsejable—. ¿Acaso tienes conocimiento de algunas cosas que no nos has contado todavía? ¿Acaso nos hemos escondido aquí porque esa chusma se guía por el olor y tú sabes bien que entre estos arbustos de fuerte aroma, pasaremos quizás desapercibidos?

Ante las incisivas preguntas disparadas a quema ropa por el programador, el agente guardó silencio. No parecía turbado, pero los otros dos sí notaron un cambio en su actitud tras todo aquello.

—Será mejor que guardemos silencio durante un buen rato y recemos para que no nos puedan detectar. Esta vez vienen demasiados y me quedan muy pocas balas. No podremos con todos si nos encuentran aquí arriba. Y será mejor que no empecemos a conjeturar estupideces. Tú mismo has deducido muchas cosas durante el transcurso de la noche simplemente observando lo que pasa, Joel.

Con aquellas palabras el policía creyó dejar claro que no iba a dejarse amedrentar por ellos dos. Seguía siendo la persona casi imperturbable que habían conocido esa misma noche, con un gesto adusto y una actitud siempre firme ante el peligro.

El argentino, por su parte, comenzó a temer que se desatara una fuerte discusión entre sus compañeros, que pudiera delatar su posición ante la caterva de seres que venía persiguiéndoles. Cada vez que alguno de ellos alzaba la voz su miedo se multiplicaba de forma considerable.

6

Cuando Álex hubo salido de su casa contempló un pueblo transformado por completo. No entendía qué clase de fuerza misteriosa había obrado aquel cambio en apenas unas horas, sin embargo se dijo que aquella era su oportunidad de encontrar más materia prima con total impunidad.

Las heridas seguían ardiéndole en la cara, pero conforme aquel extraño picor se hacía dueño de cada parte de su cuerpo, incrementando si cabe la locura que dislocaba sus pensamientos, cada vez le hacía menos caso a ese molesto escozor. Porque ahora era sólo eso, un simple escozor molesto, pues su mente no procesaba signos de dolor. Oteó en todas direcciones. La calle estaba tomada por grupúsculos de gente que parecía haber enfermado de manera grave. Junto a la entrada de un chalet, frente a la portilla del jardín que había ante la vivienda, uno de esos seres se afanaba en extraer a puñados las entrañas de un cadáver para llevárselas a la boca. Las masticaba con ansia mientras adoptaba una expresión anodina, como si aquello que hacía fuera algo cotidiano.

Álex se percató enseguida de que aquellos seres aporreaban las puertas de las casas gritando con desatada furia e impaciencia. Otros corrían a tumbos en busca de algún ser vivo que parecían haber divisado en alguna parte. Pero, más allá de los sonidos de aquellas bestias, no había señal alguna en todo el pueblo que indicara la presencia de seres humanos normales.

Con el sonido creciente de las llamas que devoraban distintas partes de su casa, tras él, Álex se puso en marcha. Dirigió sus pasos hacia su garaje con presteza. Allí guardaba algo que podría serle de gran ayuda. Entonces, mientras atravesaba aquella parte de su jardín delantero, en dirección al garaje, se dio cuenta de que aquellas criaturas no parecían prestarle atención. Era extraño, pues había empezado a pensar, al ver cómo la que había abatido en su propia casa atacaba a la mujer, que lo que los enfermos buscaban era seres humanos sanos a los que despedazar. Aquel que aún seguía tumbado ante el jardín de una casa, dándose un pequeño festín con un cadáver, así parecía ratificarlo. Pero a él no le atacaban, le ignoraban por completo.

Sacudió todos aquellos pensamientos de su mente. Si no le atacaban, tanto mejor para él. Tendría así más libertad para encontrar a la mujer. Tenía que hacerlo antes de que aquellas bestias la despedazaran. No podía consentir que le arrebataran su trofeo. Tenía que sentir el aliento de aquella ramera entrometida consumiéndose bajo la fiera garra de sus manos. Luego tal vez pudiera esconder su cuerpo en alguna parte hasta que lograra encontrarse mejor. Puede que no todo estuviera perdido. Quizá aún lograra llevar a cabo la obra culmen de su vida.

—Hay que perseverar, amigo mío, hay que mantenerse firme hasta el final —rezongó para sí, con un deje lánguido que delataba su estado ya febril.

Una vez dentro de su garaje se hizo paso a tientas entre todo aquel desorden. Dentro olía a polvo y suciedad. Sobre una mesa que había a uno de los lados, entre varios tarros que se habían incrustado sobre la superficie de madera debido a alguna sustancia reseca, y varias herramientas herrumbrosas, encontró lo que buscaba. Aferró con ambas manos la sierra motora. Comprobó, con un ligero movimiento, que todavía tenía el depósito lleno de combustible. Suspiró aliviado. La adrenalina le hacía cobrar fuerzas y no pudo evitar una erección bajo el pantalón de su viejo traje gris.

En esos momentos notaba cómo un resplandor rielaba entre las paredes de las casas allí afuera, colándose por la abertura del portón e iluminando un poco las entrañas del garaje. Aquel resplandor anaranjado era fruto del incendio que se propagaba por toda su casa.

Al tercer intento consiguió arrancar el artefacto que había cogido. El estridente sonido se alzó en la noche como un lamento quejumbroso. Todos los infectados que había afuera se quedaron quietos, con una extraña expresión de desconcierto en los semblantes demacrados. Pero no tenían miedo; apenas eran capaces de sentir algo semejante. Estaban gobernados por los impulsos de aquella cosa que anidaba en sus intestinos.

—Ha llegado la hora de la cacería. Ya tendré tiempo más tarde de recomponer a esa ramera para realizar mi trabajo. Me las apañaré como sea para reconstruirla y crear una obra digna de los más grandes artistas de la historia.

7

Jordán y Tamara habían escuchado hacía algún tiempo el sonido de un disparo en la lejanía, quizás proveniente de los campos de la periferia. Ahora el sonido que les llegaba desde mucho más cerca era más espeluznante. Sonaba como una moto sierra que cortara algo a intervalos irregulares. Cuando el quejido de la herramienta sonaba más ahogado el vello de sus brazos se les ponía como escarpias y sentían un escalofrío recorriendo su cuerpo.

Por aquel entonces ya habían renunciado a la locura de intentar confinar en edificios vacíos a los infectados. Habían visto lo difícil que era semejante tarea cuando trataron de conducir a empujones a varios de ellos hasta el interior de la vieja abadía. Mientras dirigían a alguno de ellos a empellones, cinco más se apelotonaban a su alrededor esparciendo aquel olor nauseabundo, entre gritos ahogados y empujones. Con lo cual, mientras intentaban conducir a uno, media docena más se les escapaban.

Además de eso, desde que vieran surgir aquellas cortinas gaseosas sobre la superficie del río y presenciaran la extraña visión de algo parecido a unos tentáculos, se empezaron a dar cuenta de cómo cada vez más y más seres vivos se encaminaban como autómatas hasta el río. Se sumergían, de forma voluntaria, en las aguas ahora ponzoñosas y allí desaparecían entre gorgoteos y salpicaduras de agua. Al principio eran solo ratas, liebres silvestres y algún gato. Pero luego empezaron a ver cómo aparecía incluso algún ser humano sano que había conseguido hasta el momento escapar de las garras de los infectados.

Al primero que vieron fue al mismo señor a quien habían salvado poco antes. Se quedaron de piedra cuando apareció tras la esquina de la abadía. Caminaba con los ojos en blanco y una expresión idiotizada en el semblante. Algo muy extraño también era el hecho de que, a pesar de no presentar síntomas de contagio en su cuerpo, ninguno de los infectados que había apelotonados frente a la abadía le atacó. Era como si supieran que él debía ser ahora pasto de otro ser más superior que ellos. Alguien que había logrado alcanzar una fase más desarrollada en su cadena jerárquica.

—Es el hombre al que salvamos antes —indicó Jordán, ya muy cansado por el esfuerzo de intentar conducir a todos aquellos infectados hasta el interior de la abadía. Su cuerpo estaba sudoroso y aún seguía con el torso desnudo—. Pero, ¿qué coño le estará pasando ahora? Mira, parece que se dirige al río, como todos esos animales. Algo está atrayendo a los seres vivos sanos hasta las aguas. Esto es una locura cada vez más grande.

—Hay que impedir que se inmole de esa forma —añadió Tamara al momento—. Todavía podemos hacer algo por la gente sana de este pueblo.

Jordán la miró con gesto cansado. En su semblante comenzó a reflejarse un brillo anaranjado proveniente de alguna parte del pueblo. La chica se dio cuenta de que se había desatado algún incendio en una de las casas o quizás en una barriada entera.

—Tamara, ya has visto que bien poco podemos hacer por estas gentes. Lo único que conseguiremos será terminar igual que ellos y desperdiciar la oportunidad de acudir a algún lugar donde podamos ser curados. Cada vez nos pica más todo el cuerpo. Esta mierda avanza dentro de nosotros y nos sentimos más cansados. Creo que ya hemos hecho todo cuanto estaba en nuestras manos. Es algo que nos sobrepasa con creces.

—Puedes marcharte de aquí cuando quieras, Jordán. Pero yo no pienso dejar a ese hombre ir hacia la muerte sin más. Ya estamos condenados a muerte, así que poco importa lo que pueda sucedernos a partir de ahora.

Jordán chasqueó la lengua con fastidio. Estaba harto de todo aquello. La sensación de claustrofobia que experimentaba allí metido, en aquel pueblo, era cada vez más acuciante. Pero no deseaba sentirse como un cobarde y tener quizás que arrepentirse el resto de una posible vida posterior, por todo aquello.

—Te ayudaré a intentar salvar a ese hombre, pero luego me marcharé de aquí contigo o sin ti —sentenció con aire abatido.

Pero cuando ya se dirigían hacia él, constataron cómo cinco personas más descendían por la calle que había al otro lado del puente romano. Avanzaban en orden, con paso rígido y lento pero imparable. Sus vacuas miradas reflejaban una auténtica entrega que, aunque de manera inconsciente, parecía consentida. Aquel aire sumiso encogió el corazón de Jordán, quien observó su actitud con una mezcla de indignación y espanto.

—¡Despertad, maldita sea, despertad de una jodida vez! Sois todos unas putas marionetas sin criterio —el joven estaba tan fuera de sí que ni siquiera era del todo consciente de lo que decía. Aquellas palabras salían por su boca fruto de algún impulso que le obligaba a vomitar aquello que bullía en su inconsciente.

—Jordán, tú vete al otro lado del puente e intenta frenar a todos esos hombres. No podrás con todos, así que trata de salvar a los que puedas. Yo haré lo que esté en mi mano con este otro señor —le indicó Tamara a gritos. Intentaba hacerse oír sobre aquel clamor de voces lastimeras que ahora lanzaban al aire de la mañana los infectados que deambulaban por allí.

El amanecer estaba a punto de despuntar y su claridad deshacía aquel negro hechizo de la noche.

8

Auténticas lluvias de sangre bañaban el rostro desencajado de Álex. Su aspecto era el de un demente poseído por sus impulsos más salvajes. Era una bestia sedienta de sangre que ya no se movía más que por aquel anhelo homicida que le llevaba a descuartizar a más individuos. Su viejo traje gris, así como su cara, estaban teñidos de rojo. Su rostro, desfigurado por aquellos cortes, adoptaba grotescas muecas de placer cada vez que hundía la cadena de la sierra en el cuerpo de alguno de esos seres infectados. Pero en el fondo de su mente enmohecida crecían la preocupación y el ansia de encontrar a Sonia. Había recorrido más de medio pueblo sembrando por todas partes vísceras, sangre y trozos desmembrados. Cada vez que hacía rugir, entre ahogados quejidos, la cadena de su sierra motora dentro de las tripas de alguno de aquellos seres, era una dantesca pincelada más en aquel macabro cuadro.

—¡Esto también es arte, maldita sea! —bramó, con una risa histérica preñada de locura.

El amanecer estaba cada vez más cerca. La débil promesa matutina se insinuaba con aquella frágil luminosidad. Sin el piadoso abrigo de la noche envolviendo todo aquel pavoroso espectáculo, a cualquier persona sana le hubiera costado digerir una visión tan espantosa.

Entonces la sierra se atascó, con un último quejido, tras serrar entre lluvias de astillas de hueso y sangre el brazo de uno de los infectados.

Álex se paró un momento. Resollaba exhausto por todo el esfuerzo que incrementaba además aquella sensación de mareo que se estaba apoderando de él. Frente a él, aquel último infectado al que había atacado se revolvía desorientado, con el brazo izquierdo medio desprendido a la altura del hombro como consecuencia del enconado ataque de aquel tipo enloquecido. Pero ahora éste ya veía todo borroso. Si ya era difícil observar algo en medio de la penumbra que la mañana no había conseguido desvanecer por completo, ahora apenas distinguía vagas formas a su alrededor. Sin embargo creyó notar cómo su olfato y su oído se habían agudizado de manera considerable. Él no lo sabía, pero se estaba convirtiendo en una de aquellas cosas a las que había estado dando muerte. En su intestino ya había crecido de forma considerable uno de aquellos detestables parásitos, y éste comenzaba a tomar el control de su cuerpo.

Durante su frenético arrebato de ira había recorrido gran parte de la villa. Ahora se encontraba cerca de la plaza del pueblo, en una calle descendente que iba a dar a la biblioteca pública. Una mujer le contemplaba con ojos casi velados por completo, desde la otra esquina de aquella calle. La mente de ésta apenas podía recordar y procesar vagos retazos de un pasado donde todavía era dueña de su vida. Pero ahora su cuerpo estaba casi por completo bajo la influencia de aquel espécimen de parásito que también anidaba en las entrañas del hombre loco. Por una fracción de segundo, el cerebro de la mujer creyó reconocer a aquel hombre. Ese vago asomo de pensamiento hizo despertar en ella cierto rencor. Pero luego un hambre voraz borró todo aquello de golpe y la infectada hizo caso tan sólo de su instinto.

Salió corriendo de la esquina tras la que había estado parapetada, agitando los brazos con fuerza mientras lanzaba al aire matutino un grito preñado de salvajismo. Iba en busca de un hombre sano que había visto un poco más arriba, tambaleándose sobre la calle. Pero al pasar junto al cuerpo de Álex le empujó con una mano, con intención de hacerse paso. El hombre perdió el equilibrio y fue a caerse sobre su propia sierra motora que por fin arrancó de nuevo, desatascándose de manera casi milagrosa. La cadena perforó sus entrañas destrozando sus intestinos y otros órganos, terminando asimismo con la existencia de aquel asqueroso parásito.

Sonia corrió impasible, sin más objetivo que el de alcanzar aquella presa que se tambaleaba cuesta arriba, con su cuerpo orondo desplazándose de manera errática de una esquina a otra. Efrén no fue consciente, en aquel último momento, del peligro que se le venía encima. Estaba tan borracho que ya nada le importaba lo más mínimo. Todo había perdido sentido para él. Murió casi sin enterarse de ello. Fue despedazado por aquel ser cuya hambre se acababa de despertar.

OSCURO AMANECER

1

Lo que había empezado como una situación embarazosa para Judith, se estaba convirtiendo demasiado rápido en algo mucho más grave. Aquel orondo jardinero de pelo oscuro y largo se abalanzó sobre ella y cerró con fuerza sus rechonchas manos en torno a sus brazos, en un intento por inmovilizarla. Usaba palabras dulces, o al menos lo que él consideraba como dulces, en un tono susurrante y melifluo, con el que intentaba tranquilizar a la chica que tenía ante él.

—Vas a despertar a tus hermanos si sigues intentando resistirte —murmuró en su oído, al tiempo que ella trataba de apartar su cara asqueada ante aquel aliento fétido. Aquel joven le producía nauseas—. Vamos, Judith, si tú también lo estás deseando. Sé que te atraigo desde el primer momento. Recuerdo aquella tarde, cuando paseabas escuchando música junto al parque que hay cerca de la plaza. Me miraste como insinuando algo, no lo niegues. Tal vez te sientas un poco cohibida por la diferencia de edad, pero prometo ser muy delicado. Puedo ser muy tierno cuando me lo propongo, nenita.

La chica ni siquiera recordaba haber paseado por el parque escuchando música. Eso podría haber sido hacía semanas. Y si entonces había tropezado su mirada con la de aquel joven repulsivo, habría sido fruto de la más pura casualidad. El hombre estaba enfermo y se imaginaba cosas que no eran. Pero esto no le hacía ser menos peligroso y la chica estaba muy asustada. Era consciente de su desventaja en cuanto a fuerza física se trataba. Aquel joven era mucho más grande y fuerte que ella y ni siquiera contaba con algo a mano con lo que defenderse para compensar esa desventaja.

El jardinero la arrinconó entre su propio cuerpo y el mostrador de la cantina donde habían estado apoyados. La muchacha sintió su agitada respiración azotando su rostro y contrajo sus facciones en una mueca de asco.

Mientras con una de las manos aferraba su brazo derecho, con la otra el joven descendió entre caricias hasta la entrepierna de la chica. El corazón de ella latía muy rápido a causa del miedo y el nerviosismo. Entones apartó la mirada hacia un lado para no tener que ver los ojos del hombre y se revolvió con desesperación bajo el cruel abrazo de aquella bestia. Al momento se dio cuenta de que Manuel se había despertado y ahora les observaba, todavía quieto sobre su lecho de cartón, con los ojos muy abiertos por la sorpresa.

Mientras el hombre se afanaba en manosear cada parte del cuerpo de la chica, ésta advirtió cómo su hermano pequeño se incorporaba procurando no hacer ruido. Ella negó con la cabeza, asustada por la posibilidad de que el hombre le escuchara y decidiera hacerle daño para quitárselo de en medio. Pero Manuel contemplaba algo que le hizo hervir la sangre en las venas y no estaba dispuesto a consentir semejante agravio. En ese aspecto era bastante parecido a su padre, quien solía dejarse llevar por la pasión y la bravura en semejantes situaciones, cuando veía ante sus ojos cómo alguien intentaba perpetrar algún acto deleznable.

Las deportivas del jovencito hicieron crujir unos diminutos cascotes de yeso caídos en el suelo, desprendidos en algún momento de aquel ruinoso techo. Sin embargo, aunque el corazón de Judith se aceleró un poco más, el jardinero no pareció escuchar aquel débil sonido. El hombre seguía a lo suyo, con la respiración agitada mientras intentaba inmovilizar del todo a la chica, entre forcejeos y torpes movimientos. Pero ahora Judith decidió ceder un poco con la intención de distraer al hombre, mientras su hermano se movía allí tras ellos.

El otro gemelo, Albertito, dormía sin que nada alterara su letargo. Judith estaba más preocupada por lo que pudiera pasarles a ellos dos, que por sí misma. Pero tampoco estaba dispuesta a consentir aquello que pretendía el jardinero. Jamás volvería a sentirse limpia si dejaba que ese hombre despreciable entrara en ella, ya bien fuera por la fuerza o de manera consentida.

Otro crujido de la deportiva sobre el suelo y el ritmo cardiaco de Judith se intensificó. El hombre se detuvo un momento como si hubiera escuchado algo. Pero acto seguido pareció despreciar aquel sonido, considerándolo quizás fruto de la podredumbre del lugar, cuyos techos y paredes crujían con los cambios de temperatura.

—Me encantan tus peras, tía. Siempre he fantaseado con mordértelas y ahora por fin podré hacerlo.

Manuel llegó hasta el lugar donde había, tirado sobre el suelo, algo alargado y grueso, de perímetro cuadrangular. Era una pata de madera de una mesa rota. La cogió entre sus manos, moviéndose siempre con mucha lentitud. Aunque comprobó su estado de podredumbre, aún sería lo bastante dura como para golpear al hombre en la cabeza y obligarle a soltar a su hermana.

—Relájate un poco, estás demasiado tensa y si sigues así me cortarás todo el rollo. Te aseguro que tengo muy mala leche cuando me cabreo y no quisiera tener que ponerme violento contigo.

Judith abrió mucho los ojos, como para transmitir a su hermano las dudas que la atormentaban. Pensaba que no sería muy buena idea lo que su hermano pretendía y trató, entre miradas y gestos sutiles, de evitar que el chico lo hiciera. Con ello sólo lograría enfurecer al jardinero y ponerse en peligro.

Pero Manuel hizo caso omiso de aquellas miradas y gestos de su hermana. Con toda la fuerza que pudo imprimir al improvisado arma, arremetió contra el jardinero. Descargó un golpe sobre su cabeza que resonó por toda la estancia seguido de un quejido agudo. El jardinero se detuvo de inmediato, con una expresión bobalicona grabada en el orondo semblante. Aquello le había pillado por sorpresa.

—Joder, mi cabeza, ¿qué cojones...?

No supo muy bien qué ocurría hasta que hubieron transcurrido unos segundos. Para entonces Manuel volvió a atacar al hombre, golpeándole esta vez en la parte derecha de la cara, todavía a sus espaldas, tras describir el arma un amplio arco a uno de sus lados.

Judith aprovechó la confusión que se había formado para levantarse con rapidez. Sin pensárselo más veces propinó una vigorosa patada sobre la boca del hombre, cuyo labio inferior comenzó a sangrar de inmediato.

2

Era algo terrorífico contemplar aquella escena desde su improvisado escondrijo. Joel y los otros dos observaron, en silencio, cómo se acercaba por la pista ascendente aquel grupo de infectados. Caminaban muy despacio, casi como sin fuerzas, al contrario que momentos antes, cuando habían tenido a la vista a sus víctimas y corrían poseídos por el hambre. Uno de ellos llegó a desplomarse sobre el suelo levantando una pequeña nube de polvo con el impacto. Se quedó allí inmóvil, una vez hubo cesado el tembleque que había agitado durante unos segundos una de sus piernas. Los otros, casi una treintena de ellos, continuaron su camino hasta perderse en la oscuridad de la llanura que se extendía por toda la meseta.

Los tres hombres aguardaron un momento más, mientras las formas de los infectados se difuminaban del todo en la lejanía. Apenas una mortecina luminosidad había despuntado con la cercanía del alba y pronto perdieron de vista a los seres.

—Mierda, tengo que salir de aquí cuanto antes. Mis hijos pueden estar en cualquier parte de esa misma llanura y esos hijos de puta todavía conservan bastante energía como para...

—Espera un momento, amigo —le indicó el agente, que tironeó un poco de su muñeca para que volviera a agacharse. Joel intentó zafarse mascullando furioso entre dientes, pero al mirar hacia la pista que tenían un poco más abajo, algo le dejó paralizado de repente.

Los tres observaron con una mezcla de asco y fascinación lo que ocurría donde el cuerpo del infectado había caído. Algo repugnante se hacía paso a través de la boca del hombre entre chasquidos de hueso al romperse y un sonido viscoso, como el de un cuerpo al deslizarse sobre otro. Algo salía desde las entrañas del cadáver mediante movimientos de contracción y expansión, de manera lenta y progresiva. Por último fue como si aquella forma alargada y blanquecina, que surgió por la boca del hombre, hubiera sido regurgitada por éste. Una vez fuera de su huésped, aquel parásito era capaz de desplazarse, aunque no con mucha velocidad.

—Joder, ¿Qué cojones es esa mierda? —se preguntó en voz alta el programador, mientras su semblante se retorcía en una mueca de profundo desagrado.

—La concha de su... la puta madre del... —mientras el

argentino no era capaz de verbalizar todo aquel conglomerado de sensaciones que revolvían su estómago, se incrementó su preocupación por las implicaciones que pudiera tener el haber respirado unos vapores surgidos de los pulmones de varios infectados.

Pero el agente les indicó, mediante gestos, siempre con aquella adusta expresión que le hacía parecer menos humano, que aún debían permanecer a resguardo. Mientras aquella cosa se desplazaba sobre el suelo accidentado, esparcía al aire pequeñas nubes de un gas muy denso que luego se deshacía en lenguas más delgadas hasta dispersarse por completo.

Aquella cosa desapareció bajo los arbustos más cercanos, justo en la vertiente de la pista en que se alzaban los pedruscos donde los tres habían encontrado resguardo. Debido a ello sintieron la perentoria necesidad de salir de allí cuanto antes. Aquellos matojos que crecían entre las rocas se les antojaron, al instante, una maraña de nidos infectos.

Cuando ponían el pie sobre el suelo irregular de la pista de tierra, los primeros rayos de sol asomaban en el horizonte. Joel miró asqueado aquel esquelético despojo. El hombre parecía haber sido víctima de la inanición. Era apenas un esqueleto cubierto por piel reseca y cuarteada. Se acercó con cautela para observarlo más de cerca y pudo constatar que bajo aquel pellejo aún se revolvían miles de gusanos. Pero supo enseguida que no eran los eternos emisarios de la podredumbre. No se trataba de aquellos que venían a dar cuenta de los cuerpos en descomposición, cuando los restos de un cadáver permanecían a la intemperie. Estas eran pequeñas larvas en fase de crecimiento.

—Será mejor que no te acerques a ese cuerpo. Eso que puedes ver son las larvas que no consiguieron alojarse en el intestino grueso del hombre para desarrollarse por completo. Pero aún pueden pasar a otro organismo para intentar enraizar en él —constató al momento el policía, dejando claro ahora que sí sabía mucho más de todo aquello, de lo que había pretendido aparentar en un principio.

—Vayamos a por mis hijos de una vez. Todo esto me revuelve las entrañas —escupió Joel, con un gesto despreciativo en dirección a aquellos extraños gusanos que se removían bajo la piel del muerto.

3

En aquel sótano pestilente que había albergado las horribles creaciones de Álex; esas que eran reflejo de su mente trastornada, allí donde la perfidia había arraigado, las llamas cobraban fuerza con rabia. Desplegaban sus dedos flamígeros por toda la estancia, devorando todo aquello que encontraban a su paso. Hacían crepitar los muebles carcomidos por la humedad, las montañas de trastos que el hombre había ido acumulado en los rincones, y el viejo refrigerador que se comprara hacía escasas horas. La superficie de las paredes, así como el suelo y las mesitas que allí tenía, se habían impregnado durante el transcurso de los años con gotas de sangre y otras sustancias orgánicas. Por mucho que se había afanado en limpiar aquellas muestras grotescas de su arte; esos residuos de sus «esculturas», le había sido imposible no dejar huella de sus actos. Pero ahora esas manchas, esos rescoldos de demencia, eran por fin borradas bajo la abrasadora caricia del fuego.

Algo se derretía en una esquina de la estancia, donde la luz de la bombilla jamás había hecho retroceder la sombra perenne que ocultaba una montaña de trastos. Era un objeto de plástico de proporciones bastante grandes. Se trataba de un maniquí que representaba el cuerpo de una mujer vestida de novia. Las telas de ese vestido habían quedado cubiertas por completo, hacía ya muchos años, por costras de sangre reseca y otros fluidos corporales de varios animales. Aquel pelele había sido uno de los primeros <<modelos>> con los que el demente había practicado su oscura pasión. Ahora, la mirada fría y vacua del muñeco, se transformaba bajo la acción de aquel calor abrasador. El cuerpo era devorado por las llamas y se derretía junto con la montaña de objetos. Aquel testigo mudo de tantas aberraciones se fundía por fin en una masa de objetos calcinados, para desaparecer."

Un sonido chirriante y repulsivo, muy parecido al chillido de una rata pero de tono más agudo, surgió desde alguna parte de la estancia en llamas. Luego nacieron varios chillidos más, muy semejantes en tono y volumen, en numerosos puntos del sótano. Se trataba del último lamento proferido por aquellas criaturas que habían llenado los recovecos de la casa de Álex durante los últimos días. Esos especimenes no

311

habían encontrado a tiempo un cuerpo humano en el que poder desarrollarse por completo. Habían quedado huérfanos e inválidos hasta que su fin llegó, junto con el del viejo maniquí y todos los demoníacos juguetes de ese monstruo que acababa de morir de manera atroz, afuera, a escasos metros de su hogar.

4

En aquellos momentos, dentro de la abandonada cantina del andén, el corpulento jardinero agarraba a Manuel por el cuello, tras haber apartado de un furioso manotazo el arma con que éste le acababa de agredir. El hombre tenía un lado de la cara bastante magullado y se le estaba empezando a hinchar la zona del pómulo. Además, sangraba por una pequeña brecha que el gemelo le abriera sobre la coronilla con el primer golpe. Pero todo esto, lejos de arredrarle, lo único que había conseguido era desatar su ira hasta el punto de que deseaba estrangular al pequeño con sus propias manos.

Judith se abalanzó sobre las amplias espaldas del joven. Arañó y golpeó entre gritos histéricos aquella parte de su cuerpo, en un vano intento por hacer que aflojara aquella mano que había cerrado en torno al cuello de su hermano.

—¡Malditos niños mimados! Sois todos unos hijos de papá, ¿lo sabéis? Mira lo que me has hecho en la cara, maldito hijo de puta. Tu madre era una ramera igual que tu hermana, y merece estar como está ahora. Devorada por esa chusma de cabrones. Vosotros lo tenéis todo; vuestro lindo chalecito, vuestros coches confortables y vuestras mierdas de teléfonos móviles de última generación. Yo, en cambio, he tenido que joderme toda la vida viviendo en esa mierda de pueblo lleno de ricachones.

Todo aquello tenía más parte de mentira que de verdad y el jardinero lo sabía. Si era un desgraciado no es porque hubiera nacido en una familia sin recursos o porque no hubiera tenido oportunidades en la vida. Al contrario, había tenido las mismas que la mayoría de las personas de familia de clase media. Simplemente había sido un holgazán toda su vida y nunca había sentido verdadera pasión por nada. Ahora la rabia de haber fracasado en la vida alimentaba aquellas mentiras y aquel impulso homicida. Y no es que hubiera fracasado por ser jardinero, no. Aquel oficio era tan honroso y necesario como cualquier otro. Había fracasado por no tener ninguna meta o pasión en su vida, más allá de emborracharse sin más, irse de putas o fumarse sus porros.

El joven se giró para apartar, de un brusco manotazo, a la chica. Luego usó ambas manos para rodear con más fuerza el cuello del muchacho. Judith vio, tirada en el suelo a causa del duro empellón, cómo su hermano se ponía pálido primero y luego azul.

La joven sintió una cólera insoportable nacer desde su estómago para inundar cada parte de su cuerpo. Estiró su mano para coger aquella misma pata de madera que su hermano usara poco antes, y que había quedado sobre el suelo. Se levantó con ella y comenzó a descargar poderosos garro-

313

tazos sobre la cabeza del joven.

Este se revolvió, soltando al fin a Manuel, que se desplomó muy débil sobre el suelo. Pero el jardinero parecía duro de pelar. Tras echar mano a su cabeza herida se hizo a un lado para desde allí saltar sobre la chica y arrebatarle el arma en tan sólo dos movimientos. Luego la agarró por las muñecas, provocándole un dolor agudo. Apretó los pequeños huesos de aquella zona escupiendo insultos a apenas un palmo de su cara.

—Os voy a joder a los tres, ¿me oyes?, putita de mierda. Os voy a dar por culo hasta que me canse.

La chica apenas veía el rostro enrojecido del joven. A pesar de que unos rayos débiles de luz se colaban dentro, a través de algunas rendijas en la madera, sus ojos estaban anegados en lágrimas de rabia.

Pero en ese mismo momento desde afuera comenzó a llegar un clamor de alaridos. El joven se quedó pasmado durante unos segundos, aun aferrando las muñecas de la chica. Parecía concentrado. Prestó atención a aquel bullicio de ahí afuera, como intentando evaluar la gravedad de la situación. Judith se armó de valor. Aprovechó aquellos breves segundos para lanzar su rodilla con todas sus fuerzas hacia la parte de los genitales del hombre.

El jardinero se encogió sobre sí mismo, soltando a Judith y aferrándose la entrepierna al mismo tiempo que lanzaba una mirada cargada de furia a la chica. Pero su rostro estaba contraído en una mueca de dolor. Judith no se lo pensó dos veces. Estaba segura de que si dudaba estaría perdida.

Aferró del suelo el trozo de madera y comenzó a golpear entre gritos de rabia el rostro del joven. En un momento dado pudo escuchar cómo algo pequeño se desparramaba sobre el suelo con un sonido como de canicas. Pronto se dio cuenta de que había reventado la boca del hombre haciendo saltar varios dientes. Esto hizo que ganara confianza en sí misma. Embargada por aquella euforia intensificó sus ataques. Alzó cada vez más el improvisado garrote con cada arremetida. Los gritos de dolor proferidos por el jardinero semejaban un chillido de mujer de lo atiplados que sonaban. Por todo ello, y por el llanto incontrolado de su hermano Alberto, que ahora también se había despertado y observaba todo con pánico y nerviosismo, el interior de la cantina se había transformado en una locura de voces y lamentos.

Mientras los de afuera aporreaban la puerta con inusitado ímpetu, Judith se detuvo al fin. El joven había caído encorvado sobre el suelo, sangrando sin parar por la nariz y al borde ya del llanto.

—Maldito hijo de puta. Debería cortarte la polla y dársela de comer a esos tarados de ahí afuera.

Judith respiraba con agitación. Cuando fue a limpiarse el sudor que perlaba su frente, se dio cuenta de que la sangre del hombre había salpicado todo su rostro. Ahora ya no tenía miedo de él.

5

Jordán estaba fuera de sí. No podía dejar de golpear con

los puños en la cara y el pecho de aquella gente no contagiada que, sin embargo, parecían estar bajo la influencia de algo
que les obligaba a caminar sin criterio hacia la muerte. Mientras lo hacía gritaba enfurecido. Veía todo distorsionado por
la bruma de la ira. Causó contusiones graves en los rostros
inexpresivos de aquellas personas, sin ser capaz, sin embargo, de contener su avance.

—¡Deteneos de una vez, joder! Sois todos unos malditos
idiotas. Ahí abajo solo encontraréis una muerte horrible.
¿Por qué no sois capaces de escucharme, maldita sea?

Pero él sabía de sobra que ahora estaban todos bajo el
influjo de un extraño poder. Por mucho que gritara o les golpeara, éste raro hechizo no se desharía. Aunque todo aquello
no era cosa de magia, sino de pura biología. Pero era algo tan
difícil de asimilar que enseguida uno tendía a otorgarle cua-
lidades esotéricas al asunto.

Tamara también había comprobado lo difícil que era algo en apariencia sencillo. No fue capaz tampoco de frenar el
avance de aquel hombre mayor, quien caminaba con una
fuerza irrefrenable hacia el extraño abismo de aquellas
aguas.

Muy pronto un par de aquellos individuos alienados
consiguieron sortear con paso lento a Jordán, gracias a que
éste intentaba obstaculizar el avance del resto. Esas dos personas caminaron con paso firme hasta las aguas para sumergirse con lentitud y mirada perdida. En unos segundos emer-
gió una maraña de tentáculos viscosos que los atrapó con
fuerza, tirando de sus cuerpos hacia el lecho del río. Al poco

comenzaron a bullir las aguas, enrojecidas por la sangre que manaba a borbotones de sus cuerpos.

Tras los dos primeros se colaron muchos más hasta la ribera del río, para luego sumergirse de manera ordenada en las aguas. Aquel era un espectáculo espeluznante. Los vapores pestilentes que brotaban bajo el puente formaban una cortina densa que pronto se convirtió en una especie de neblina.

Tanto Jordán como Tamara tuvieron que encorvarse sobre sí mismos. Tosían enrojecidos mientras sentían una sensación de ahogo. Pero cuando Jordán hubo recuperado durante un momento la respiración y miró al otro lado del puente, donde aún permanecía Tamara, se dio cuenta horrorizado de cómo la chica se metía en las aguas. Por el momento sólo tenía sumergidos los pies y el agua le llegaba hasta los tobillos, pero el muchacho tuvo claro que su intención era meterse por completo. Atravesó el puente a la carrera, sin importarle ya lo más mínimo lo que hicieran aquellas personas a las que habían intentado retener para que no se inmolaran. Cuando hubo llegado hasta la otra vertiente, descendió sin aminorar el ritmo por la ribera terrosa hasta donde estaba Tamara.

—¿Se puede saber qué cojones estás haciendo, Tamara? —la increpó furioso, al tiempo que advertía cómo su mirada no reflejaba el mismo brillo hipnotizado que las otras personas. Ella estaba contagiada y por eso no se sentía atraída por uno de los suyos que ya había llegado hasta la última fase.

Jordán pensó que quizás por eso mismo los tentáculos

no surgían para arrastrarlos hasta el fondo del río. Aun así se sentía cada vez más nervioso y quería salir de allí cuanto antes, llevándose a la chica consigo.

—Déjame pasar, Jordán —se limitó a decir ella, sin fuerza en la voz ni vida en la mirada. Parecía cansada y abatida—. Nuestras vidas ya no valen nada. Ni siquiera podemos servir de ayuda a estas gentes. Yo he perdido a la persona que más quería y no me quedan fuerzas ni esperanzas para huir contigo en busca de una cura.

—Pero... Tamara. Seguro que tienes a muchos más seres queridos que estarán deseando volver a verte. No puedes hacerles esto. Dales una oportunidad al menos. Lucha por tu vida hasta el final. Quizás ya no tengamos salvación como has dicho, pero puede haber una remota posibilidad de que sí la haya. Hazlo por tus seres queridos, hazlo por... hazlo por mí. No me dejes solo con este mal anidado en las entrañas.

Por primera vez en mucho tiempo Tamara mostró un brillo vivaz en su mirada. Le miró sorprendida y con los ojos muy abiertos. El recuerdo de su madre agitó su corazón. Fue como si hubiera recibido una bofetada de sensatez. La mujer no merecía aquello de su hija. Tamara había perdido a Marco, eso era cierto, pero él no era el único cuyo corazón latía con ternura por ella. Había más personas en su vida por las que tendría que apretar los dientes y seguir hacia delante. Tenía que darles una oportunidad. Por otro lado, Jordán podía haberse ido hace mucho tiempo, y sin embargo aún seguía allí, implorando un poco de comprensión y esperando por ella, sacrificándose en un frustrado intento por lograr que se fueran juntos en busca de ayuda.

—Vayámonos de aquí, Jordán. Mis padres me estarán esperando y no se merecen un solo segundo más de incertidumbre y sufrimiento —sentenció al fin. Alzó la barbilla en un gesto casi desafiante, como si hubiera despertado de aquel amargo sueño de penurias. Aún no había terminado de llorar a su novio Marco, pero había decidido que terminaría de hacerlo lejos de allí, y como el muchacho se merecía.

6

Alrededor de la cantina ya había más de una veintena de infectados. Aporreaban puertas y ventanas para romper sus cristales entre estrépitos y feos cortes. Pero aquellas heridas ya no importaban a esos hombres y mujeres. Sus cerebros estaban limitados a todos aquellos impulsos que mandaba aquello que llevaban dentro de su cuerpo.

Por el momento ningún infectado había logrado echar abajo ninguna de las barreras de contención que habían improvisado los de adentro con las pesadas mesas de madera. Pero estas aguantarían poco si los seres no abandonaban sus intentos.

Judith estaba acurrucada en una esquina, dentro de la húmeda estancia. Ahora se colaba un poco de luz entre las distintas rendijas que había en las ventanas, pero esto de bien poco les servía. Estaban atrapados y no se les ocurría nada para poder escapar. Los gemelos abrazaban a su hermana temblando de miedo. Sólo Manuel parecía conservar un poco más la compostura, pero aunque no lo hubiera hecho, Judith lo hubiera comprendido. Aquella pesadilla andante era algo que hubiera hecho temblar de pavor al adulto más valiente.

Judith recordó emocionada lo valiente que se había mostrado su hermano Manuel poco antes. Había arriesgado su propia vida para evitar que aquel monstruo la violara. Por Albertito sentía mucha lástima y le abrazaba con fuerza para intentar transmitirle algo de esperanza.

El jardinero se había retirado, avergonzado, a una esquina. Después de que le saltaran casi todos los dientes y le hincharan la cara a golpes, había enmudecido, encogiéndose sobre sí mismo en otra esquina, como si se tratara de un perro apaleado. Al principio había pensado en tomar represalias contra todos ellos por lo que le habían hecho, pero luego, al notar cómo su rostro y su boca debían darle un aspecto de lo más horrible, se sintió abochornado y no fue capaz de hacer nada. Y ahora que aquellas cosas estaban tan cerca, se dijo que quizás todo importaba ya bien poco.

El sonido producido por aquellas cosas era espantoso. La madera de los marcos de las ventanas crujía bajo los duros envites a los que eran sometidas. El estrépito de los cristales, rotos por aquellas manos ensangrentadas y esos dedos crispados que asomaban por los huecos, hizo que los refugiados se estremecieran.

A pesar de las improvisadas protecciones que habían colocado tras puertas y ventanas, parecía que pronto esas endebles barreras cederían bajo las duras envestidas. Era como si fueran ratones atrapados en una trampa sin otra salida que la perdición de afuera, donde enormes «gatos» esperaban al acecho, hambrientos y con las garras bien afiladas.

7

El programador corría respirando el aire fresco de la mañana. Hacía un esfuerzo por ignorar el cansancio. Algo le decía que sus hijos estaban allí adentro, en aquella vieja cantina que podía verse casi al final de la llanura. Avanzaba a zancadas, con mucho cuidado de no tropezar en alguna depresión entre la tierra seca y agrietada de la llanura. El policía corría inmutable junto a él, pistola en mano todavía y con aquel eterno rictus inescrutable.

—Tiene que haber alguien en el interior de la cantina de ese andén abandonado —aseguró Joel con aliento entrecortado a causa del esfuerzo—. Si no esas malditas cosas no seguirían intentando entrar con semejante insistencia.

—En eso no te quito la razón, amigo. Pero distinto es que sean o no tus hijos. Tanto pueden ser ellos como cualquier otra persona que se haya refugiado ahí.

—Te apuesto lo que quieras a que son ellos. Seguro que todavía están bien, de no ser así, me parece a mí que poco caso les harían los enfermos. ¿Me equivoco?

El agente no respondió.

Mientras tanto, el argentino se había quedado rezagado. Era una persona mucho mayor que ellos y su cuerpo ya no le permitía esas licencias. Le hubiera gustado ayudar a su amigo Joel, si es que en verdad sus hijos estaban ahí dentro, pero le fue imposible seguirles el ritmo. Al menos había llegado hasta allí, a pesar de sus más de setenta años.

—Y ¿has pensado cómo narices vamos a librarnos de todos esos putos infectados? No tengo balas suficientes ni para la mitad de ellos.

Ante las palabras del agente, Joel sintió la presa del pánico atenazando su sistema nervioso. Ya había pensado en todo eso, pero no podía dejar de avanzar hacia el lugar espoleado por la certidumbre de que sus hijos estaban allí escondidos.

Ya faltaba poco para llegar cuando varios de los infectados se giraron al detectar sonido de pisadas y olor a vida en el ambiente. Tres de ellos emprendieron la carrera en dirección a los dos hombres. Pronto se encontrarían con ellos en aquella llanura.

—¿Y ahora qué? —se limitó a preguntar el agente. Incluso ahora era imposible detectar miedo en su mirada o el tono de su voz. Era un ser humano de apariencia casi imperturbable.

Mientras tanto, el argentino resollaba, avanzando a trompicones a causa del cansancio, varios metros más atrás. El corazón le latía con mucha fuerza en el pecho escuálido y se sentía muy nervioso y vulnerable en medio de aquella explanada inmensa. Nunca había sido un hombre que se dejara llevar por hondas reflexiones. Sin embargo, en ese momento no pudo evitar que su mente estableciera un paralelismo entre aquella situación y algo hundido en las profundidades del pasado. Puede que en alguna parte de su inconsciente aún permaneciera agazapado, pero vivo, un sentimiento ancestral. Era el mismo miedo que habían sentido miles de años atrás otros congéneres de su propia especie, cuando tan sólo eran ellos el eslabón más débil de la cadena alimenticia. Sintió, sin saber muy bien porqué, ganas de encontrar una arboleda, como si aquello supusiera un refugio que la raza humana nunca hubiera debido abandonar. Ahora eran como simples presas que habían dejado atrás el resguardo de unas ramas, para adentrarse de manera irresponsable en aquel inmenso vergel plagado de criaturas al acecho.

Una respiración jadeante y rasposa a sus espaldas. Unos pasos torpes, como renqueantes. El grito anhelante de un ser poseído por un apetito voraz. Cuando Claudio se giró para comprobar con sus ojos lo que ya se temía, sólo tuvo tiempo de ver cómo se abalanzaba sobre su cuerpo una de aquellas criaturas. Su aspecto era repulsivo. Era apenas un conjunto de huesos cubiertos por una piel arrugada y cetrina, repleta de pústulas y laceraciones. Y luego estaba su mirada de ojos hundidos y velados. Era una mirada infrahumana. Pero el argentino no estaba dispuesto a vender su vida tan barata. Cuando el ser se le echó encima, Claudio estiró sus manos para introducir ambos pulgares en sendos ojos. Sintió náuseas al notar el tacto esponjoso de los globos oculares, pero aun así no dejó de apretar hasta sentir cómo estallaban dentro de aquel cráneo. La criatura no cejaba en su empeño. Parecía como si no hubiera acusado en absoluto el dolor de semejante ataque.

8

Mientras todo aquello sucedía en esa parte de la región, en la pequeña ciudad de Los Jarros había ya más de media docena de ingresados en el centro de salud, todos con graves problemas gastrointestinales, aquejados de fuertes picores y con constantes náuseas y vómitos. Otros tantos padecían aquello en sus casas, sintiendo cómo empezaba a nacer un hambre insaciable dentro de sus estómagos. Había quienes, al igual que Claudio en su momento, achacaban todo aquello al nuevo fertilizante comercializado por una firma alemana. Otros muchos, sin embargo, empezaron a pensar muy seriamente en el suceso que había tenido lugar aquella noche en una de las avenidas. Recordaban a los extraños hombres encontrados, tras el accidente, en el interior de la unidad móvil. El recuerdo de aquellos llamativos y nada halagüeños trajes con los que iban ataviados comenzó a desatar la imaginación entre las gentes del lugar.

Cristian, un joven de unos veinticinco años, corpulento y de rostro bonachón donde siempre asomaba la sombra de una barba, caminaba aquella tarde por la avenida que terminaba en la rotonda que había al lado del hotel principal de la ciudad. El joven se preguntó qué habría sido de aquel periodista con el que había entablado amistad durante los últimos días. Solía encontrárselo todas las mañanas en el mismo sitio; la panadería que había cerca del hotel, comprándose algunas barras para hacerse bocadillos que llevar a sus largas caminatas. Se sintió un poco decepcionada al no verle en la cola de clientes esa mañana. Era un muchacho más o menos de su edad, que conocía todos aquellos video-juegos que a él le fascinaban tanto. Además, era zurdo como él y siempre le había hecho ilusión encontrar a gente con aquella particularidad. Siempre había sido un joven con cierto espíritu de niño, y le había agradado encontrar a alguien en su ciudad, aquel verano, que compartiera sus mismos gustos y su condición de zurdo. Pero ese día tuvo que resignarse y permanecer a la espera de su turno, aburrido y silencioso.

—Qué horrible el accidente de ayer. Pobre muchacho —escuchó entonces decir a la hostelera, mientras atendía a una señora que estaba al principio de la cola, un par de personas por delante de él.

—Si es que deberían prohibir esos botellones. Los jóvenes hoy se ponen como monas y ya no sólo los fines de semana como antes. Ahora les vale cualquier día para empinar el codo y más siendo verano como ahora —justo cuando la clienta hubo terminado de decir aquello, se dio cuenta de que había sido demasiado atrevida al contar lo que pensaba delante de tanta gente. Aquella era una ciudad no demasiado grande y casi todos los vecinos se conocían. Era probable que algún conocido de un familiar del fallecido estuviera esperando en aquella misma cola—. Pero sí que es horrible, sí. Pobre muchacho, era tan joven. Tenía toda la vida por delante.

—¿Y qué me decís de esos hombres vestidos con esos trajes tan raros que luego se encontraron en el interior de la Uvi móvil? —intervino una tercera mujer con cierto aire conspiranoico—. Los que les vieron dicen que parecían como de una película de virus y esas cosas. Y no sé si lo habréis oído ya, pero desde anoche han empezado a ingresar personas con síntomas raros: diarrea, vómitos, picores por todo el cuerpo. Yo lo sé porque me lo ha dicho mi sobrina, que trabaja en el centro de salud de enfermera. Ahora dice que ya no hay ninguno de los que ingresaron allí, porque han tenido que llevarlos al hospital de Logroño, al no tener aquí ni idea de cómo tratar esas dolencias.

—Bueno —replicó con tranquilidad la dependienta—, yo lo de esos hombres con esos trajes no termino de creerlo. No se sabe muy bien quiénes son los que les vieron y nadie da nombres, así que no sé si pensar que es alguna broma tonta que alguien se ha sacado de la manga. Pero lo de los enfermos he oído que sí que hay unos cuantos así en la ciudad. Eso sí que me preocupa. Algunos hablan de ese potente fertilizante nuevo. A ver si nos van a estar fumigando con veneno. No sé yo, no sé.

En ese momento Cristian comenzó a prestar mayor interés por lo que decían. Había empezado a relacionar, mediante su imaginación fantasiosa, todo aquello con las numerosas novelas de muertos viviente, zombis e infectados que tenía en su casa y se había leído con avidez durante los últimos meses. Recordó aquel en el que el foco de infección de toda la historia partía de una planta y no pudo evitar establecer una delirante relación entre lo escuchado y lo leído. Pero sabía que todo era una mera fantasía recreada por su mente ociosa. No sabía cuánto se parecían todas aquellas narraciones a la realidad que algunos de sus vecinos vivían ya en sus propias carnes.

9

Joel aún conservaba el bate que se trajera consigo de su casa. Con él se deshizo de los dos primeros infectados que se les acercaron a la carrera. Lo cierto es que las criaturas ya estaban muy débiles por entonces. No le costó abatirlos de dos contundentes garrotazos en la cabeza. A uno tuvo que golpearle varias veces más, mientras éste estaba tendido sobre el suelo. Observó aquel aspecto demacrado bajo la luz naciente de la mañana y sintió nauseas al ver algo semejante. Eran seres que ya poco recordaban el ser humano que habían sido. Aunque claro, nadie decía que no lo fueran ya. Los cabellos, ralos entre aquellas pústulas que salpicaban un cuero cabelludo reseco, eran como masas apelmazadas sobre sus cabezas. Los ojos estaban velados por aquella sustancia de color lechoso. Estaban tan delgados que la piel se les pegaba a los huesos, haciéndoles parecer seres esqueléticos.

Mientras Joel ponía fin a la existencia de aquel ser, el agente se defendía con dificultad, atrapado casi entre otro grupo de tres atacantes. Era aún reticente a gastar su munición. Joel pensó que si no se decidía a ello terminaría siendo pasto de esas bestias. O quizás algo peor aún, podía convertirse en una de ellas.

El programador se dio cuenta de cómo otro grupo le rodeaba, cerrando el círculo que formaban en torno a él. Entre gritos de rabia golpeó con fuerza tres cabezas más. Una de ellas crujió como una sandía, lanzando al aire una lluvia de sangre y trozos de masa encefálica. El agente, por su parte, se movía con agilidad. Golpeaba con sus puños y la culata de su pistola, y pronto Joel comprobó estupefacto cómo se había librado de los que le atacaban e iba en su ayuda. El hombre ni siquiera había arrugado las comisuras de los labios al hacerlo, o cambiado la sempiterna mueca de arrogancia.

Entre los dos se libraron de los pocos que aún rodeaban al programador. Pero la desesperación caló en ellos cuando comprobaron cómo venían varios más para sustituir a sus compañeros caídos. Por si ello fuera poco, unos cuatro se levantaron, aunque con lentitud, del suelo árido del lugar.

Cuando sus fuerzas comenzaban a flaquear y se creían del todo perdidos, alguien empezó a vocear con fuerza allá lejos, al otro lado de la cantina y sobre el suelo del andén abandonado.

Varios de los infectados que habían estado acosándolos, dieron media vuelta para dirigirse hacia el lugar de donde provenían los gritos.

Al principio Joel sintió cierto alivio, al verse por fin liberado de la mayoría de sus atacantes. Pero aquella sensación duró muy poco. Cuando alzó su cabeza para ver quién atraía hacia sí a todos aquellos infectados, se dio cuenta, desolado, de que se trataba de su propia hija Judith. Era difícil no reconocerla con aquellas pintas tan características en ella, aun encontrándose a una distancia de varios metros de ellos.

Bajo el frío aguijonazo del miedo, Joel vio sus fuerzas redobladas. Apartó todo el cansancio con un gesto de dolor. Siguió abatiendo enemigos con fiereza. A cada golpe incrementaba la intensidad de los mismos.

—¡Esa que está sobre el andén es mi hija! —le gritó al policía, alzando la voz para hacerse oír entre aquel clamor de lamentos y gruñidos.

El programador echó a correr hacia Judith, con el paso al fin franco entre varios de los infectados. Pero antes de llegar al andén se dio cuenta de que la chica se retiraba hacia el otro lado. Él no pudo verlo, pues la chica desapareció tras el edificio de la cantina, pero la joven trepó a tiempo apoyando sus pies en el alfeizar de uno de los ventanales. Poco a poco, y ayudándose de los barrotes protectores, pudo encaramarse en el tejado de la cantina. Entonces Joel se dio cuenta también de que había primero ayudado a sus hermanos a subir hasta allí, aprovechando la confusión generada cuando él y el agente llegaron hasta el lugar.

Los infectados, una vez ya sobre el andén abandonado, y al ver que su presa había desaparecido y estaba fuera de su alcance, olfatearon algo adentro y enseguida pusieron rumbo a la nueva víctima detectada.

Joel suspiró aliviado. Sus hijos ahora permanecían a salvo. Entonces no pudo oír a tiempo la advertencia que le gritó el agente desde algo más atrás.

—¡Cuidado, a tus espaldas!

UNA HUIDA DESESPERADA HACIA EL PELIGRO

1

Tamara y Jordán corrían por aquella pista por la que habían llegado hasta el pueblo, y que comenzaba donde terminaba el andén de la otra estación ferroviaria abandonada. Iban en silencio y todo lo deprisa que sus fuerzas les permitían. Dejaban atrás aquel dantesco cuadro de muerte, caos y desolación. Entre las paredes ruinosas del andén y otras estructuras abandonadas que había por las inmediaciones, los ecos de sus pasos sonaron de manera fantasmal. Un poco más allá se abría la boca de un túnel que engullía los raíles herrumbrosos, como si bostezara para mostrar el negro pozo de sus entrañas. Los jóvenes vieron salir de allí a uno de los infectados, tambaleándose como un borracho. Arrastraba sus pies al borde de la muerte absoluta. Aunque ellos ya estaban contagiados, ni por asomo se hubieran atrevido a acercarse a aquella boca umbría para internarse en las entrañas goteantes del túnel. Su sola visión producía escalofríos.

Por el contrario tomaron aquella pista por la que horas antes habían llegado a Cihundi. Iban con el corazón desbocado dentro de sus pechos. Una terrible sensación de pena afligía su alma.

Las únicas cosas que no habían podido dejar atrás eran aquel olor que ellos mismos arrastraban allá adonde fueran y esa terrible sensación de pena. Pero al menos se alejaban de todos aquellos muertos y sus depredadores.

Conforme transcurrían las horas, el picor que sentían por todo el cuerpo se hacía más intenso.

—¿Tú crees que esta porquería se habrá extendido hasta la ciudad u otros pueblos? —preguntó entre jadeos la muchacha. Desde que Jordán le recordara a sus padres, no podía quitarse de la mente la pregunta de cómo estarían en esos momentos.

—No lo sé, Tamara, pero por el bien de todos, esperemos que no sea así —se limitó a contestar Jordán sin detenerse.

—Lo primero que haremos será acudir a un centro médico. Será mejor que evalúen nuestro estado antes de que podamos cometer una imprudencia. No me gustaría contagiarles a mis padres toda esta porquería.

Pero algo interrumpió aquellas reflexiones de la chica. Un bulto tendido en el suelo les hizo aminorar la marcha. Sobre la superficie irregular de aquella pista de tierra seca, había un cuerpo caído. Se acercaron hasta él muy lentamente, con expectación. Cuando Tamara pudo ver de quién se trataba se llevó una mano a la boca y sus ojos se anegaron de lágrimas. Jordán vio cómo se agitaba su pecho con el llanto contenido. Ahora que la joven había empezado a pensar en la supervivencia, ocurría aquella broma macabra del destino y la devolvía a los brazos de la desesperación.

—Es... Mar... es Marc... Jordán... es Marc... —sollozaba la muchacha. Observó el rostro de su novio, apenas reconocible en aquellos restos cadavéricos desfigurados por la enfermedad que había arrancado la vida de sus entrañas.

Jordán no pudo evitar lo que sucedió a continuación. Sin previo aviso, la chica se tumbó de cuclillas sobre el cuerpo, agachándose luego para abrazar los restos esqueléticos del cadáver. La boca del hombre permanecía muy abierta, como en un exagerado rictus de dolor. Sus ojos velados habían quedado abiertos pero ciegos de cualquier rasgo de vitalidad. Su piel estaba como acartonada y sus músculos consumidos casi por completo. El cabello era una maraña de pelos resecos sobre la cabeza llena de pústulas.

Jordán intentó decir algo, apartarla de allí, pero sólo fue capaz de posar una mano misericordiosa sobre el delgado hombro de la joven. Sabía que ahora sería imposible hacerla entrar en razón. Sólo podía esperar a que ella reaccionara por sí misma y se levantara para seguir por el camino.

Pero al apartar la mirada hacia otro sitio vio algo que le heló la sangre por completo. A un lado de la pista, había algo de aspecto repulsivo, que parecía palpitar bajo el sol que había comenzado a calentar con fuerza. Parecía una formación esponjosa cubierta por una gruesa capa de viscosidad de un tono cetrino. Se convulsionaba como si estuviera respirando, y sobre su superficie se abrían unos poros grandes, por donde surgían vapores pestilentes. Muy cerca de aquella porquería, tendido también sobre el suelo, había una especie de tela cartilaginosa, como si el organismo hubiera mudado de camisa. Aquel organismo había surgido sin duda de las entrañas de Marco para luego despojarse de algún recubrimiento que ya no iba a necesitar. Ahora intentaría mutar hacia algo distinto. Jordán recordó los tentáculos que había visto en el río, bajo el puente romano de Cihundi. Pero allí no había agua ni humedad. Se preguntó si aquella porquería vería imposibilitada su tarea de mutar, o si por el contrario lo haría de otra forma sobre la aridez de ese terreno. Lo cierto es que a los lados de la cosa habían empezado a surgir una especie de ramificaciones que le unían a la tierra donde reposaba.

—Tamara —dijo en apenas un susurro, con la mirada perdida en aquella cosa, ya sin fuerzas si quiera para sorprenderse u horrorizarse—. Sé que es duro ver así a tu novio, pero tenemos que irnos pronto de aquí.

Para sorpresa del joven, ella se levantó en silencio, sin apartar la mirada del suelo un sólo segundo. Luego le abrazó. Ambos se pusieron en marcha y dejaron atrás aquel bulto andrajoso y maloliente junto a la ponzoña que surgiera de sus entrañas.

2

Joel maldijo su suerte. Ahora que había logrado encontrar a sus hijos, y que estos parecían estar bien, llegaba uno de aquellos malditos bastardos y le arrebataba de golpe toda la esperanza de escapar con ellos. Desde el primer momento se dio cuenta de que aquella ponzoña había pasado a su organismo. Ya no tardaría mucho en convertirlo en uno más de aquellos que le rodeaban. Aún seguía a unos metros de la vieja cantina, con el cuerpo de quien le había mordido el hombro izquierdo tumbado a sus pies, tras haberle derribado de varios garrotazos. El bate que tenía en su mano derecha goteaba sangre sobre la tierra yerma y su respiración estaba aún agitada a causa del esfuerzo. Se preguntó con amargura cuánto tiempo tardaría aquella cosa en transformarlo en una criatura hambrienta, mientras miraba a sus hijos con ojos vacíos de esperanza. Judith y los gemelos estaban encaramados en el techo de la cantina. Sus expresiones habían quedado congeladas en una mueca de espanto. La chica quedó petrificada en pie sobre las tejas, sin poder asimilar lo que había visto. Luego los gemelos empezaron a llamar a gritos a su padre, negándose a reconocer la amarga realidad.

—¡Os quiero mucho, hijos míos! —gritó Joel emocionado y triste. Trataba de contener el llanto—. Ahora tenéis que ser muy fuertes y seguir adelante. Tenéis que huir de aquí y salvar la vida. Hacedlo por nosotros, hijos míos. Hacedlo por nosotros.

Un torrente de recuerdos surcó la mente del programador en cuestión de segundos. Se maldijo por no haber sabido aprovechar mejor el tiempo con los suyos. Se dijo que si el destino le concediera otra oportunidad esta vez no les fallaría; atesoraría cada instante de su vida junto a ellos y prestaría más atención a sus necesidades emocionales. Pero ahora ya era demasiado tarde y muchas veces el destino no concede segundas oportunidades. Sin embargo, tenía claro que moriría exprimiendo al máximo sus últimos momentos, en beneficio de sus hijos.

—Sal de aquí con el argentino y poneos a salvo donde os sea posible —le dijo al policía de inmediato, quien aún luchaba a puñetazo limpio contra dos de los infectados a quienes a duras penas conseguía mantener a raya—. Parece que casi todos los malolientes bastardos se han metido dentro de la cantina. No sé cómo, pero mi hija les ha engañado. Iré hasta allí y me encerraré por dentro antes de que esta mierda me convierta en uno de ellos. Luego quiero que vuelvas aquí con mis hijos, y que les saques de esta mierda y les lleves muy lejos, a un lugar seguro.

El policía asintió en silencio. Durante un segundo se miraron a los ojos. Luego el agente salió corriendo de allí. Dejó atrás a aquellos dos infectados, quienes apenas tenían fuerzas para arrastrarse tras él. Joel dio media vuelta y avanzó por aquel suelo yermo, que ascendía en ligero declive hasta la cantina, allí frente al elevado andén. La rodeó con rapidez en dirección a la puerta delantera, aquella que daba a las vías herrumbrosas ya en desuso desde hacía décadas. Los pocos infectados que había cerca todavía le seguían. A uno de ellos lo empujó y lo golpeó con el bate con saña, dirigiéndolo hacia la entrada de la cantina entre gritos e improperios.

—Papá, no... papá...—se lamentó Judith desde ahí arriba.

Observaba sobrecogida cómo su padre estaba dispuesto a inmolarse en un último intento por ponerles a salvo. Los gemelos lloraban de manera desconsolada e imploraban al cielo para que aquello no terminara como se temían.

—Sed fuertes, hijos míos. Saldréis adelante sin nosotros... —al hombre se le quebró sin embargo la voz. Además se dio cuenta de que unos cuantos de los infectados que había dentro de la cantina empezaban a salir entre empujones y quejidos.

—Te quiero... papá —fueron las últimas palabras que escuchó Joel, de labios de su hija Judith.

El hombre empujó con rabia los cuerpos de aquellos que intentaban salir fuera, sin importarle ya que le mordieran o le clavaran las uñas. Golpeó sus cabezas y sus brazos entre gritos, poseído por la rabia. Al final consiguió entrar, conteniendo el paso de la mayoría de los enfermos. Cerró la puerta tras él, para confinarse junto a ellos en aquella estancia de pútridas paredes y atmósfera enrarecida. Dentro se respiraba una mezcla de olores nauseabundos y los gruñidos resonaban por todas partes. Se dio cuenta, extrañado, de cómo media docena de infectados se afanaban en devorar con ansia el cuerpo de un hombre que parecía bastante gordo y que estaba tendido sobre el suelo, con una mueca de profundo espanto grabada en el semblante. Se disputaban sus entrañas entre empujones y gruñidos, desparramando por todas partes intestinos y otros órganos y con las manos crispadas sobre aquellas partes blandas que aún no habían arrancado de entre las costillas. Uno de ellos hundió allí, en aquel horrible hueco, su cabeza bañada en sangre. Era el espectáculo más dantesco que hubiera contemplado jamás Joel. Pero fue apenas una visión fugaz. El resto de infectados ya no le dieron tiempo de hacer mucho más.

Sólo pudo defenderse a garrotazos, entre lluvias de sangre, sonidos de cráneos fracturados y dientes saltando por todas partes. Sintió el frío abrazo de la angustia agarrotando sus miembros al tiempo que tenía la sensación de que las paredes se estrechaban empujando a todos aquellos seres contra él. Aquello era como haber caído sobre un mar de muertos que poco a poco le ahogaban entre mordiscos, arañazos y empujones. Una mano huesuda y pegajosa se cerró con fuerza sobre sus cabellos. Tiró de su cabeza hacia atrás mientras unos dientes mugrientos buscaban la tierna carne de su cuello. Alguien tironeó de su brazo derecho hacia atrás mientras delante de él dos de los infectados se disputaban su mano izquierda entre rabiosos empellones.

Fue un final horrible, lento y doloroso. Pero al menos el hombre murió con la esperanza de que sus hijos pudieran escapar con vida de ese infierno. Aquel pensamiento fue como un bálsamo para las heridas de su alma, haciendo que las de su cuerpo fueran mucho más llevaderas. A pesar de la brutalidad con que pusieron fin a su existencia, una sonrisa comenzó a perfilarse en su rostro, antes de que el último aliento de vida se escapara entre sus labios y tras haber purgado todo su dolor con un último alarido.

Fue un final atroz, pero el hombre no hubiera soportado sentir cómo iba transformándose en uno más de aquellos seres. Y lo cierto es que, aunque él no lo sabía a ciencia cierta, de haber transcurrido un pequeño espacio de tiempo más, aquellos mismos seres ya no le habrían atacado, sino que le reconocerían como uno más de ellos.

3

Los viejos brazos de Claudio comenzaron a ceder, mientras aquella bestia empujaba con sus manos aferradas a las muñecas del argentino. Con la sucia boca buscaba su cara para hundir allí sus dientes. El viejo resollaba, observando con repugnancia aquel semblante demacrado cuyos globos oculares había reventado poco antes con sus propios dedos. Ambos estaban aún de pie, pero el viejo no aguantaría por mucho tiempo más. Le sorprendió mucho la fuerza insospechada de la que hacía gala aquel cuerpo tan consumido y le apetecía llorar de desesperación. Mientras cerraba los ojos con fuerza durante algunos segundos, para librarse aunque fuera por un momento breve de aquella visión insoportable, pudo escuchar los sollozos de desesperación provenientes de metros más allá, donde los hijos de Joel lamentaban el trágico desenlace que tenía lugar entre las paredes de la cantina.

Segundos después Claudio dio con su espalda sobre el suelo seco de la explanada. Estaba al límite de sus fuerzas y fue consciente de lo cercano ya de su final. Entonces la detonación de un solo disparo retumbó en el lugar como un trueno sobresaliendo de entre el clamor de una tormenta.

Luego, tan sólo el silencio y la oscuridad.

4

En la ciudad de Los Jarros Cristian paseaba por el parque que había a lo largo de una extensa franja de terreno colindante a un río. Mientras observaba la cinta oscura de las aguas que discurrían junto a la carretera, allí abajo, a varios metros del terreno por donde caminaba, iba fantaseando con la idea de que quizás se estuviera desatando una peligrosa plaga en su ciudad. Se rascó las mejillas, donde crecía una incipiente barba muy oscura que, sin embargo, no atenuaba en nada su aspecto juvenil.

Había escuchado aquella conversación en la panadería y no pudo impedir que su imaginación se desatara. Se preguntó cómo actuaría en una situación apocalíptica como la que se empezaba a bosquejar en su cerebro. ¿Sería uno de los intrépidos supervivientes que lograrían escapar a las vicisitudes de la situación, o por el contrario uno de los primeros en caer?

Había leído quizás demasiadas novelas de zombis.

Apartó aquellas ideas de su mente con una sonrisa y se dijo que tenía que llegar a casa para ponerse cuanto antes a estudiar, si no quería volver a suspender la asignatura que tenía pendiente para el mes de septiembre. Pero cuando ya torcía a su derecha, para tomar el camino pavimentado que salía del parque en dirección a la barriada más cercana, algo le llamó la atención a su izquierda. Parecía un rastro de pisadas provocadas con algún calzado cubierto de lodo. Se dio cuenta de que las pisadas seguían la dirección de aquella otra pista de tierra que descendía hasta una fuente, cerca de las vías del tren. Su curiosidad fue más poderosa que su sentido del deber y pronto decidió seguir las huellas a ver qué se podía encontrar ahí abajo. Mientras descendía por la pista de tierra, se dio cuenta de cómo quien había dejado esas huellas había caminado con una trayectoria bastante errática, como si fuera quizás borracho.

Pronto llegó a una pequeña explanada que había junto a un árbol. Al otro lado un camino más estrecho iba a dar hasta una fuente de caño herrumbroso que vertía sus aguas sobre un pavimento encharcado. Lo que vio Cristian fue algo que le dejó boquiabierto. Aunque hacía apenas unos segundos que había fantaseado con ideas truculentas sobre apocalipsis y enfermedades contagiosas, no había en realidad llegado a creerse por completo sus propias fantasías. Sin embargo aquella visión le hizo replantearse todo de nuevo. Sobre el suelo cubierto de barro y pequeños charcos, permanecía tendido el cuerpo de un hombre de mediana edad, cuyo aspecto era lamentable. Sus manos habían quedado crispadas como garras ante un rostro desencajado donde se abría una boca estirada, como si quizás se hubiera dislocado la mandíbula de tanto que la abriera. Mostraba una delgadez extrema que le hacía parecer insignificante bajo unas prendas de ropa quizás varias tallas demasiado grandes.

Cuando Cristian retrocedió dos pasos, tras vencer aquel

parálisis producido por el miedo, se dio cuenta de que algo se movía cerca del cuerpo. El joven observó entonces una forma extraña, como de oruga con muchas extremidades alargadas y cientos de bocas pequeñitas que se abrían y cerraban entre espasmos, a lo largo de un cuerpo fungoso cubierto de una materia viscosa.

—Su puta madre —logró balbucir el muchacho, después de varios segundos de mutismo—. ¿Qué coño es esa mierda?

5

Jordán y Tamara caminaban muy despacio. Una sensación de mareo les hacía perder la noción del tiempo y el espacio. Sentían náuseas y frío, a pesar de que hacía mucho calor. Los horribles picores se habían intensificado durante las últimas horas por todo su cuerpo y se rascaban con rabia, abriendo surcos sanguinolentos sobre su piel. Al menos se habían acostumbrado al hedor que salía de sus cuerpos. Para ellos era algo ya tan normal que no llegaban siquiera a percibirlo.

A pesar de que ahora iban mucho más despacio, pronto divisaron otra vez aquella zona boscosa donde la tarde anterior se habían resguardado de los perros que les contagiaran. No había un solo alma por aquella zona. Jordán contempló una vez más la belleza del lugar. Aquellos campos de trigo, cuyas espigas doradas brillaban como un mar de oro bajo un sol de justicia, se extendían a uno de sus lados hasta morir cerca de la ribera pedregosa de un río. Más allá de las cantarinas aguas se levantaban unas colinas de un verde pálido cuyas cumbres pedregosas se veían desnudas de vegetación. Al otro lado de la pista se sucedían, en interminable procesión, los campos de viñedos. Pero el periodista se sentía demasiado enfermo para apreciar esta vez la belleza de esas tierras. Percibía todo muy borroso y la luz le molestaba en sumo grado, como si sus retinas ardieran con el brillo de los rayos. Además, también acusaba una extraña sensación de frío por todo el cuerpo, aún a pesar del calor que reinaba. Y desde hacía algo más de media hora, el estómago de ambos rugía con fuerza. Un hambre voraz les torturaba a cada paso.

—Hay demasiada luz. Me molesta en los ojos y sin embargo tengo frío. ¿Cómo puede ser posible, con este día soleado, que tenga tanto frío? —se quejó sin fuerzas, entornando los ojos con una mueca de puro sufrimiento—. Será mejor que lleguemos cuanto antes a ese bosque. Quiero resguardarme entre las sombras de los árboles para no sufrir más con esta luz tan cegadora. La verdad es que aunque tengo frío me molesta mucho más la luz del sol.

—Yo también tengo mucho frío. Frío y hambre. Me siento demasiado débil. Creo que nunca en mi vida había tenido tanta hambre. Además, mira mi piel, parece que se está pudriendo. A veces me ha parecido ver algo moviéndose debajo de ella. ¿Crees que esta porquería nos estará devorando desde dentro?

Jordán la miró con ojos cansados sobre unas marcadas ojeras. Iba a decir algo pero luego su voz quedó ahogada por una tos ronca cuyo sonido no auguraba nada bueno. Ambos parecían más bien drogadictos enfermos a los que no les quedara mucho tiempo de vida.

—No creo que nadie pueda ayudarnos ya, Jordán. No entiendo cómo es que no se han enterado de todo esto. Tiene que haber alguien que vaya con frecuencia a Cihundi y haya visto algo fuera de lugar. No sé, es todo muy extraño. Pero lo que más me preocupa es lo contagioso que parece todo esto. ¿Y si esos mismos perros que nos atacaron ayer aquí, han ido por ahí contagiando a más gente? Estaban rabiosos y nada los retenía. Después de todo, que eso haya sucedido es lo más probable.

—Yo sólo sé que ahora mismo daría algo por comerme un buen filete. Me comería un caballo entero si me lo pusieran delante. Siento algo en las tripas, Tamara. Yo no sé si soy yo quien tiene hambre o es lo que llevamos dentro quien nos reclama comida.

Se miraron con espanto ante semejante pensamiento. Al hacerlo Jordán advirtió el aspecto desmejorado que presentaba la chica. Su cabello parecía incluso más débil y quebradizo y había perdido el color. En vez de rubio como antes, ahora tenía un tono más oscurecido. Sus pómulos estaban mucho más remarcados bajo unas ojeras oscuras y los ojos los tenía inyectados en sangre. Parecía muchísimo más vieja de lo que era. Nada que ver con la chica que había conocido hacía menos de veinticuatro horas. Se dijo que él no tendría mucho mejor aspecto y comenzó a preguntarse si podría reconocerse cuando, con mucha suerte, algún día volviera a mirarse en un espejo.

—Somos como cadáveres andantes, Tamara —masculló desolado, mientras se abrazaba a sí mismo, aterido de frío a pesar de que rondaban los cuarenta grados aquel día.

—Llegaste a convencerme para que huyera contigo, pero ahora empiezo a pensar de nuevo que habría sido mejor morir en ese jodido pueblo. Creo que mis padres lamentarían más verme en este estado que muerta. Y lo peor de todo es que ahora no me quiero morir, Jordán. No me quiero morir porque este hambre me impulsa a seguir buscando comida a toda costa.

Jamás hubieran podido imaginar, a pesar de todo lo vivido la noche anterior, el horror que encontrarían en las entrañas de aquel bosque. La pista de tierra se internaba en línea recta entre los árboles; abedules, pinos y hayas en su mayoría. Estos crecían de manera bastante anárquica y estaban cubiertos de hiedra y musgo, con lo que uno podía darse cuenta de que era una zona natural y no otro bosque repoblado. Pero lo que había allí, tendido por todas partes, hizo que se les erizara el vello de los brazos de inmediato. Sus rostros hubieran palidecido de haber quedado en ellos color alguno, y sus ojos se abrieron como platos ante un espectáculo nada fácil de digerir.

Había un montón de bultos oscuros esparcidos a lo largo de aquel tramo de pista terrosa. Eran cadáveres de perros ya en proceso de descomposición. Nubes de moscas revoloteaban sobre aquellos cuerpos cuyo aspecto hacía pensar en peste, muerte y sufrimiento. Cuando Jordán se acercó al que tenían más cerca, observó con gesto apesadumbrado aquel rictus de dolor que había quedado grabado en la cara del perro. Los dientes del animal estaban apretados, asomando en sus fauces como si hubiera muerto con un sufrimiento infinito.

—Joder, Tamara, ¿piensas que son los mismos perros que nos atacaron ayer? ¿Habrán muerto a causa de esta mierda que nos contagiaron? Ver esto no anima precisamente mucho, joder.

La chica no contestó a su pregunta. Al mirar sus ojos, Jordán se dio cuenta de que algo extraño brillaba en su mirada. Creyó percibir, contrariado, cómo destilaban algo parecido al deseo. Se sintió desconcertado, pues había esperado que la chica se derrumbara por completo al ver aquel dantesco cuadro. Y sin embargo, mientras la miraba, no vio otra cosa sino anhelo. Un extraño gesto de puro anhelo. Entonces la chica se retorció, presa de un dolor insoportable. Se dobló sobre sí misma, aferrándose con fuerza el vientre.

—Jordán, no puedo más. Lo siento mucho, Jordán, pero tengo... tengo que comer. No es mi deseo. Me siento asqueada por este impulso que me domina. Pero tengo que comer, Jordán, tengo que comer. Tienes que entenderlo. Tú también dijiste que tenías mucha hambre. Espero que si existe un dios, sepa perdonar lo que... no puedo evitarlo, Jordán.

A pesar de lo extrañas e incomprensibles que pudieran parecer aquellas palabras, al joven no le costó entender lo que significaban. Él mismo se vio poseído por un deseo irrefrenable, en cuanto la chica hubo mencionado las palabras hambre y comer. Sintió asco de sí mismo a causa del pensamiento que cruzó su mente como un rayo. Pero se dijo que ahora ya no eran dueños de sus actos. Llevaban algo dentro que les había esclavizado y que tomaba el control de sus cuerpos.

6

A las diez y cuarto de la mañana de aquel domingo caluroso de principios de verano, un hombre de unos sesenta años permanecía sentado frente al escritorio de caoba de su despacho. De calva reluciente, nariz curvada y finos labios; casi siempre arqueados en un rictus de falsa amabilidad, el hombre tenía todo el aspecto de un dinosaurio de los negocios pragmático, calculador y frío. Era muy delgado y de manos huesudas, pero bajo la camisa blanca de su traje se escondía un vientre abultado y fláccido. Cuando comenzó a sonar el teléfono inalámbrico que tenía sobre la mesa, chasqueó la lengua con fastidio al ver interrumpida su concentración. Estaba mirando algo importante en la pantalla de su ordenador y ahora tendría que dejar todo para más tarde.

—¿Qué es lo que pasa ahora? —dijo con brusquedad tras coger el auricular, sin molestarse en adoptar aquel tono paternal que tan buenos resultados solía darle cuando quería granjearse algunos votos. Había reconocido enseguida el número de quien llamaba—. Estoy muy ocupado, así que espero que sea realmente importante.

Desde el otro lado de la línea sonaron unas palabras en un tono bastante preocupado. El hombre entornó la mirada con gesto de concentración, como si al tiempo que escuchaba, evaluara la gravedad de aquello que le contaban. Se pinzó con el índice y el pulgar la zona de la nariz cercana a los ojos, tras retirar hacia arriba las lentes que usaba para leer.

—Creí entender que ayer teníais toda la operación completamente controlada. No me explico cómo es que hoy se os ha ido todo de las manos de manera tan desastrosa. Quiero que os pongáis en marcha cuanto antes para frenar todo esto con la mayor celeridad posible. Si es necesario quitar de en medio a alguien, que nadie dude a la hora de hacerlo. Hay que procurar mantener la discreción todo cuanto nos sea posible, pero hay que atajar la cosa antes de que sea demasiado tarde. Rapidez y efectividad. ¿Entendido? Por cierto, ¿se puede saber qué narices ha sido del agente infiltrado que mandamos ayer a la zona experimental? Que alguien intente averiguar qué está haciendo ese memo de una vez.

El hombre colgó furioso el teléfono sin dar oportunidad de réplica a quien estaba al otro lado de la línea. Se frotó la boca con nerviosismo mientras su mirada chispeaba de pura rabia.

—Menuda panda de idiotas —escupió con su voz atiplada y melosa al aire del despacho—. Estoy rodeado de inútiles.

El hombre se reclinó sobre el respaldo de su silla de cuero, con gesto reflexivo. Trató de calcular las posibles consecuencias de aquella metedura de pata. Había pensado todo el tiempo que la operación avanzaba sin contratiempos y ahora le informaban de que todo se había descontrolado de una forma escandalosa. Muy pronto la prensa metería las narices en todo aquello y tendría que dar muchas explicaciones.

—Necesito relajarme un poco —se dijo un tanto más calmado. Había empezado a pensar en algo que siempre le ayudaba a olvidar sus preocupaciones. Decidió concederse un momento de placer con una de sus putas favoritas, antes de que todo aquello se le viniera encima. Siempre afrontaba los contratiempos con mayor eficacia cuando había aliviado su apetito carnal, así que todo estaba decidido.

7

Judith no podía quitarse de la mente aquellos gritos de dolor que había escuchado mientras estaba encaramada en el tejado de la cantina. Se habían grabado a fuego en su memoria y ya no podría arrancarlos nunca más de allí. Moriría con el recuerdo de esos alaridos espantosos de dolor. Lo cierto es que Joel había aguantado todo lo que había podido para no gritar. No quería que pasara precisamente aquello, pero al final fue imposible resistir. El dolor era demasiado intenso como para no darle una válvula de escape. De este modo sus hijos tuvieron que escuchar la agonía de su padre, quien moría de una forma violenta y dolorosa, bajo el tejado donde permanecían encaramados.

De aquello hacía tan sólo quince minutos. Ahora llegaban por fin a la carretera comarcal. Aunque no habían pasado ni veinticuatro horas desde que todo comenzara, tenían la impresión de haber vivido una eternidad de horrores en aquel lugar.

Los tres hijos de Joel iban acompañados por aquel misterioso agente de la policía. Éste les había explicado, de manera muy sucinta, quién era y por qué estaba allí.

Aunque dio su versión oficial de todo, claro.

Judith no hizo demasiadas preguntas. Su mente estaba colapsada por aquellos tormentosos sucesos que habían sacudido con violencia su vida durante las últimas horas. La chica ni siquiera tenía fuerzas ni ganas para seguir hacia delante. Tan sólo las últimas palabras de su padre la impulsaban a continuar y a buscar una salida. Viviría para cumplir la última voluntad de aquel hombre que se había sacrificado por ellos sin dudarlo un segundo.

El agente caminaba tras ellos en silencio. No sabía qué iba a hacer ahora con aquellos chicos, pero sí tenía claro que, a pesar de contrariar con ello las órdenes que había recibido, no estaba dispuesto a quitarles la vida como hiciera con el argentino, poco antes. Para ello aprovechó la confusión de gritos y lamentos, cuando Joel decidió inmolarse dentro de la cantina para salvar la vida de sus hijos. El disparo fue a quemarropa, sobre la sien del viejo, quien no tuvo tiempo de reaccionar, pues estaba tumbado, forcejeando con aquel otro ser que ya le había contagiado de un mordisco. Puede que ni siquiera se hubiera dado cuenta de que le ponían el cañón allí. Sus sesos salieron desparramados entre pequeñas esquirlas de hueso y su cabeza cayó desplomada al instante. Ni Judith ni los gemelos advirtieron todo eso, y como no habían visto llegar al viejo, pues se había quedado rezagado en un último momento, no tenían ni idea de que Claudio había acompañado a su padre y al agente.

8

Cihundi se había convertido de la noche a la mañana en un inmenso vertedero de carne humana. Mientras el fuego se extendía por toda la barriada de chalets, podían verse por todas partes varios grupúsculos de infectados removiendo las entrañas de los cadáveres que permanecían tirados de cualquier forma por las calles. Otros muchos se arrastraban ya al borde de la muerte. Buscaban zonas húmedas donde regurgitar aquel organismo que les gobernaba, para que éste comenzara su última fase.

Varios operativos habían empezado a tomar la zona, desplegando con rapidez sus tiendas y sus aparatos. Los militares que les acompañaban avanzaban por todas partes haciendo gala de una eficacia marcial. Abatían de forma metódica a cada ser vivo que se moviera o respirara en las inmediaciones. Tenían órdenes muy estrictas de interceptar todo aquello que manifestara el más mínimo indicio de vida. No podían arriesgarse a dejar que el organismo proliferase más por la zona.

Una mujer de aspecto envejecido, aunque no superaba

todavía los treinta años, se afanaba en esos momentos en la frenética labor de extraer los órganos de aquel cadáver que había tendido sobre la acera, en una de las calles que iban a dar a la plaza del pueblo. Apartó los restos del parásito de la misma especie que gobernaba ahora su cuerpo y su mente, de entre el resto de intestinos que se habían desparramado por los suelos. Como aquel organismo ya no estaba vivo, pues había sido destrozado por la sierra motora con la que el hombre se abriera las entrañas, la mujer ya no reconocía en aquellos restos algo de su misma especie. O más bien de la misma especie de aquello que la gobernaba. Por tanto suponían tan sólo una cosa: alimento.

Sonia devoraba con avidez cada resto de aquel cuerpo. En sus ojos, velados por una capa blancuzca y opaca, no podía apreciarse humanidad alguna. Actuaba bajo la influencia absoluta del organismo que llevaba en sus entrañas y sus actos eran tan metódicos como torpes y deshumanizados. Por su barbilla resbalaban regueros de sangre mezclados con trozos de carne que se adherían por todo su cuello y parte de su pecho, mientras masticaba con gesto animal aquellos trozos que se había llevado a la boca. Sus dedos rebuscaban una y otra vez, hurgando en aquella enorme cavidad bajo el tórax del maltrecho cuerpo de quien fuera Álex. Al final, la víctima había pasado a ser verdugo en aquel macabro juego, aunque la verdad es que Sonia no era consciente de sus actos. Su mente ya no le pertenecía en absoluto.

Pero de pronto una bala puso fin a la existencia de la desdichada mujer, perforando su cabeza después de que otras tres hubieran sacudido su cuerpo con violencia tras impactar en su espalda y salir por su pecho. Una algarabía de voces marciales y botas militares inundó aquella calle unos segundos después. Entre órdenes e indicaciones, los soldados tomaron posiciones en los distintos portales, siempre con sus fusiles preparados. Uno de ellos roció gasolina sobre los cuerpos de Sonia y Álex, como ya habían hecho con todos los cadáveres que se habían encontrado en la villa.

9

A poco más de dos kilómetros de allí, Jordán y Tamara permanecían entregados a la febril locura que les obligaba a perpetrar aquel organismo que llevaban dentro. Ambos se habían abalanzado como bestias hambrientas sobre el cuerpo de aquel perro. Lo devoraban con impaciencia, mientras sentían cómo al fin se aliviaba aquel vacío insoportable que habían sentido en el estómago. Lo peor de todo es que eran aún conscientes de sus actos, y aun así no podían resistirse ante las órdenes de quien ya les gobernaba por completo. En un momento determinado Jordán llegó a empujar furioso a la chica, indicándole, casi mediante gestos primitivos, que había más perros por allí tendidos.

El sonido de sus bocas masticando era algo repulsivo, pero no era lo único que hacía de aquella una imagen imposible de digerir por ser humano alguno. Todo aquello era una visión de pesadilla. Por dentro sus almas lloraban desgarradas por aquello que no podían evitar. Mientras se alimentaban, ambos sintieron la fría punzada de la culpa y la vergüenza atravesando su espíritu de parte a parte. Pero, aunque de forma paulatina, ya comenzaban a perder el contacto con la realidad, y esto ayudaba que todos los tormentos de su parte humana se diluyeran un poco entre mares de auténtica demencia.

LOS RESCOLDOS DE LA VERDAD

1

Cuando Judith, el policía y los dos chicos hubieron llegado hasta la carretera, se dieron cuenta de que no circulaba un sólo vehículo aquella mañana. No es que hubiera sido nunca un tramo muy transitado, pero ahora parecía una vía fantasma. Nada rompía aquel silencio, tan sólo de vez en cuando las ramas de algunos árboles cuando la brisa soplaba entre su hojarasca o el crujido de las espigas de los campos en las inmediaciones. La chica se sentía demasiado cansada. Llevaba horas en pie y sin poder dormir. Tampoco se había llevado nada a la boca durante todo ese tiempo.

—¿Por qué no hay coches? —preguntó con languidez, ya sin fuerzas ni para hablar siquiera.

—Puede que hayan puesto en cuarentena todo el lugar. Seguramente ya sepan lo que está pasando —mintió el hombre de rostro inexpresivo. Él sabía que sí había alguien que tenía pleno conocimiento de lo que ocurría. Sin embargo jamás llegaría la sociedad a conocer con transparencia la verdad que se escondía tras todo aquel asunto.

—Y eso, ¿es bueno o malo para nosotros? —preguntó la chica con ojos cansados.

—Será mejor que sigamos andando sin dar muestras de envenenamiento. Pero preferiría hacerlo a través de zonas menos visibles.

El agente se había dado cuenta de varias cosas al valorar la idea de que hubieran establecido una cuarentena. La primera era el hecho de que si ya habían puesto en marcha un operativo especial con el que abortar la misión de forma drástica, dado el cariz que habían tomado los acontecimientos, no dudarían en abatir a todo ser humano vivo, muerto o contagiado que hubiera en los alrededores. Esto les dejaba en una situación muy delicada. La segunda era algo mucho más personal. ¿Por qué se había dejado arrastrar por aquel tipo de sentimientos? Lo mejor hubiera sido llegar, realizar su trabajo con eficacia y marcharse sin poner apenas su vida en peligro. Sin embargo algo se había despertado desde las profundidades de su alma tras conocer a Joel.

Él también había tenido una hija hacía mucho tiempo. Una hija a la que había perdido de manera trágica. Cada vez que recordaba el amargo final de su pequeña Laura, un insoportable mazo golpeaba su corazón. Era injusto que el destino, dios, o lo que quiera que fuese que regía sus vidas, se comportara de manera tan cruel y despiadada con seres inocentes como su hija. Desde aquel aciago día, hacía ya más de una década, en que un maldito degenerado terminara con la vida de su pequeña, él ya se había negado por completo a creer en dios, en la justicia o en cualquier otro concepto o dogma de fe que implicara un orden cósmico regido por el bien. Desde entonces se había ido transformando en una persona insensible por completo, fría y calculadora; el perfil idóneo para desempeñar un trabajo como aquel que se le había encomendado. Por eso, la oscura organización para la que ahora trabajaba no había dudado en depositar su confianza en él. Eran expertos en rastrear y encontrar individuos adecuados a cada una de sus necesidades. Y lo cierto es que contaban con las fuentes necesarias y los contactos precisos para poder acceder a toda la información que requerían en cada momento.

Todo eso era cierto, sí, al igual que el hecho de que había tenido que realizar actos inhumanos durante esos últimos años. Ahora se avergonzaba en parte de ello, al ver a aquella joven y sus hermanos, que sin duda representaban ante sus ojos la misma inocencia que había sido extinguida y arrancada de su lado, cuando aquel maldito hijo del diablo segara sin piedad la vida de su pequeña Laura. Pero ahora ese caparazón de hielo que había dejado crecer alrededor de su alma, había comenzado a resquebrajarse bajo el ardiente calor de toda la ternura y el amor que había visto en aquel padre y aquellos hijos.

—Pero usted es un agente, ¿por qué piensa que correremos peligro si vamos por la carretera? ¿No se supone que debemos encontrar ayuda cuanto antes y no huir de ella?

Ante las preguntas de la chica, el hombre chasqueó la lengua con fastidio. Cogió a la joven por la muñeca y la condujo hacia un camino que había un poco más allá, sin siquiera haber cruzado la carretera. Los gemelos iban demasiado abatidos como para protestar o desobedecer. Se limitaban a seguir al hombre con los ojos todavía hinchados de tanto llorar. Lo que ninguno de los tres muchachos advirtió, en ese preciso instante, fue cómo el adulto que les acompañaba trató, durante el lapso de varios segundos, de impedir que pudieran ver sus ojos. Para ello caminó a la vanguardia, sin mirar atrás, a lo largo de un buen trecho. Se maldijo para sus adentros por consentir que aquel tipo de pensamientos le hicieran flaquear después de tantos años. ¿Cómo podía ser que estuviera a punto de derramar una sola lágrima, ahora que creía haber enterrado muy profundos sus sentimientos para siempre? Pero era evidente e innegable que aún seguía siendo lo que él creía fervientemente que ya no era, con toda la vulnerabilidad que ello suponía. Sí, después de todo, aún era un ser humano.

—Estos caminos nunca han sido precisamente la leche de lo frecuentados que estaban, pero en mi puta vida había visto que hubiera menos gente en los alrededores de Cihundi —observó la joven en tono desabrido, mientras caminaban entre los altos árboles que flanqueaban el camino—. Es como si esta mierda hubiera arrasado con todo en una sola noche. Me pregunto hasta dónde habrá llegado la locura. Para colmo nos hemos roto los huevos en llegar hasta la carretera y ahora resulta que nos alejamos otra vez de ella.

—Silencio —ordenó el hombre, mientras se agachaba un poco al tiempo que aguzaba sus oídos—. Viene algo por la carretera y aquí todavía somos bastante visibles a través de los árboles. Tenemos que escondernos cuanto antes.

Dicho esto les condujo a todos hasta el otro lado de una depresión que el terreno sufría a su izquierda. Se ocultaron entre los ralos arbustos, procurando agacharse cuanto les fue posible. No era muy buen escondite, pero había varios árboles entre ellos y la calzada, y si no se movían podrían pasar desapercibidos. Al poco pasó un camión militar por la carretera en el que iban soldados armados hasta los dientes.

Los cuatro guardaron silencio. Contenían la respiración mientras el vehículo de color caqui pasaba a velocidad moderada, mientras los soldados que iban en la parte trasera parecían otear el terreno con sus fusiles bien a mano. Judith creyó por un momento que alguno de ellos les vería, y entonces sintió que esto no traería nada bueno. Sin embargo el camión pronto pasó de largo y ellos pudieron respirar un poco más tranquilos.

—Va a ser muy difícil sacaros de aquí sin que nos descubran antes —barruntó el agente, frunciendo el entrecejo—. Sin embargo se lo prometí a vuestro padre y no puedo faltar a mi palabra.

Un par de minutos después el pequeño grupo llegaba hasta un lugar donde el camino iba a dar hasta el final de un bosque. Desde la frondosidad de aquella arboleda surgía otra pista algo más ancha que se unía al camino que habían seguido y luego iba a dar hasta una piscina que estaba un poco más allá. Judith comprendió al fin dónde se encontraban. Habían llegado a un camping que había a varios kilómetros de Cihundi. Ahora el lugar parecía silencioso y solitario. El hilo musical del bar más cercano, por lo común en constante funcionamiento durante los meses de verano, había enmudecido por completo. Las aguas de la piscina ondulaban bajo las caricias de la suave brisa, allá tras el enrejado divisorio que delimitaba el perímetro del camping.

El agente les hizo un gesto con la mano para que se ocultaran tras unos arbustos. Al ver que el terreno se abría tanto empezó a preocuparse otra vez de ser un objetivo visible. Ya consideraba todo un milagro haber pasado inadvertidos durante todo aquel tiempo. Llevar a dos niños pequeños y una jovencita con él, no suponía precisamente el equipo adecuado para burlar a un comando terrorista como el que se había infiltrado en el lugar. Además, había que tener en cuenta que dicho comando actuaba amparado por ciertos sectores del propio gobierno. Aquella era una operación delicada que habría luego que enmascarar como fuera posible. Todo aquello jamás debería llegar a la opinión pública tal y como había sucedido. Pero había que atajarlo todo cuanto antes y el falso agente lo sabía.

—Debieron imaginar que todo esto podría írseles de las manos con facilidad —masculló el hombre en voz alta, sin darse cuenta de ello.

—¿Quién debió imaginar qué? —preguntó en voz baja Judith, quien, al igual que Joel en su momento, ya comenzaba a hacer conjeturas sobre aquel extraño policía.

—Agachaos bien y no os mováis. Mientras tanto intentaré pensar alguna forma para sacaros de aquí sin que nadie llegue a darse cuenta nunca. Me estoy jugando la puta vida, pero... Bueno, vosotros haced lo que os diga y no me contradigáis.

Pero justo entonces unas voces llegaron desde algún lado de aquel bosque de altos pinos y olmos y todos enmudecieron de nuevo. El falso agente les ordenó agacharse tras haberse introducido entre aquellos arbustos, algunos de ellos espinosos. Mientras pegaba su cuerpo contra el suelo terroso, Judith notó cómo su corazón palpitaba con violencia a causa de lo preocupante de su situación. Intentó mirar a sus hermanos, pero estos estaban ocultos a su lado, bajo aquella espesa cortina de brezos y demás matojos. Notó cómo el pequeño Albertito comenzaba a sollozar y su preocupación fue en aumento. Al menos Manuel mantenía el tipo de manera encomiable, sobre todo teniendo en cuenta su edad. Iba a ser un milagro que pudieran salir de aquella vivos.

—Aquí tenemos a otros dos que hemos abatido —pudieron escuchar decir a una de aquellas voces que llegaban desde su izquierda, tras aquella franja boscosa donde se podía entrever ya el terreno abierto de una pista—. Estaban enfermos, aunque parece que en fase todavía poco avanzada. Pero los muy hijos de puta ya estaban comiendo como posesos desesperados. Se estaban zampando a bocados los restos de esos perros que abatimos un poco antes y que también estaban contagiados.

—Ha sido una suerte haber podido evacuar a tiempo el camping. Ya va a resultar bastante complicado enmascarar todo esto, así que imaginaros si hubiéramos tenido que provocar más bajas —añadió otro al momento.

—¡Dejaos de hablar en alto sobre el tema, idiotas! Os recuerdo que estáis aquí para hacer vuestro trabajo y nada más. Dejad ese tipo de cosas para los de arriba.

Aquella última voz sonaba mucho más imperativa y al momento los otros se callaron. Judith notó cómo se incrementaba su incertidumbre al no tener la referencia de aquellas voces. Mientras hablaban se había podido hacer una idea aproximada de la distancia a la que se encontraban, pero ahora solo oía el fugaz crujido de alguna rama al ser pisada o un pequeño guijarro que salía despedido con los pasos de los soldados. Aquello sólo servía para confundir más a la muchacha. A veces tenía la impresión de que aquellos hombres se acercaban a su escondite.

El falso agente que estaba con ellos no dejaba de dar vueltas a varias ideas. Se dio cuenta de que aunque lograra sacar a aquellos chicos de allí, por obra de algún extraño milagro, sería muy difícil conseguir también que estos no se fueran de la lengua. Sopesó la idea de echarse atrás en toda aquella locura. Lo más fácil era poner fin a sus vidas allí mismo, ir junto al resto de la brigada y dar parte de que todo estaba en orden, de que nadie podría salir de aquel lugar para contar lo que había visto, lo que había sucedido exactamente. Volvería así a ser un individuo a salvo de las debilidades humanas, alguien a quien no podrían afectar nunca más las vicisitudes a las que estaban expuestos los hombres que se dejaban arrastrar por sentimientos de ternura y amor, bondad y misericordia. Su refugio espiritual era renunciar una vez más a ese tipo de pulsiones a las que el alma era sometida. Aún estaba a tiempo de apartar, de un frío y duro manotazo, todas aquellas sensaciones que amenazaban con transformarle en una persona expuesta a los peligros de la bondad.

Pero algo había resquebrajado la dura coraza que aislaba sus sentimientos del resto de los mortales. Aquel maldito Joel, aquel padre que diera su vida por unos hijos a los que amaba con todas sus fuerzas, había resucitado desde las profundidades de su memoria algo que había tenido guardado durante décadas. Él también había sido un padre amante de sus hijos hasta que la tragedia cambió su vida por completo. Ahora tenía la posibilidad de salvar a una chica que le recordaba a su hija perdida. Pero ello conllevaba poner en grave riesgo toda la operación para la que él mismo trabajaba.

Estuvo así, debatiéndose entre las dos tempestuosas posibilidades durante varios segundos, hasta que al fin, tomó una dura decisión.

Minutos después él, junto a los agentes especiales que había diseminados por todo el bosque, comprobaban por última vez que todo estaba en orden. No había testigos de la tragedia con vida por el lugar. No había nadie que pudiera dejar testimonio de lo que allí había pasado en realidad. Todos los restos habían sido quemados. Los organismos vivos que habían alcanzado sus distintas fases, habían sido capturados por unidades especializadas para dicha tarea y algunos otros quemados también.

—Creo que va llegando la hora de irnos de aquí. Todo está listo y hemos procedido según las órdenes dadas

—sentenció un oficial uniformado, para alivio del falso agente.

—Sí. Ya tengo ganas de salir de esta mierda. Desde que, sin saber por qué coño falló la electrónica de mi vehículo, que supuestamente estaba preparada para no caer bajo la bacteria que va esparciendo esta mierda por ahí, no he podido escapar como hubiera querido de este lugar.

Aquello que decía no era mentira, pero sí que ocultaba grandes verdades que jamás llegaría a confesar. Sin embargo, gracias a su imperturbable expresión, nadie se dio cuenta de que el hombre escondía muchas cosas.

2

Dentro de su impecable despacho, aquel político de cabeza calva y nariz aguileña se frotaba la barbilla con nerviosismo. Sin embargo ahora ya estaba mucho más calmado que horas antes. El operativo había sido puesto en marcha hacía varias horas y ya estaba todo hecho. Con una rapidez abrumadora, las brigadas habían entrado en la zona afectada para abatir a todo ser vivo que allí se moviera, ya bien fuera infectado o sano. Los restos habían sido quemados, y tenían una explicación perfecta para todo aquel desastre. Jamás se llegaría a saber la verdad, o al menos transcurrirían muchos años antes de que esta pudiera salir a la luz, y para entonces él ya no tendría de qué preocuparse.

El hombre estiró su mano huesuda para alcanzar el mando a distancia de la enorme televisión plana que había a uno de los lados del despacho. Accionó el botón de encendido y entonces un protector ascendió dejando a la vista la pantalla. Al poco la imagen de un noticiario tomó forma sobre aquella pantalla.

—Esta misma tarde el líder de la oposición hará unas declaraciones sobre lo que piensa de todo este asunto. Ha asegurado que ya varias veces advirtió antes, tanto a la patronal del sector implicado, como al actual gobierno, de que el fertilizante usado en nuestra región era altamente inflamable y, por tanto, peligroso. Ahora, según ha declarado esta misma mañana para nuestro canal, todos lamentamos profundamente la catástrofe que ha terminado con la vida de más de doscientos ciudadanos en nuestra tierra, pero que habrá que poner mano dura y afrontar todo con firmeza...

El hombre apagó el televisor con una sonrisa malévola arqueando sus labios finos en un rictus avieso. Se regocijó con la idea de haber matado dos pájaros de un mismo disparo. Había conseguido poner en práctica la operación que le habían encomendado desde un país extranjero. Aunque casi se le había ido todo de las manos, logró hacer que uno de aquellos mutados organismos llegara hasta el hogar de un hombre y luego pudieron comprobar la repercusión de un organismo de ese calibre en total libertad. Al mismo tiempo, se las había apañado para que todo pareciera culpa de sus rivales políticos, acusándolos de permitir que un fertilizante altamente inflamable desatara una catástrofe de colosales dimensiones sobre un amplio perímetro de zonas pobladas.

Y él sabía que aquel fertilizante nada tenía que ver con todo aquello.

Lo que el hombre ignoraba por completo, es que no todos habían sido quitados de en medio cuando las brigadas pusieron en marcha la última fase de la operación.

Tampoco sabía que alguno de los organismos se las habían apañado para llegar mucho más lejos de lo que él pudiera sospechar.

3

Cristian estaba a solas en su cuarto. Hacía más de dos horas que había regresado de hacer la compra aquella mañana. En su pequeño televisor había visto una noticia que le dejó un tanto confuso. Aquella información sobre un trágico incendio que arrasara la zona de Cihundi, chocaba con la visión que había tenido hacía horas de aquel cadáver. Había empezado a pensar que, después de todo, tal vez un delirante apocalipsis estuviera desatándose sobre su ciudad y las poblaciones cercanas. No podía ser todo fruto de un simple fertilizante, por muy inflamable que éste fuera. Aquello sonaba todo incluso más raro que todas las delirantes conjeturas que había hilvanado en su mente.

Por todo ello se decidió a acudir nuevamente hasta el mismo lugar donde horas antes había tenido aquella horrenda visión. Se dijo que debería haber dado parte a las autoridades en su momento, pero algo se lo había impedido entonces.

Algo que ahora tenía celosamente guardado en aquel terrario de su habitación. Aquel mismo cuyas paredes de cristal nunca habían albergado iguana alguna porque al final su madre no lo permitió. En un último momento la mujer se había echado atrás y Cristian nunca pudo tener su ansiada mascota. Pero ahora tenía algo en verdad llamativo allí adentro. Algo que le recordaba que no todo había sido un simple delirio de su fértil imaginación.

Cuando volvió al lugar, frente a las vías del tren, allí abajo, en el mismo lugar donde estaba la fuente que vertía sus aguas de forma descontrolada sobre el trozo de pavimento húmedo, comprobó cómo las autoridades estaban llevándose el cuerpo que había visto por la mañana.

—¿Qué le ha pasado a ese hombre? —preguntó con disimulo, sin admitir en momento alguno que ya había visto antes el cuerpo.

—Nada, muchacho. Era alguien a quien le dio un golpe de calor y cayó fulminado. Ha habido varios casos así hoy en Los Jarros. Por desgracia estamos sufriendo una ola de calor realmente importante y severa —mintió aquel falso agente de la policía que estaba controlando toda la operación, cerca de la ambulancia que había aparcado un poco más arriba.

4

Ya habían pasado varios días desde que el falso agente les dejara solos. Pero éste les había dado instrucciones muy precisas. Les dijo que tenían que permanecer escondidos todo el tiempo bajo aquel sótano oscuro y frío. Judith estaba impaciente por salir de allí, pero prefirió hacer caso de las últimas instrucciones de aquel hombre inexpresivo cuyo grueso bigote ocultaba parte de su boca.

En aquel lugar tenían comida aún para varios días más y también agua potable embotellada. En realidad era como una especie de almacén subterráneo que usaban en el bar de aquella piscina del camping. El agente tenía conocimiento de aquel lugar porque días atrás había formado parte de la brigada que evacuara la zona tras el primer brote. Ella y los gemelos pudieron llegar sin ser vistos, gracias a que el falso agente les había cubierto. Salió de donde habían estado escondidos, corriendo hacia los miembros de la brigada que estaban cerca, en el bosque. Mientras él los distraía, explicándoles todo lo que supuestamente le había pasado desde que se infiltrara en el pueblo, ellos aprovecharon para salir corriendo hasta el camping. Luego se internaron en la piscina y llegaron a aquel sótano del bar.

Lo que más le costaba a Judith era lograr que los niños permanecieran en silencio. Ya habían transcurrido varios días desde que se internaran allí, pero la chica no sabría decir cuántos habían sido en realidad.

Los tres olían fatal, pues no habían podido asearse en todo ese tiempo. También tenían mucha hambre, ya que los alimentos que encontraron eran todo conservas. El resto se había podrido al no haber nadie que cuidara de ello. Todo lo demás estaba en la parte de arriba, en un gran refrigerador.

Pero el falso agente les había indicado, con insistencia, que no salieran hasta que hubieran pasado unos días, o morirían. No les dijo cómo ni porqué, pero les aseguró que si no le hacían caso se morirían.

Cuando al séptimo día, al fin se atrevieron a salir a la luz del sol, los tres pudieron observan un panorama muy difícil de digerir. Al fin supieron cómo habrían muerto de no haber hecho caso del falso agente.

Una vez sobre el suelo del pequeño y alargado bar, tras salir por las escaleras de madera del sótano y atravesar el hueco tapado con una trampilla, los tres observaron sobrecogidos el panorama que había afuera.

—Todo está quemado —musitó Albertito con el corazón encogido, mientras su hermana los abrazaba con fuerza, sin poder dejar de mirar aquella terrible escena de afuera.

La arboleda más cercana se veía arrasada por las llamas. Había cenizas por todas partes y las sillas y las mesas de la piscina habían quedado calcinadas por completo. Desde algunos lugares todavía surgían pequeñas columnas de humo, mientras la madera y la hojarasca chisporroteaban con aquellas últimas ascuas. Un profundo olor a quemado flotaba en el aire e incluso llovía ceniza en algunas partes. Ver todo desde allí adentro, tras el amplio cristal del establecimiento, era como echar una mirada a un mundo apocalíptico y decadente.

—Si queremos vivir, tendremos que mantener en secreto durante muchos años todo esto que hemos visto aquí, hermanitos. Algún día el mundo sabrá toda la verdad, pero ahora será mejor que hagamos caso a ese hombre y busquemos una vida nueva sin decir nada a nadie. De lo contrario nos perseguirán hasta... bueno, hermanitos, tenemos que pensar en el futuro y aprender a convivir con todo esto que nos ha pasado.

Aquello sonaba mucho más fácil de lo que en realidad era y Judith lo sabía. Sin embargo estaba dispuesta a apretar los dientes y seguir adelante hasta donde hiciera falta. Se lo debía a sus hermanos. Ellos merecían tener una oportunidad en la vida.

Cihundi, aquella hermosa villa que había germinado como la flor más mimada de un invernadero, aquella zona residencial que albergara en su seno a familias adineradas y también a gentes del campo, ahora no era más que un conjunto de rescoldos humeantes y hogares calcinados. Sobre el agua de las piscinas particulares flotaban lenguas de ceniza. Entre los despojos ennegrecidos de los jardines aún podían verse algunos vestigios de aquellos restos mortales que unos militares se afanaban en recoger. No quedaba prácticamente nada en el lugar que hiciera recordar el entorno paradisíaco y bucólico que había sido hasta hacía apenas unas horas. Aquella imagen recordaba más bien a un infierno donde el olor a podredumbre y cenizas impregnaba hasta la última partícula de aire. Si uno permanecía quieto unos segundos en aquel lugar, podía notar sin duda al momento cómo le abrazaba aquella gélida sensación a muerte y sufrimiento que había quedado colgada en el ambiente, en la atmósfera de lugar. Y sin embargo, había algo todavía más oscuro y deplorable enraizado en la tierra y el aire de la villa. Un organismo ancestral había logrado mutar su forma para expandirse de manera casi incontrolada, encontrando en las entrañas de los hombres el hábitat perfecto para desarrollar su iniquidad. Habitaba la piel del mundo desde hacía muchos siglos, y ello le había hecho adquirir la virtud de la supervivencia. Esos estúpidos descendientes de los hijos de los hombres, en su infinita ignorancia, habían creído que podían valerse de un organismo que, sin embargo, les había utilizado como quien hace uso de un rebaño a quien conduce a su antojo.

Y he aquí, que entre todos esos despojos ennegrecidos, navegaba huérfana y peregrina una foto maltratada por el tiempo y ahora por el calor de aquellas llamas. Era una foto tomada desde la clandestinidad, una imagen robada por un hombre cuyo alma hacía tiempo que se había emponzoñado con el veneno de una locura deplorable. Esa imagen mostraba las facciones bellas y la expresión inocente de una jovencita correteando por un parque. Aquella había sido la primera víctima humana de Álex. Era el ser con el que esperaba llevar a cabo su opera prima ya sobre un «lienzo humano». Pero al final todo se había torcido y tuvo que deshacerse del cuerpo antes de que le cogieran y le juzgaran por tamaña tropelía y no pudo llevar a término lo que él consideraba una obra de arte, y lo que en realidad era una aberración y un crimen imperdonables. Las autoridades nunca llegaron a atrapar al degenerado asesino, y el padre de Laura, que así se llamaba la joven, nunca llegó a reponerse de aquel duro machetazo del destino. A partir de aquel momento decidió cortar los lazos que unían su espíritu con el resto de la humanidad, sepultar bajo toneladas de resentimiento y dolor aquellos sentimientos que permitían al hombre reconocerse a sí mismo como un miembro más de aquella sociedad, de aquella especie.

Y sin embargo, ahora, años después de que el hombre tomara la dura decisión de renunciar a sí mismo y a su humanidad, algo había hecho resucitar de las profundidades de su alma todo aquel conjunto de sentimientos que le devolvían su humana condición.

Para bien o para mal, aquel individuo, volvía a ser un hombre.

Agradecimientos y memorias

La presente novela nació como fruto de mi afán por trasladar el cúmulo de sensaciones que experimenté durante los primeros años en los que visité La Rioja; tierra natal de mi mujer Eva, quien por aquel entonces era mi novia. Por supuesto, todas esas emociones las pretendí reflejar en los aspectos más luminosos de la obra; la hermosura de los campos de trigo cuando el fuego estival regaba con su luz crepuscular las briznas, que se combaban como olas de un mar tranquilo, las extensiones de viñedos abotargados con el fruto fértil de sus racimos o la arrulladora brisa de los atardeceres. Siempre atesoraré con regocijo la visión de ese fuego del ocaso sobre las cumbres de riscos pelados, el destello del verano sobre las praderas o el brillo de las luciérnagas que destellaban como faros en mitad de unos matojos a la linde del camino. Fue tan grata la experiencia de esos años, en los que empleaba horas de camino en recorrer los pueblos de esta tierra y sus inmediaciones, que más tarde quise encapsular esos recuerdos en forma de ficción que me permitiera evocarlos con más facilidad. Por supuesto, la faceta terrorífica del escrito no es sino un complemento con el que al quise englobar otro tipo de sensaciones bien distintas.

Para mí, el sótano de Álex representó la metáfora adecuada con la que representar la habitación del inconsciente donde habitan los demonios más perturbadores. Cada uno tiene los suyos propios, con los que ha de luchar hasta la victoria o la derrota definitiva. Puede que los de Álex fueran en verdad terribles, pero creo que cada uno de nosotros tiene algunos, aunque sean diferentes, y un sótano en su mente que los alberga hasta el fin de los días.

Al mismo tiempo, y como por la época en la que escribí el relato, mis inquietudes literarias se inclinaban más hacia un terror biológico, procuré plasmar un ambiente opresivo para redondear la historia y aportarle un cariz siniestro.

Quisiera aprovechar la ocasión para agradecer a mis amigos más cercanos su apoyo constante y el interés mostrado en mis proyectos. También quisiera dar las gracias a mi amigo y compañero de letras, David Arrabal, por haberme puesto tras la pista de la editorial Egarbook con la publicación de su novela, Proyecto Dante, y a los propios integrantes de dicho sello editorial por haberme dado esta oportunidad.

LIBROS
RECOMENDADOS
¡Pídelos en tu librería habitual!

ALERTA Z: ÉBOLA

Cuando es **AMOR** las *mariposas* nunca mienten

María Beatobe

CUANDO ES AMOR LAS MARIPOSAS NUNCA MIENTEN

EL PROTECTOR

EL PODER ESTÁ EN LA MENTE

¿Qué harías si te otorgaran unos increíbles poderes
para proteger el planeta Tierra?

JOAQUIM COLOMER BOIXÉS

EL PROTECTOR

¿Y TÚ? ¿QUÉ TIPO DE MENTE TIENES?
Eduard Moreno Vilaseca

LA HORA DE MI MENTE

DURMIENDO EN TU MANO

Carlos Sanchís

EL PENITENTE

EL PENITENTE

MUNDO PARTIDO

POTRO 67

Civilizaciones antiguas, conspiraciones, misterios históricos...

LAS DOCE PUERTAS

COLECCIÓN: ENIGMAS Y MISTERIOS

Jairo Prieto Fernàndez

LAS DOCE PUERTAS

LAS ASOMBROSAS AVENTURAS DE PABLO

www.egarbook.com